Hans Fallada

Länge der Leidenschaft

Die schönsten Erzählungen

Aufbau Taschenbuch Verlag

Textgrundlage dieser Ausgabe: Hans Fallada. Gute Krüseliner Wiese rechts. Herausgegeben von Günter Caspar. Aufbau-Verlag Berlin und Weimar 1991

ISBN 3-7466-5315-0

1. Auflage 1997
Aufbau Taschenbuch Verlag GmbH, Berlin

Umschlaggestaltung Preuße-Hülpüsch
Druck Elsnerdruck GmbH, Berlin
Printed in Germany

Inhalt

Der Trauring

1

Die Leute gehen aufs Feld zum Kartoffelaushacken. Es ist später Herbst, in der letzten Nacht hat es schon ein wenig gefroren. Nun bei Sonnenaufgang blinkt überall Frühreif. Obwohl sie frieren, gehen sie nur langsam, zuhinterst zottelt der Feldunterinspektor, die Hände tief in die Taschen gebohrt.

Verdrossen lauscht er auf das Geschnatter der Weiber, er hat in der letzten Nacht schlecht geschlafen, seine Schulden haben ihn wach gehalten. Alles Grübeln aber hat nichts geholfen: Diese kleine Summe, diese dreißig, vierzig Mark lassen sich nicht auftreiben, es findet sich nun einmal kein Weg. Wenn er Hofinspektor wäre! Man kann ganz gut einmal ein paar Zentner Roggen vom Boden verschwinden lassen, ohne daß einer etwas davon merkt. Aber so . . ., verfluchtes Leben! Er gähnt, dann spuckt er aus.

Die Kolonne ist auf dem Kartoffelschlag angelangt. Das Kraut steht schwarzbraun und naß da, der Boden ist lehmig feucht. Unterinspektor Wrede teilt jedem seine Dämme zu, natürlich gibt es wieder Streit und Gezanke unter den Weibern, er kümmert sich nicht darum, er setzt sich auf die Wagendeichsel. Die erste Hacke blinkt in der Sonne, auf dem Felde wird es stiller, die Arbeit hat begonnen. Langsam kriechen die gebeugten Gestalten am Boden hin.

Wrede will rauchen, aber er merkt, daß er seinen Tabakbeutel vergessen hat. Eine dumpfe Wut regt sich in ihm gegen dieses Leben, das so trostlos einförmig ist, dem man rettungslos verfiel, eine Wut, die nach einem Ausweg sucht. Er stürzt hinter die Leute. Wo er eine liegengebliebene Kartoffel sieht, erhebt er ein großes Geschimpf, aber das hilft nichts, die Wut wächst in ihm.

Er muß zurück zum Kastenwagen, die ersten Körbe werden ausgeschüttet, er hat Marken zu verteilen. Er stellt sich auf die Deichsel und paßt auf, daß die Körbe ordentlich voll sind. Er wird der Bande schon zeigen, woher der Wind weht, keiner bekommt eine Marke, der den Korb nicht randvoll hat. Sollen die etwa vergnügt sein, wenn ihm speiübel ist? Er spuckt auf alles.

Da kommt die Uteschen. Das ist auch so ein Aas: Die denkt, weil sie jung verheiratet und hübsch ist, hat sie es nicht nötig. Ein paarmal hat er ihr heimlich Kartoffelmarken zugesteckt, aber sie soll nicht glauben, daß sie ihm deswegen auf der Nase tanzen kann. Außerdem ist sie verliebt in ihren Kerl.

Aber es läßt sich nichts sagen, der Korb ist voll. Nachdenklich sieht er den Knollen nach, die in den fast noch leeren Kasten poltern, er sieht die Frau an, die hochgereckt, die schwere Kiepe weit über dem Kopf, dasteht, und sein Auge bleibt auf der Hand haften, die, zwischen Kasten und Korbrand eingeklemmt, mit Erde beschmutzt, eine für Landarbeiterinnen zierliche Form hat.

Da blinkt zwischen den rollenden Kartoffeln etwas auf. Wrede macht eine Bewegung, will sprechen. Und steht wieder still. Die Frau hebt den leeren Korb aus dem Wagen, er gibt ihr eine Marke, sie geht.

Er steht wieder ganz still da, sein Gesicht ist seltsam heiß geworden, die Stirn zog sich zusammen – denkt er sehr über etwas nach? Plötzlich tut er einen Schrei, springt wie ein Unsinniger in den Kasten, mit beiden Füßen zwischen die Kartoffeln und brüllt: „Welches Aas schmeißt hier Steine zwischen die Kartoffeln?“

Er bückt sich, er wirft weit ins Feld hinein Knollen und Erde, seine Hände suchen fieberhaft. Die Leute lachen untereinander, halblaute Spottreden fliegen von einem zum andern: „Nun ist er ja wohl ganz mall geworden.“ – „Seine Marie hat gestern abend nicht gewollt.“ – „So ein Aas, das nichts kann wie Leute schikanieren, sollte man mit der Hacke vor den Schädel hauen."

Wrede ist wieder aus dem Kasten gestiegen. Er schreit noch einmal: „Wenn ich jemand erwische, der Steine zwischen die Kartoffeln tut, jage ich ihn vom Felde, versteht ihr das!"

Aber dies zu rufen war schon schwer. Ihm ist sehr warm, sein Herz scheint ganz voll zu sein. Er weiß gut, er muß den Vormittag weiter schimpfen, denn er darf keinen Verdacht erregen. Er muß schimpfen, obwohl er nun seine Schulden bezahlen kann.

Er kann seine Schulden bezahlen!

2

Es ist Feierabend geworden. Martha Utesch steht in der Küche und rührt ihren Schweinen warmen Schrotbrei an. Sie taucht die Arme bis zu den Ellenbogen in das warme Gemenge, um heil gebliebene Kartoffeln noch zu zerdrükken. Schmeichelnd empfindet sie die sämige Glätte des Tranks auf der Haut. Ein Gefühl von unbestimmter Leere taucht in ihr auf, das vage dämmernde Bewußtsein eines Verändertseins: Sie zieht langsam ihren rechten Arm aus dem Brei und betrachtet ihn. Völlig ist er von einer dicken Schicht weißgelben Schrots umgeben. Zögernd nimmt sie den andern Arm zur Hilfe, hebt ihn aus dem Eimer, die linke Hand streicht über die Handwurzel der rechten. Sie sieht darauf hin. Dann über den Handrücken, der sacht rosig aus dem abrinnenden Schrot auftaucht. Dann über die Fingerwurzeln ... „Es ist unmöglich", flüstert sie. Und jetzt tut sie einen Schrei. Sie wirft beide Hände gegen den Kopf, sie sieht nichts mehr, ihr Körper beugt sich nach vorn.

Der Hobel in der Werkstatt wird mit einem Ruck still. Tischler Utesch zieht die Tür auf und fragt: „Hast du gerufen, Martha?"

Sie wendet langsam, zögernd das Gesicht gegen den

Mann, sie kommt von weit her, als sie sagt: „Nein. Nichts. Das Schrot war zu heiß, ich habe mich verbrannt."

Er steht im Türrahmen und betrachtet sie. Ein Schein der Petroleumlampe läßt das Gold in ihrem Haar aufleuchten, das zarte Rosa ihres Gesichtes vertieft sich zu Rot: „Es war nichts, Willem", wiederholt sie, steht auf, faßt die Eimer und läuft in den Stall zu den beiden Schweinen. Sie gießt den Trank in den Trog, die Schweine schlabbern und schmatzen.

Beim Buddeln muß ich ihn verloren haben, in der Erde, denkt sie. Es hat keinen Zweck, ihn zu suchen, ich bin mit den Knien darüber weggerutscht, er liegt im Boden. Was soll ich tun? Höchstens beim Nacheggen kommt er nach oben, aber wer sieht solch kleines Ding? Was soll ich tun?

Sie faßt die Eimer, wendet sich zur Tür, stellt sie wieder hin.

Willem darf nie etwas erfahren. Er glaubte nicht, daß er in der Erde liegt. Der Schäfer in Zülkenhagen hat den Ring besprochen, da war Willem von seiner Eifersucht geheilt. „Solange du den Ring trägst, gehörst du mir. Hat ein andrer ihn, gehörst du ihm. Ziehe ihn nie, auch nur im Spaß, vom Finger." Er glaubt daran. Es ist gut, daß ihn die Erde hat, vielleicht glaubte auch ich daran.

Ihr Gesicht ist noch vertiefter geworden.

Ich muß mir einen andern machen lassen. Es wird schwer sein. Schon mit dem Geld. Und dann, weil es kein Fabrikring ist. Bis dahin ...

Sie kommt in die Küche zurück. Nebenan stöhnt wieder der Kurzhobel. Sie greift das Beil und schlägt Kleinholz. Der Kurzhobel wird still. Wilhelm fragt: „Haust du jetzt Holz?"

„Alles ist naß", sagt sie. „Dies Schlackerwetter." Sie schlägt zu.

Wie ungeschickt ist Martha, denkt Utesch. So ungeschickt ist Martha doch sonst nicht. Schon sieht er eine Hand, die sich rötet, rötet. Alles ist Blut.

„Da habe ich mich gehauen", sagt Martha, weiß geworden. Sie betrachtet zweifelnd, mit zitternder Lippe die Hand, die nur noch Blut ist.

Er macht einen Schritt zu ihr. „Warum haust du nach Feierabend Holz? Kann ich das nicht tun?"

„Laß! Laß!" ruft sie und springt gegen die Kammer. „Ich verbinde mich schon."

Dann sitzen sie beim Abendessen. Wilhelm sieht immer auf die weiß umwickelte Hand. „Mit dem Buddeln ist es nun vorbei. Schade, wir hätten das Geld brauchen können." Nach einer Weile: „Und der Ring? Hast du ihn abgetan?"

Martha lacht. „Der sitzt! Der geht nicht runter. Der bleibt. Fühle mal!" Und sie führt seine Finger über den dikken Verband.

3

Das Ehepaar Utesch schlief. Frau Utesch wanderte durch die Räume des Traums, geheimnisvoll geführt von einem, den sie nicht sah, vor dem ihr doch angst war. Plötzlich war der Führer verschwunden, sie fühlte ihn nicht mehr, allein stand sie in einer purpurfarbenen Röte, und ihre Angst wuchs.

Plötzlich hörte sie eine Stimme schreien, wilde, ungefüge Schreie in das Nichts rufen. Zuckend zog sich die Welt zusammen. Gegen den Schein der Morgenröte blinkte die erste Hacke, das Kartoffelkraut triefte naß, auf einem Wagen tobte Wrede und schrie.

Frau Martha war wach. „Der hat den Ring! Der!" flüsterte sie und lauschte in die Nacht, ob sie die schreiende Stimme noch höre. Alles war still. Aber die schwarze Stille schwoll und schwoll, die Stille rief und rief.

Martha Utesch stand auf, an der Tür lauschte sie noch einmal zurück zu dem schlafenden Mann, auf der schweigenden Dorfstraße stand sie, schlug den Weg zum Gute ein.

„Der hat den Ring! Der!"

Seltsamer Weg durch die Nacht, die ohne Stern ist! Die Telegrafendrähte summen, sie summen nur eine Melodie. Fährt der Wind in schon herbstlich raschelnde Blätter, rascheln sie nur die Worte: „Der hat den Ring! Der!" Einer geht vor ihr, den sie nicht sieht, der sie doch führt, vor dem ihr angst ist.

Plötzlich sieht sie den alten Zülkenhäger Schäfer. Er bespricht den Ring, er legt seine altersfleckige Hand, die gekrümmt ist, auf sie. „Diesem Ring gehört dein Leib. Bewahrst du ihn, bewahrst du dich. Gibst du ihn fort, gibst du dich fort."

Und wieder der Wind und das Drähtesummen in der Nachtschwärze.

4

Auch Wrede schläft nicht. Er hat den Ring geputzt, er hat den Stempel untersucht, er denkt daran, wie er seinen Fund wird am besten verkaufen können. Ihn an einen Freund zu schicken wäre zu gefährlich, die Postdamen sind neugierig, alles wäre entdeckt. Und in eine Stadt fahren, selbst wenn er Urlaub bekäme, ist zu teuer.

Jedenfalls, nun hat er ihn. Er läßt das Licht der Taschenlampe aufblitzen, der rötlich gelbe Schein des Dukatengoldes erglänzt sanft, gegen den Marmor des Nachttischs schlägt er den Ring und hört mit Entzücken den weichen hellen Klang, den nur Gold hat.

Auch er beginnt zu träumen. Diese wenigen Gramm Gold im Werte von dreißig, vierzig Mark scheinen der Schlüssel zu sein zu allen Toren der Welt. Er sieht sich weit fort von hier, in Berlin fährt sein Auto vor dem besten Hotel vor, der Portier grüßt würdig, die Kellner knicken. Er steht im Hotelzimmer, hier türmt sich schon sein Gepäck, in die weiten Ledersessel ist alles Bunte von Weiberkleidern gegossen, ein Mixer bereitet Getränke, der Raum ist voll wie ein Vogelhaus von Weibergeschrei und Gelächter. Jemand klopft.

Jemand klopft . . .

Wrede fährt auf. Der Ring entfällt ihm, der Ring rollt, rollt, dreht sich klingend irgendwo im Dunkeln, ist still. Noch einmal ein Klang, ist still. „Wer ist denn da?" Klopfen gegen die Scheibe. „Wer ist denn da?“ Nichts. Wieder Klopfen. Angst befällt ihn. Sind die Wachtmeister schon da? Mit zitternder Stimme fragt er: „Sind Sie das, Hofmeister? Ist etwas krank im Stall?“

Eine Stimme ruft verklingend: „Ich!“

Er steht lauschend. Plötzlich begreift er, er reißt das Fenster auf, er schreit: „Wer ist ich? Was ist ich? Alle sind ich. So ein Blödsinn!“

Die bebende Stimme: „Geben Sie mir meinen Ring wieder, Herr Wrede. Bitte.“

„Wer ist denn das? Ist das die Marie? Mädel laß mich schlafen. Jetzt ist nicht Mai, nicht einmal die Katzen haben jetzt Raunzzeit.“

„Bitte geben Sie mir meinen Ring wieder, Herr Wrede.“

„Aber – nein, wahrhaftig, das ist die Martha Utesch! Na, Martha, ist denn da dein Wilhelm mit einverstanden, daß du nachts an fremde Fenster gehst?“

„Geben Sie mir meinen Ring wieder. Es wird nicht gut sonst, Herr Wrede.“

„Wenn's denn sein muß, Martha. Hopp, ein Bein aufs Fensterbrett. Ich zieh dich hoch. Nur nicht zipp, Martha.“

Seine schweißnassen Finger tasten blind nach dem bleich geahnten Gesicht, er fühlt es, er fühlt die Wärme der Schulter, der Brust. „Komm, Martha!“

Stille. Lange Stille. Dann ganz leise: „Ich will kommen, wenn Sie mir meinen Ring wiedergeben, Herr Wrede.“

Auch er bleibt lange still. Dann polternd, mit einer Anstrengung: „Laß jetzt mit dem Quatsch nach. Entweder oder. Ich schmeiße das Fenster zu.“

„Ich gebe Ihnen fünfzig Mark für den Ring. Ich kaufe ihn Ihnen ab.“

Ganz rasch: „Hast du es da, das Geld?“

„Nur zwanzig. Das andere bringe ich nächste Woche.“

„Gib!“

„Erst den Ring.“

„Gib!“

„Hier . . .“

Er fühlt den Schein, er nimmt ihn. Er lacht auf: „Sone

verrückten Weiber! Nun zahlen sie mir schon. Das geht über die Marie!"

Das Fenster fliegt zu. Verzweifelter Heimweg durch die Nacht.

5

Als die Nacht vergangen war, hatte sich Wrede dafür entschieden, alles nur geträumt zu haben. Fragte man ihn, er würde von nichts wissen. Er betrachtete, was ihm geschehen, sicher blieb, diese Frau war kein Aas, sondern weich. Und Butter soll man kneten. Wozu einen Ring verkaufen, den man behalten konnte? Sie sollte ihr bißchen Geld wie Wasser aus dem Leibe schwitzen!

Trotzdem beunruhigte es ihn, daß er Martha Utesch nicht auf dem Kartoffelacker sah. Warum war sie zu Haus geblieben? Hatte sie mit ihrem Mann geredet? Oder fürchtete sie sich? Gleichviel, er blieb entschlossen, seinen Griff nicht locker werden zu lassen. Kam sie nicht, ging er zu ihr, die Abende waren lang und dunkel. Das Aufblitzen ihres Ringes würde sie hinlocken, wohin er wollte.

Da horchte er auf. Auch die Buddler sprachen von Martha Utesch. Man wußte schon, warum sie fehlte. Über Nacht war sie von Haus fortgewesen, ihr Mann war erwacht, das Bett an seiner Seite fand er leer. Er hatte auf sie gewartet. Der Streit zwischen der Heimkommenden und dem Wartenden war laut geworden, hatten die in ihrem Morgenschlaf gestörten Nachbarn die Worte nicht gehört, die man gewechselt hatte, so waren sie doch nicht zu ungelenk, welche zu erfinden. Jedenfalls war sicher, daß selbst der Mann schon gemerkt hatte, daß seine Frau mit dem jungen Nagel aus dem Grunde ging. Sie hatte nicht sagen wollen, wo sie gewesen, aber das konnte selbst solch verliebten Ehekater nicht dumm machen. Hatte sich nicht der junge Nagel schon vor ihrer Hochzeit mit ihr abgegeben? Der Mann hätte sie nur ordentlich prügeln sollen, aber heute waren die Männer ja viel zu schlapp. Ordentlich Keile für eine Frau, das war grade, was sich gehörte.

Auch Wrede bedauerte, daß es nicht zu Schlägen gekommen war. Hätte der Mann doch schließlich nur für ihn seine Frau mürbe geschlagen. Je unmöglicher die Verhältnisse wurden, um so höher würde der Preis sein, der für diesen Ring zu erzielen war. Und schließlich war es noch gar nicht sicher, daß, gab man ihn wirklich her, die Frau ihn bekam. Vielleicht war der Mann der bessere Käufer. Konnte man den Ring nicht von Nagel aus dem Grunde haben? Und hatte man den Kies, so haute man in den Sack und war fort. Mochten sich die andern die Schädel zerschlagen, es war nicht schwer, sich auszurechnen, daß die meisten Schläge auf die Frau fallen würden.

Neben dem Wunsche nach Geld, nach sehr viel Geld, war es die Gier nach Rache an der jungen Frau, die Wrede immer weiter vor trieb. Er fühlte wieder die Weichheit ihrer Schulter, sie hatte gezögert, zu ihm zu kommen. Selbst der hohe Preis dieses Ringes war im ersten Augenblick ihr gering erschienen neben der Abneigung vor ihm. Und grade da er in solchem Nachtbesuch nichts Besonderes sah, war ihm diese Anstellerei empörend. Martha – was hieß Martha Utesch? War sie etwa zu gut dafür? Oder er ihr zu schlecht? Sie sollte Geld schwitzen. –

Am Abend lehnte er die Stirn gegen die erhellte Scheibe des Tischlerhauses. Er sah hinter den Gardinen einen einsamen Schatten, der bewegungslos hockte. War sie es? War sie allein? Oder war es der Tischler? Und sie schon erneut nach dem Gute unterwegs?

Eine Hand berührte seine Schulter. „Wenn Sie Utesch suchen, Herr Inspektor, der ist im Krug. Aber er ist ja wohl schon halb dun."

Wrede fuhr zusammen. Der zu ihm sprach, war der Sattler Hinz, das Dorfradio. „Ja, ich suche Utesch, wir haben da was zu machen. Dun sagen Sie. Nun, ich will sehen, vielleicht läßt sich noch mit ihm reden. Sonst trank der Utesch doch nicht?"

Der Sattler zockelte nebenher. Die Nachtgeschichte war gewachsen, sie hatte Gestalt bekommen. Der Tischler hatte seiner Frau den Ring abreißen wollen, weil sie ihn geschändet, er war nicht von der Hand gegangen, da hatte er ihn mit dem Schnitzmesser heruntergeschnitten. Das Geschrei der Frau war fürchterlich gewesen. Sie hatte die Hand verbinden müssen. Niemand wußte, was nun kam. Zu Ende war das noch nicht.

Obwohl das Erfundene an dieser Geschichte nicht schwer zu unterscheiden war, graute Wrede doch ein wenig. Er hörte die Frau schreien. Ihre Stimme, als sie um ihren Ring bat, war zage, verhalten und klein gewesen. Nun schrie sie. Und immer der Ring. Selbst aus diesem Lügengewebe glänzte er hervor, funkelnd, neu verräterisch. Einen Augenblick überkam ihn unechtes Mitleid mit der Frau, er wollte umkehren, ihr den Ring freiwillig zurückgeben. Es blieb unausführbar, da Hinz neben ihm ging. Bis zur Schenkentür brachte ihn der Schwätzer.

6

Die Gaststube war düster und fast leer. In einem Winkel hantierte der mufflige Wirt mit einem Putzlappen an seinem Bierapparat, später verschwand er. In einer andern Ecke, über der eine trübe Lampe brannte, saß ein einsamer Gast vor einer Flasche Korn, die Stirn in die Hand gestützt, bewegungslos: Wilhelm Utesch.

Wrede trat an diesen Tisch, sagte „Guten Abend" und setzte sich. Langsam sah Utesch zu ihm hinüber, mit dem haftenden leeren Auge des Trunkenen, das schwer wie ein Tierblick ist und in das langsam nur wie ein trübes Licht Erkennen trat. „Sind Sie's, Herr Inspektor?" fragte er, und die übertrieben deutliche Aussprache jedes Wortes bewies die trunkene Zunge, die sich nicht verraten wollte. „Auch noch so spät unterwegs?"

„Ich war schon bei Ihnen in der Wohnung, Meister. Wollte mal hören, ob Sie morgen nicht Zeit haben, zu uns aufs Gut zu kommen. Wir haben da eine Sache."

„Zeit? Zeit? Ich habe Zeit." Wieder hob sich der gerötete Blick, traf die Flasche. Utesch schenkte sich umständlich ein Glas voll, sah suchend über den Tisch, machte eine gießende Bewegung mit der Flasche, hielt inne.

„Ja so, trinken Sie auch einen?"

„Ich sage nicht nein. Päplow, mir ein Glas." Wrede nahm die Flasche, bediente sich selbst. „Na, denn Prost, daß unsre Kinder lange Hälse kriegen." Sie tranken. Sofort schenkte Wrede wieder ein. Der Trunkene saß still, den Blick vor sich auf dem buntkarierten Tischtuch. Endlich begann er: „Also auch noch so spät unterwegs. Ja, die jungen Leute ..." Er pfiff, ein kümmerliches Lächeln ging um seinen Mund. Er sprach hastig, undeutlich, über den Tisch zu dem andern gebeugt: „Das will ich Ihnen sagen, Herr Inspektor, man kann es den jungen Leuten nicht verdenken. Was hält sie? Aber wenn man erst verheiratet ist, dann sage ich: Schluß!"

Er preßte die Hand zusammen, daß die Knochen knackten. Wrede meinte: „Natürlich. Arbeitspferde gehören feierabends in den Stall und nicht auf die Koppel."

„Das ist ein Wort", rief Utesch plötzlich lebhaft. „Das ist ein Wort wie aus der Bibel." Er sank wieder in sich zusammen.

„Trinken wir noch einen!"

Und nachdem sie getrunken hatten, schenkte Wrede wieder voll.

Der Betrunkene flüsterte: „Aber wenn eines verheiratet ist und ist nachts fort und kommt wieder und man fragt's: wo bist du gewesen? und es lächelt bloß, das ist Verrat, Herr Inspektor! Das nenne ich blutschänderischen Verrat."

Er hielt inne, wie zusammenschreckend, den Blick aufmerksam, wie erwacht, auf sein Gegenüber geheftet. „Sie wissen alles, Herr Inspektor. Natürlich wissen Sie alles. Nur ich weiß nichts." Nun ganz langsam: „Wo ist die Frau gewesen, frage ich Sie, Herr Inspektor, wo um alles in der Welt ist nachts um zwei Uhr die Frau gewesen?"

„Ich weiß nichts, Meister. Ich höre nicht auf das, was die Leute sagen."

„Sie wissen es. Jeder weiß es. Wenn es mir nur einer sagen könnte..." Er hielt grübelnd inne, sein Gesicht belebte sich von einer Idee. „Trinken wir!"

„Und noch einen."

„Wird das nicht zu viel?"

„Wie kann das zu viel werden, junger Mann? Eine Flasche habe ich schon allein getrunken, und ehe ich betrunken werde, kann ich noch eine trinken. Also trinken wir!"

„An mir soll's nicht liegen", sagte Wrede und trank, indem er sich darüber klar war, daß der Betrunkene die unsinnige Idee hatte, ihn betrunken zu machen, um ihn aushorchen zu können.

Aber der andere war schon wieder weit fort. „Am Abend vorher hat sie sich in die Hand gehauen mit dem Beil. Blut ist über ihren Ring geflossen. Was bedeutet das? Man müßte wissen, was es bedeutet. Aber man weiß nichts."

Auch dem Inspektor kam ein Gedanke. Er griff in die Westentasche. Er zog die Hand zurück. „Also trinken wir noch einen."

Und der andere echote: „Trinken wir noch einen!"

Sie tranken. „Wo ist die Frau gewesen, Herr Inspektor?"

„Ich weiß es nicht, Meister."

„Sie wissen es nicht. Wie sollen Sie es wissen? Niemand weiß es. Jeder ist allein. Und jeder tut alles für sich allein." Utesch taumelte hoch, langsam und tastend ging er zur Hoftür, hielt inne. „Ich komme gleich wieder." Und war fort.

Wrede sah um sich: Die Stube war düster und leer. Eine späte Fliege erhob sich mit einem Schwung, summte, und alles war still. Wrede zog den Ring aus der Tasche, verborgen in die hohle Hand betrachtete er ihn. Er war breit und schwer, aus einem rötlichen alten Dukatengold, mit tausend feinen Hammerschlägen genetzt, für einen Menschen gearbeitet, der noch glaubt, daß die Dinge einen Sinn in sich tragen.

Aus der Hosentasche riß Wrede einen Bindfaden. Er knüpfte ihn um den Ring, band das andere Ende des Fadens an einen Westenknopf, steckte den Ring wieder in die

Tasche. Er stand auf, ging hin und her. Als Utesch eintrat, saß er schon wieder.

Die Nachtluft hatte den Tischlermeister noch betrunkener gemacht. Er kam kaum auf seinen Stuhl, er sprach nicht mehr, er lallte nur noch. Wrede goß ein.

„Es ist sternenklar, Meister. Ob es Frost gibt?"

Und das Echo: „Ob es Frost gibt?"

„Trinken wir", sprach Wrede.

„Trinken wir", sagte der andere und rührte sich nicht.

Da griff Wrede in die Tasche. Auf den Rand des Tisches legte er den Ring, weit davon sichtbar seine Hände. „Trinken wir, Meister", wiederholte er und stieß sein Glas um. Es klirrte gegen die Flasche. Der trübe Blick suchte nach der Ursache des Geräuschs. Er wurde schrecklich wach. Er sah das kleine blitzende Rund drüben, jenes unverkennbare, das ihm allein Gewähr für Treue war. Der Meister machte aus aller Trunkenheit heraus einen Tigersatz um den Tisch. Alles stürzte zusammen. An der Schnur glitt der Ring zurück hinter das Jackett. Nichts war da.

„Was kommt Sie an, Utesch?" schrie Wrede. „Sind Sie ganz betrunken geworden?"

„Der Ring", flüsterte der andere leise, „es war der Ring."

„Was für ein Ring? Was reden Sie von einem Ring? Wo soll er sein?"

Der andere stand vor ihm. Noch hielt die Wirkung des Schreckens an. Klar drang der Blick in Wrede. „Der Ring! Dort auf der Tischkante lag er. Sie haben ihn. Ich sage, Sie haben ihn." Er griff Wrede an die Brust. Der stieß ihn stark zurück. „Sie schwatzen. Wie sollte ich Ihren dämlichen Ring haben?"

Aus dem Fallen richtete der andere sich auf. Stammelnd wieder sagte er: „Sie haben ihn! Jeder hat ihn. Alle haben den Ring. Nur sie hat ihn nicht." Er stand grübelnd. Plötzlich schrie er noch einmal: „Nun weiß ich es: Sie hat ihn nicht."

Utesch sprang gegen die Tür, riß sie auf, war fort in die Nacht. Über den Dorfplatz brüllte Wrede in Angst: „Meister, kommen Sie. Sie sollen den Ring haben."

Alles blieb still. Niemand kam. Niemand hörte.

7

In dem Zimmer ist es dunkel und still, nichts rührt sich, kein Mondlicht fällt durch die zerbrochenen Scheiben, denn der Mond ist noch nicht aufgegangen. Etwas Dunkleres lehnt sich gegen die Hausmauer, lauscht in das Zimmer, lange, zieht sich plötzlich zurück.

Ein Geräusch wird hörbar, jemand kommt gelaufen. Er prallt gegen den Vorgartenzaun, tastet umher, findet das Gatter offen, eilt den Gartensteig hinauf, rüttelt an der Haustür. Sie ist verschlossen, gibt nicht nach. Eine Weile steht Wrede still, überlegend. Dann nähert er sich dem Fenster, will dagegen klopfen, stößt gegen eine Scherbe, die klirrend herunterfällt. Er erschrickt, er steht lauschend, er lauscht gegen die Stube, in der sich nichts rührt. Eine zähe lange Stille scheint aus dieser Stube zu dringen, wie etwas Hartnäckiges, Böswilliges.

Schließlich entschließt er sich. Er ruft leise: „Utesch!" Nichts. Und noch einmal: „Meister Utesch!" Nein, nichts. Nur von Augenblick zu Augenblick ein Windstoß in dem raschelnden Herbstgebüsch.

Er ruft noch einmal angstvoll: „Martha! Martha Utesch!" und bricht in die Knie, als eine Hand sich auf seine Schulter legt, eine Stimme flüstert: „Still! Still doch! Hören Sie nicht?"

So, die Knie in der kühlen Gartenerde, unter der Hand des Geheimnisvollen, lauscht er, und nun meint er, weit drinnen im Haus etwas stöhnen zu hören, kurz stöhnen zu hören.

Plötzlich versteht er. „Der Hobel! Utesch ist in der Werkstatt?"

Der andere: „Er macht ja wohl ihren Sarg." Und mit einer schrecklichen Neugierde: „Er hat sie ja wohl umgebracht, Herr Inspektor?"

Wrede steht wieder. „Hören Sie zu, Hinz. Laufen Sie, was Sie können, zum Wachtmeister. Ich werde hier Posten stehen, daß Utesch nicht ausreißt."

Der andere zögert.

„Laufen Sie!“

Hinz verschwindet; ist fort, untergetaucht in der Schwärze.

Langsam nähert sich Wrede dem Fenster. Er befühlt es. Ein Flügel steht offen, er neigt sich in die Stube, ein Streichholz flammt auf.

Er sieht . . ., er sieht . . ., dort liegt etwas Weißes, allein, ausgestreckt, etwas, das nicht mehr greifen kann, das schlaff geworden ist, doch zugreifen möchte, o du guter Gott! Eine Hand! Eine Hand allein!

Und dort das Dunkle, Verhüllte, unter den Rändern eines Tuches sind schwere zähe Teiche hervorgequollen . . . Das Streichholz erlischt.

Wrede greift in die Tasche, in die Schwärze des Zimmers wirft er den Ring, er hört ihn klirren, klingen mit dem weichen hellen Klang, den nur Gold hat.

Da stürzt Wrede fort in die Nacht, in die Stille der Felder, wo nur der Laut des Windes ist oder einmal das Rascheln eines Tieres. Keine Menschen. Hier aber ist Stille, lange Stille.

Und jetzt kommen die Lichter, die Leute und die Polizei.

Länge der Leidenschaft

1

Er trat ein, und Ria begriff sofort, daß sie sich vollkommen geirrt hatte, daß ihr Vater im Recht gewesen war, diesen subalternen Schreiber, wie sie ihn verächtlich genannt, zu sich ins Haus zu bitten, dort einige seiner einsamen Abende zu verplaudern.

Er verbeugte sich vor der Mutter und küßte ihre Hand, er sprach einige rasche lächelnde Worte zum Vater, nun stand er vor ihr, ihre Hände streiften, ihre Blicke begegneten sich. Sie senkte den ihren, von einer ihr unfaßlichen Verlegenheit befangen, und, als sie ihn wieder erhob, redeten die andern, von irgendwelchen Arbeitersachen natürlich, und natürlich hatte er denselben Standpunkt wie der Vater.

Irgendwie war Ria enttäuscht und, indes sich Verlegenheit und Enttäuschung zu einer Gereiztheit in ihr verdichteten, musterte sie den Sprecher neben sich, fand den glattgeschorenen, bartfreien Kopf lächerlich klein, die Gestalt zu lang und dünn, Hände und Knöchel schon übertrieben schmal und wiederholte sich, die Lippen vorschiebend: „Subalterner Schwätzer!“

Sein Blick sprang zu ihr über, hinter den großen Brillengläsern ging um die Augen solch Lächeln auf, daß klar ward, er habe sie erraten. Er hob die Schulter ein wenig, unbeirrt sprach er zum Vater weiter von den Exmissionsklagen, mit denen die renitenten Arbeiter aus ihren Wohnungen zu jagen seien, und plötzlich schienen ihr seine Stimme und seine Worte von einer rätselhaften Zweideutigkeit getränkt: Dies sprach er und meinte ein anderes, und dies andere meinte er für sie, vielleicht auch für jene, die obdachlos auf der Straße liegen sollten, doch vor allem für sie. Sie verstand nichts.

Später saßen sie einander am Schachbrett gegenüber. Er spielte rasch, leicht, mit einer sprunghaften Plötzlichkeit, die sie nie seine Pläne erraten ließ. Ehe sie noch zog, rief er: „Wenn Sie diesen Zug machen, sind Sie matt", und sie fühlte seinen Fuß neben dem ihren. Er schmiegte sich fest an, unmißverständlich, sie fühlte die Wärme seines Beines an ihrer Wade, und diese Wärme stieg ihr in die Wangen. Verwirrt fragte sie: „Welchen Zug soll ich nicht tun?" und zog ihren Fuß zurück.

„Diesen nicht", sagte er, machte den Zug, den sie hatte tun wollen, und fing ihren Fuß zwischen den seinen ein. Sein Blick traf sie, er war völlig kalt, grausam und wissend, ein Blick, vor dem sie erbebte.

„Ich bin zu müde, um zu spielen", und sie stieß mit der Hand gegen das Brett, daß die Figuren durcheinanderrollten. Einige fielen zur Erde, er bückte sich, hob sie auf, und seine Hand faßte ihr Bein.

Nie war sie so schamlos berührt worden. Ihr Zorn wurde stark, fast laut sagte sie: „Lassen Sie das, ich sage es meinen Eltern."

„Soll *ich* es ihnen sagen?" fragte er zurück und machte einen Schritt auf die Patience legenden Eltern zu.

Sie sah ihn an, und wieder hatte sie das Gefühl, als habe er etwas ganz anderes gesagt, weit über den Klang seiner Worte hinaus, ein tieferer Sinn schien verborgen, über die Worte hinaus, etwas, das sie anging und vielleicht das ganze Leben anging, seine Zweifelhaftigkeit, seine Unsicherheit, sein Verrinnendes.

Sie machte eine Geste, die Hände flach zu erheben. Sie ließ es. „Mama, Herr Martens möchte sich verabschieden", sagte sie.

2

Lange lag Ria in ihrem Mädelbette wach. Nun er fern war, nun nicht mehr sein Blick, seine Hand, sein Lächeln auf sie wirkten, wuchs ihr Zorn. Für wen hielt er sie, daß er die Frechheit hatte, sie so zu behandeln? Etwa für eine Dirne? Nie, nie hatte es ein Mann gewagt, sie so anzusehen, sie so anzufassen. Sie dachte an die Küsse, die sie einmal, ein einziges Mal, einem Freunde ihres Bruders nach einem Tanz erlaubt. Aber diese Küsse waren etwas kindlich Sanftes gewesen gegen diesen Blick, dieses Anfassen, dieses Treten.

Sie war auf dem Lande aufgewachsen, sie hatte die Tiere gesehen, sie wußte, die Dorfmädel hatten ihre Verhältnisse, und ein uneheliches Kind war weder etwas Seltenes noch ein Rätsel für sie. Aber das waren die Dorfmädel! Verwechselte er sie etwa mit jenen? Sie, die Tochter eines Rittergutsbesitzers, sollte sich so behandeln lassen von einem simplen Schreiber ihres Vaters!

Sie wollte es ihm sagen! Nicht noch einmal sollte er es wagen, so die Augen vor ihr aufzuschlagen. Sie würde es allein mit ihm ausmachen, ohne die Eltern, sie würde zu ihm aufs Büro gehen, und sie würde ihm unzweideutig sagen, daß seine Tage hier auf Baumgarten gezählt seien, wenn er noch einmal ...

Morgens erwacht, verschob sie die Ausführung ihres Entschlusses. Doch dann, als ihr Vater nach dem Essen in seinen Jagdwagen stieg, die Mutter schlief, sah sie sich plötzlich auf dem Weg über den Hof. Noch an der Bürotür zögerte sie und klopfte schon, und sein „Herein" rief sie.

Er war nicht allein. Nie hatte sie daran gedacht, daß er bei diesem Besuche nicht allein sein könnte. Rauchend stand er mit dem Dorflehrer am Fenster, wandte nicht den Kopf und fragte nur: „Nun?", alles blieb still, und nach einer Weile: „Was ist los?", und wandte sich zu ihr, die noch in der Tür stand.

Nein, selbst jetzt war er nicht verwirrt, nicht einmal überrascht schien er. „Gnädiges Fräulein wünschen?"

Kaum kam er näher, er nahm ihre Hand nicht, er verbeugte sich nur.

„Ein paar Frachtbriefe", sagte sie.

Er ging an einen Schrank. „Und was für welche? Eil oder gewöhnliche?"

Sie zögerte, sie fand sich nicht zurecht. War dies der von gestern abend? Der Lehrer hatte sich nach einer Verbeugung fortgewandt, er drehte ihnen den Rücken, sah zum Fenster hinaus.

„Ach, geben Sie mir von jeder Sorte einen!" rief sie ungeduldig. All dies war lächerlich, beschämend, so verkehrt.

„Bitte schön", sagte er, reichte sie ihr und sah sie an. Sie griff zu, wollte gehen, da fragte er sanft und unschuldig: „Damit Sie von jeder Sorte einen haben, vielleicht noch einen Tierfrachtbrief?"

Wieder kam ihr Zorn, sie sah ihn an. Und bemerkte im gleichen Augenblick, daß sie verloren war, daß nichts umher ihr Lachen zurückhalten konnte, schon brach es los und, die Briefe zusammenknitternd, rief sie, vor Lachen erstickt: „Von jeder Sorte einen!"

Auch er lachte, seine Stimme erklang: „Verschwinden Sie, Wehrer der Knaben. Geschwinde verändern Sie das Lokal."

Die Tür klappte, sie waren allein, sie waren still. Das noch festgehaltene Lächeln glich sich aus auf ihren Gesichtern, wurde weggewischt, und mit zitternder Stimme sagte sie: „Wie kommen Sie zu dieser letzten und größten Unverschämtheit, den Wille hinauszuschicken? Was soll er von uns denken?"

Er beugte sich vor, er flüsterte: „Mädel, kleines, dummes Mädel." Sie wich zurück, sie ging Schritt für Schritt von ihm fort, sie murmelte flehend: „Rühren Sie mich nicht an! Fassen Sie mich nicht an! Sie sollen mich nicht anfassen."

Sein Arm legte sich um sie, seine Lippen berührten die ihren, unter diesem Druck öffnete sich ihr Mund. „O du", flüsterte sie.

3

Sie trafen sich bald hier, bald dort, bald da, hinter den Gewächshäusern, im Baumgarten, auf dem Gutshofe, im Krämerladen, nachts und tags im Park. Einmal glaubten sie in der Ferne Rias Vater zu sehen und flüchteten durch Erlen und Weiden, wo überall Wasser sickerte, um in einem Kartoffelfelde atemlos haltzumachen, durch dessen schwarzbraunes, herbstnasses Kraut ein Hühnerjäger hochbeinig stapfte. Oft war es nur ein flüchtiges Wort, das sie tauschen konnten, ihre Hände streiften sich im Vorübergehen, die Augen grüßten einander, und immer wieder kam eine Stunde, da seine Küsse sie überschwemmten, sie atemlos machten, da seine Hand sich weiter verirrte ... Sie machte sich los aus seinem Arm, zum hundertsten Male wiederholte sie ihm, daß kein Mann sie ohne Eheverspruch haben würde.

Er war neben ihr, er erzählte ihr von den Frauen, die durch sein Leben gegangen waren, er lächelte ihnen zu, im Erinnern grüßte er sie wieder und wieder. Sie zogen dahin, sie entschwanden, neue drängten herzu, und ihr Stolz empörte sich dagegen, auch einmal eine von allen diesen gewesen zu sein. Er lächelte, er maß ihr die kleine Weile der Leidenschaft, die lange Weile des Lebens ab, er hob seine Hand, er zeigte sich naiv eingebildet, daß keine all dieser Frauen sich im Bösen von ihm getrennt, und plötzlich schien ihr aus dem lachenden Glück seiner Worte ein trüber, welker Geruch von getrockneten Rosenblättern aufzusteigen, die zwischen alten Briefen liegen. Eine namenlose Trauer erfaßte sie, dieser neben ihr schien nie die eine Stunde zu meinen, sondern alle andern noch, nie nur sie zu lieben, sondern alle Frauen vor ihr ebenso und jene, die kommen würden, desgleichen. Sie tastete nach seiner Hand, wie sich zu halten an ihr, sich zu überzeugen, daß er doch war, wenigstens fleischlich da war bei ihr, und entmutigt zog sie die ihre wieder zurück, da sie bedachte, wie wenig solche Fleischlichkeit bedeute.

Und dann kamen wieder seine Küsse.

4

Eines Nachts klopfte er an ihre Tür.

Er stand draußen, er verlangte, daß sie öffne, er bat nicht, er befahl. Zitternd lauschte sie in das Schlafzimmer der Eltern hinunter, durch die Tür fragte sie ihn, wie er in das verschlossene Haus gekommen, sie flehte ihn an, wieder zu gehen.

Dann meinte sie, unten ein Geräusch zu hören, sie schloß auf, er huschte herein, er nahm sie in seine Arme. Noch einmal wehrte sie sich in der irren, wahnsinnigen Angst des jungen Mädchens, sie beschimpfte ihn, sie schrie, daß sie ihn hassen werde, ewig hassen werde danach.

Und eine Sekunde kam, da die Welt stille zu stehen schien, alles lauschte, alles hielt den Atem an, und sie sank, sank endlos. Plötzlich aber strömte sie, auf einem unendlich glücklichen, feierlichen Strom des Lebens strömte sie dahin: so viel Wimpel, so viel frohes Gewehe grüner Baumzweige, solch purpurne Zelte und freudige Vögel. Sie warf ihre Arme um seinen Hals, dichter zog sie ihn an sich, und das kleinste Tagesding hatte seinen Sinn bekommen, und das lange Warten und das Wehren und die Qual – alles voll Sinn.

Nun trafen sie sich jede Nacht. Er kam spät an die Hintertür, sie wartete schon, an der Hand zog sie ihn die dunkle Stiege hinauf, auf Strümpfen, dann war die milde weiße Helligkeit ihres Mädelzimmers da, und die Feste begannen. Oft unterbrachen sie sich, lauschten hinab in das Haus, verfolgten den Schritt eines Dienstmädchens, der endlos lange vor Rias Tür zu verharren schien, und aufatmend sahen sie sich in die vor Glück leuchtenden Gesichter.

Nebeneinander liegend, den Kopf in den Arm des andern geschmiegt, erzählten sie sich aus ihrem Leben. Er tat die Weite seines wechselvollen Daseins auf, Städte waren da, fremde Lande, er fuhr auf Schiffen, arm war er gewesen und reich wieder geworden, um, sich nach Ruhe sehnend, in diesem stillen Winkel *sie* zu finden.

Sie begriff nichts, sie fragte. Hatte sie nicht vor seinem

Engagement seine sämtlichen Zeugnisse gesehen, sie geprüft, dem Vater selbst zu ihm geraten? Hatte er denn nicht immer, wie sie auch, auf dem Lande gelebt?

Er lächelte nur, plötzlich waren die Straßen voll eines endlosen Zuges von Automobilen, sie schlüpften hindurch, sie bargen sich in einem stilleren Lokal, eine Musik ertönte, fremde, betörend schöne Frauen tanzten, und ein buntgekleideter Neger schritt mit einem Marschallstab würdig auf und ab.

Furcht wollte Ria um jenen, der bei ihr lag, fassen, etwas stimmte nicht: Wer war er denn? Und sie sah das ruhende, tiefe Glück seines Gesichtes, sie begriff, daß er um diese ihre Liebe gelitten hatte wie sie; wie hatte sich der rohe Forderer von damals, der rücksichtslose Erbeuter, der Held so vieler Frauen derart verwandeln können? Er war ein glückliches Kind, und seine Liebe war neu, als habe er nie geliebt. Er wußte nichts von einem Gestern, einem Morgen, sie heute glücklich zu machen war alles, was in sein Denken reichte.

Sie gaben sich bei jeder Trennung das Wort, in der nächsten Nacht zu pausieren, einmal auszuschlafen, und dann lag sie wach, von toller Sehnsucht nach ihm, bis endlich doch um Mitternacht ein Kiesel ihre Scheibe traf, sie hinabeilte, ihn zu sich hinaufzog, vierzehn Tage lang, jede Nacht.

5

Er hatte ein Telegramm bekommen, er mußte nach Berlin. Von ihrem Vater erbat er Urlaub, sie trafen sich wie jede Nacht, sie schliefen nicht, aber übermorgen würde er ja zurück sein. Hinter der Gardine verborgen, sah sie seinen Wagen vorüberfahren, sie bewegte den weißen Stoff und sah sein Gesicht freudig erglänzen.

Diese Tage ruhte sie tief. Erwachte sie, war etwas Leichtes durch ihre gestaltlosen Träume geweht, ein Geschmack wie von tiefbesonntem, blühendem Sommertag füllte ihre Mundhöhle, ihre ganze Gestalt federte und tanzte.

Der Wagen kam leer von der Bahn zurück, hatte er den Zug versäumt? Ein, zwei Tage vergingen über qualvollem Warten, ihr Vater begann unruhig zu werden, war Martens verunglückt? Nichts, keine Zeile, kein Wort, keine Nachricht von ihm.

Sie erinnerte sich genau der Vormittagsstunde, da ihr Vater bleich, gebeugt zum Frühstückstisch kam. Draußen regnete es, ein feiner strichweiser Regen fuhr pausenlos über die Scheiben, als der Vater ihr erzählte, der Landjäger habe nach Martens gefragt. Möglichkeit war da, daß er ein steckbrieflich verfolgter Hochstapler sei, der abseits auf dem Lande eine Atempause gesucht. Doch blieb unverständlich, wie er auf den Tag genau von dem Zugriff der Behörde erfahren, so daß er sich ihm entziehen konnte. Unsicher war alles: Zufall konnte das Ausbleiben sein, zufällig Namensgleichheit und flüchtige Ähnlichkeit vorliegen. Schriebe er doch!

„Ich habe ihm nie getraut", sagte Ria kurz, und sie sagte vielleicht die Wahrheit. Den sie liebte, er war ihrem Wesen fremd geblieben, der sie ganz erfüllte, aus einer andern, lockenderen Welt war er gekommen, er hatte sie ihr nur gezeigt, nie würde sie dies leichtere Land betreten.

Sie zürnte ihm nicht einmal. Dies war seine Art wohl, ihm auferlegt und oft nicht leicht, wie es ihre Art war, im Gleichmäßigen zu verharren, in der Stille, im tatenlosen Abseitsleben.

Doch, sie zürnte ihm. Daß er fortging, daß er ein Hochstapler war, was wäre darüber zu zürnen gewesen? Aber daß er fortschlich von ihr, ohne ihr ein Wort zu sagen, daß er nicht einmal ihr traute, dies war Bitternis und blieb's.

Dann kam ein Telegramm von ihm, aus einer kleinen südlichen Stadt, er kehre nicht zurück, die Schlüssel folgten. Sie trafen ein, nun saß an dem bekannten Bürofenster, dessen Anblick schon ihr Lust gemacht, ein Revisor, der die Bücher prüfte.

Es erwies sich, daß die Buchführung musterhaft in Ordnung bis vierzehn Tage vor seiner Flucht, dann nichts, keine Buchung, Belege durch alle Schiebladen zerstreut, ein völliges Aufhören jeder Arbeit. Chaos.

Als der Vater ihr dies zornbebend erzählte, wandte sich Ria ab und lächelte. Wie sie einander glichen! Hatte nicht auch sie jede Arbeit von sich geschoben, jene vierzehn Tage lang, da das Glück sich selig auf der obersten Kimmung der kristallhellen Woge hielt, lachend ausspähend nach fruchtschweren Gestaden?

Aber auch hier blieb ungewiß, ob er ein Schuft und Liebender oder nur ein Liebender gewesen. Unterschlagungen konnten begangen sein, man wußte es nicht, man würde es nie feststellen können. Und wieder zürnte sie ihm, daß auch dies sogar unsicher geblieben, vielleicht war er ehrlich, vielleicht ein Dieb, nie würde sie etwas von ihm wissen.

Als die Sachen des Hochstaplers, wie ihr Vater ihn nur noch nannte, zusammengepackt wurden, ging sie mit. Zum ersten Mal betrat sie sein Zimmer, auf dem Waschtisch lag die Nagelbürste noch, wie er sie aus der Hand gelegt, die vielen Fläschchen nötigten ihrem Vater ein verächtliches Schnaufen ab. Dann fielen die Kofferdeckel zu, die Sachen kamen auf den Boden, und der Nachfolger zog ein.

Und nun begann die graue, lang hingehaltene Eintönigkeit des stillen Landlebens, die sie vorher so froh gemacht. Vorher, ehe jener gekommen war, ehe das Glück dagewesen. Sie zählte die Stunden, prüfend sah sie den kommenden Tagen ins Gesicht, und keiner versprach auch nur eine Minute solch ungemeiner Seligkeit, wie sie genossen, die Winde wehten so zwecklos, Sonne schien ohne Sinn. Sie hätte sich gern vergessen, aber kein Mann war erreichbar, dem der Verspruch solchen Sichvergessens zu glauben gewesen, sein Nachfolger hinkte, war fett und zog den Schnupfen in der Nase hoch.

Wie grau war das Leben!

6

Plötzlich kam ein Brief von ihm. Sie hielt ihn in der Hand, noch verständnislos, über dem kleinen Rechteck in der Hand erglühte sie, als habe er selbst sich über sie geneigt und ihre Lippen aufgetan.

Er schrieb aus einer fernen Stadt. Sie las die Zeilen, dann kam die Unterschrift, sie saß da, hatte sie etwas gelesen, hatte er etwas geschrieben? Gut, er dachte an sie. Und weiter? Er sehnte sich. Und weiter? Kein Wort, warum er gegangen, kein Wort, was er trieb. Sie stieß den Brief von sich, sie würde nicht antworten, tief versteckte sie ihn zwischen altem Papierkram, nach Jahren würde sie ihn wiederfinden und kaum noch wissen, wer dies schrieb.

Sie las den Brief wieder und wieder. Eine starre Zähigkeit wuchs in ihr, ihn verstehen zu wollen, und langsam begriff sie, daß er sich vielleicht wirklich nicht verstellte, nichts ausließ, nicht log. Flucht, Unterschlagung, Diebstahl, dies waren Dinge des äußeren Seins, ihr Leben war ihre Liebe. Was hätten sie denn sonst gemeinsam gehabt, was wußten sie sonst voneinander, was wollten sie eines vom andern wissen?

Leben war grau, aber in aller Buntheit baute er abseits an einem ungeheuer farbigen Strand das schillernde Zelt ihrer Liebe auf, die täglichen Dinge blieben draußen.

Sie schrieb ihm. Er schrieb. Sie schrieb ihm. Einerlei, auch er tat nichts mehr. Sie hatte sich getäuscht, er war nichts anderes wie die andern. Er schrieb. Sie schrieb. Er schrieb nicht mehr.

7

Eines Winterabends im Dunkeln kam ihr auf der Chaussee ein Mann entgegen, er trat dicht an sie heran, ihr wurde angst, er legte die Hand auf ihre Schulter: Er war es.

Sie hielten einander fest, atemlos vor Glück sahen sie einander in die Augen. „Daß du da bist.“ – „Wie ich dich liebe.“

Alles war vergessen, was dazwischenlag. Erschaudernd erinnerte sich ihr Körper wieder des Griffes dieser Hand, ihre Lippen kosteten den lang entbehrten Mund, an seiner Brust kam sie zur Ruh.

„Daß du da bist!" Und: „Warte hier. Wenn es im Dorf still geworden ist, hole ich dich."

Sie ging von ihm, sie drehte sich um, wieder lief sie in seine Arme. Vor ihren Augen glänzte aller Purpur der längst versunkenen Wintersonne. Langsam sanken mit einer täppischen Verhaltenheit die Bäume aufeinander zu, und sie erinnerte sich, daß er über sie gebeugt dagestanden hatte, ihre Stirn mit Schnee reibend. „Es ist die Freude", murmelte sie, „du warst zu lange fort."

Und gierig sah sie in dies Gesicht, das ihr das schönste der Erde war, es schien bleicher geworden, schmaler, aber die Augen lächelten in einer sanften, traurigen Freude wie je.

Sie ging von ihm. Sie holte ihn. Sie verschloß ihn in ihrem Zimmer, er blieb Tage dort und Nächte, sie saß gesittet am Tisch, sie ging mit der Mutter zu Kranken, vielleicht klopfte unterdes einer an seiner Tür und er, aus seinem Schlaf heraus, rief ein Herein?

Sie fragte ihn nichts, es war nichts mehr zu fragen, war er doch da. Und doch war alles verändert gegen ehemals. In jenen vierzehn Tagen: nur die Einwilligung ihres Vaters, und alles hätte im Hergebrachten geendet.

Nun wußte auch sie zutiefst, stets und für je war dies unmöglich geworden, abseits von allen, gegen jeden hatten sie ihre Liebe, ganz war sie nun jenes Märchen geworden, das er wohl von je gewollt.

Heller, lohender und reiner wehte die Flamme ihrer Liebe gegen den Himmel empor. Sie hielten sich fester in den Armen, denn jede Stunde konnte das Ende sein, sie wußten um dieses Ende für immer. Immer wieder holten sie sich ein, glitt das eine ermüdet fort, fing es das andere mit seinem Blick, und der suchende, flehende Blick ließ alles wieder neu erstehen. Sie wußten von keiner Ermüdung, Schlaf war Vergessen und Vergessen war Tod, eines an das andere geschmiegt, wiegte das Atmen der nahen Brust wie eine gläserne Dünungswelle, eine sanft verschleierte Helligkeit. Und wieder der Blick. Und wieder die Liebe.

8

Eines Nachts, sie kam spät von einer Gesellschaft auf ihr Zimmer, sie schloß auf, er war fort. Sie meinte erst, sie habe sich geirrt. Hatte sie die Tür nicht verschlossen? War er in einem andern Zimmer? Nein, nein, er war fort, ohne eine Zeile, ohne eine letzte Umarmung.

Sie setzte sich auf die Kante ihres Bettes, dieses Bettes, das noch den Abdruck seines Leibes trug. Dies war das Ende, sie hatte immer um dieses Ende gewußt, nun galt es mutig zu sein. Sie hatte einen Traum geträumt, wie ihn kaum je eine träumte. Sie hatte den untadelhaften Geliebten gehabt, der bei ihr nur von ihr gewußt, der nie ein böses Wort gesprochen, einen zweideutigen Witz gemacht. Seine Liebe war so neu und jung gewesen, er war gegangen, ehe sie alt geworden war.

Was sitze ich hier? Sie schreckte hoch. Vielleicht ist er auf der Straße, hinten auf der Chaussee, wartet auf mich. Vielleicht hat er wieder fliehen müssen. Immer auf der Flucht. Du Armer.

Sie suchte ihn die ganze Nacht. Das weiche Gehen durch Schnee, auf den immer vor ihrem Schritt der kleine Blendkreis der Taschenlampe leuchtete, beschäftigte ihr Herz. Einmal meinte sie seine Spuren gefunden zu haben, dann verloren sie sich zwischen andern. Dieses endlose Suchen, die stete Möglichkeit, gleich tauche er auf, lege seinen Arm um sie, ermatteten sie aufs Äußerste. Als sie umkehrte, nach Haus ging, war ihr nicht klar, sie ging von ihm fort. Aber später dann, nach tiefem, traumlosem Schlaf erwacht, wußte sie: Er war dort und sie hier, alles war aus.

Später entdeckte sie, daß ihr bißchen Geld fehlte. Mit einer freudigen Rührung dankte sie ihm, daß er ihre Liebe nicht durch eine Bitte um Geld erniedrigt hatte, all das war draußen geblieben. Nur die Liebe ...

Oder hatte er gehofft, sie werde den Dieb verachten, so den Liebenden leichter entbehren können? Er war längst über alle Verachtung hinaus. Sie atmete, sie lebte, sie liebte, das waren Funktionen ohne Fragen, überlegte sie, ob sie atmen sollte?

Ihm ging es wohl schlecht. Er hatte da draußen zu kämpfen und, wie seine Liebe abseitig gewesen war, war es wohl auch sein Leben. Sicher, ihm würden andere Frauen kommen, aber immer neu würde mit jeder von ihnen seine Liebe sein, sie nahmen ihr nichts. In ihrer Nähe würde er stets wieder der sein, der er gewesen.

Noch später wurde entdeckt, daß seine Sachen fehlten. Der Boden war erbrochen, die Koffer waren fort, Landjäger kamen, suchten nach dem, der dem Dieb mit Gespann Hilfe geleistet haben mußte, ihr blieb die Bitternis, in jener Schneenacht hinter falschen Fußspuren hergeirrt zu sein, indes er auf raschem Wagen ihr längst entflohen. Ihr blieb die Bitternis, nun nicht mehr zu wissen, war er um ihrer Liebe willen zurückgekommen oder nur um seiner Sachen willen.

Sie sah ihn, kaum frei von ihren Armen, über dunkle Böden schleichen, Schlösser probieren, Schlüssel feilen. Sie sah ihn die Dichte ihrer Ermattung berechnen, in ihren Sachen wühlen, Abdrücke von ihrem Schlüsselbund nehmen – und der Auffahrenden wandte er lächelnd das unveränderte Gesicht seiner Liebe zu.

Vielleicht hatte er sie nie geliebt.

9

Die Kreise, die ein ins Wasser geworfener Stein um sich zieht, verebben, jedes Erlebnis verwischt. Die Tage gingen dahin und wurden zu Wochen, aus den Wochen wurden Monate, und wenn Ria die Erinnerung an den beschwor, der ihr Geliebter gewesen, machte es ihr immer mehr Mühe, sich seines Gesichtes zu erinnern, seiner Gebärden, der Art, wie er sprach. Schon verwechselte sie ihn mit den andern. Hatte sie nicht vielleicht nur darum geglaubt, er sei ungemein, da er der erste Mann gewesen, den sie erkannt? Vielleicht vermochte jeder Mann das zu erregen, was er erregt?

Sie sah wieder um sich, die langsam und lässig gewordenen Bewegungen wurden wieder straff, sie willigte ein, vom Gut fortzugehen, mit den Eltern eine Badereise zu machen. Er würde doch nicht mehr kommen, und verfehlte er sie, sein Pech.

In einer kleinen Hafenstadt hatten sie ein paar Stunden auf ihren Dampfer zu warten. Sie schlenderten über Steinpflaster, in dessen Spalten Gras wuchs, an Backsteingiebeln sahen sie hoch, strichen um Kirchen und suchten ein wenig ihre Schulkenntnisse über Gotisch und Romanisch hervor, sie besahen jeden Hut und jedes Kleid, und so entging auch ein seltsames Gefährt ihrer gelangweilten Aufmerksamkeit nicht, ein großer, blau gestrichener, mit Holz beladener Wagen, den keuchend zehn oder zwölf Kerle an Gurten vorwärtszogen. Zwei Männer in Uniform gingen säbelklirrend nebenher.

„Sträflinge auf Außenarbeit", erklärte der Vater.

„Vater!" rief sie. „Vater!"

Dort neben der Deichsel zog er, selbst in dieser häßlichen Tracht unverkennbar er. Unter der schirmlosen Sträflingsmütze das bleiche, ermattete Gesicht, die Schulter gegen den Gurt gestemmt, und nun, mit einem feigen, hurtigen Blick zum Wärter, beugte er sich nach einem Zigarettenstummel, faßte ihn im Vorwärtsgehen, schob ihn in den Mund.

Ihr Auge störte ihn, er sah sie, die am Wege stand, eine rasche Bewegung machte er, wie zur Flucht, und sein kalter, wissender Blick gestand ihr alles, daß dies nun sein Leben sei, daß auch dies das Leben sei und daß er immer darum gewußt.

„Vater!" rief sie. „Vater!"

„Wirklich, das muß Martens sein", sagte der verblüfft.

10

Sie wartete, nun wartete sie wieder auf ihn, nichts konnte es für ihn geben, als zu ihr zu kommen, sobald er frei. Monate machten ein Jahr und noch eines: kein Zeichen von ihm. Es war, als habe sie einen Ruf gegen die Welt getan und warte und warte auf die Antwort. Sie kam nicht.

Sie spann ein verzweifeltes Lügengewebe, sie fuhr heimlich in jene Stadt, sie sah wieder den blauen Holzwagen mit den Sträflingen, *ihn* sah sie nicht. Sie faßte all ihren Mut, sie fragte im Gefängnisbüro nach Martens. Nie war ein Martens dort gewesen. Der Ruf kam nicht wieder.

Wo weilte er? War er sehr oben oder tief unten? War es faßbar, daß er, während sie hier Tag für Tag das gleiche eintönige Leben führte, Gefahren bestand, floh, betrog, überlistete, gefangen ward und immer, immer unsäglich um sie litt und an sie dachte?

Dann einmal, in irgendeiner Stunde, hielt sie einen Brief von ihm in der Hand. Sie las ihn und wußte: Nun war alles vorbei. Nie hatte sie ihn so kläglich klein gesehen. Er bat um ihre Hand, sie wollten gemeinsam fliehen, die heißen Worte auf dem Papier, die ihr Blut wild machen sollten, waren ausgerechnet von einem kalten Wissenden. Er hatte nicht an sie, er hatte an ihr Geld gedacht.

Der letzte unsinnige Schritt eines Menschen vor dem Selbstmord, dachte sie und zerknüllte das Papier. Sie las es nie wieder, sie vergaß ihn wirklich.

11

Sie heiratete. Sie lebte ruhig und glücklich mit ihrem Mann, sie bekam Kinder. Sie hatte Interessen, sie war reich, sie wußte nichts mehr von jener Jungen, die sie gewesen.

Auf der Straße über ihre Schulter hin sprach eine Stimme: „Ria."

Sie fuhr herum, es war das alte junge Gesicht von je, lächelnd mit dem Wissen einer Liebe, die immer da war und immer da sein wird.

Sie gingen nebeneinander, nur von jenen ersten Zeiten sprachen sie, da sie noch miteinander Schach gespielt, da er nachts auf ihr Zimmer geschlichen. Ihre Stimmen bebten. Ein voller, betäubender Sommer schlug sich vor ihnen auf, immer noch standen an einem bunten Meer purpurne Zelte, fern, fern von allem Leben. Ihre Hände faßten sich. „Daß wir uns lieben!" – „Daß wir uns lieben!"

Sie trafen sich viele Male, dies war nicht das Abenteuer, es war das eigentliche Leben, Mann und Kinder waren nur Schale gewesen, dieses war Kern und Herz.

Er entschwand, er kam wieder. Er bettelte um einen Teller Suppe an ihrer Tür, er ging stumm mit einem lächelnden Blick an ihr vorüber, sie hatte ihn auf einer Operettenbühne tanzen gesehen, ihr vorbeijagendes Auto warf einem Steinschläger, der er war, Staub ins Gesicht.

Er war überall und nirgends, er war hier und dort, er war oben und unten. Sie vergaß ihn nicht mehr, sie wußte, sie würde ihn nie vergessen. Er war alles gewesen, um das sie gelebt hatte, alles andere hatte keinen Sinn gehabt.

Sie wurde sehr alt und sehr duldsam. Eines Tages sah sie ihre jüngste Tochter in den Anlagen mit einem Mann. Sie ging vorbei, die beiden bemerkten sie nicht. Ihr Herz wirbelte einmal wild auf. Er war es, jung, seltsam, bezaubernd, wie in ihren ersten frühen Tagen ging er dort mit ihrem Mädelkinde.

Sie wollte sich wehren, dann lächelte sie. Und in diesem Lächeln lag alles: Wissen und Verzeihen, Vergessen und Lieben und die lange, lange Länge ihrer Leidenschaft.

Mein Freund, der Ganove

Ich traf ihn im Wartesaal Vierter, nach Mitternacht, gegen Morgen schon. Er sortierte aus einem Fetzen Zeitungspapier Kippen. Jeder Zigarettenstummel wurde sorgsam aufgepult und der Tabak in eine Blechschachtel getan. Dies Geschäft war gut gegangen, die Schachtel wurde voll.

Doch stand es mit den andern Geschäften nur faul. Er hatte keinen Pfennig in der Tasche und noch nicht zu Abend gegessen. Erinnerte er sich recht, hatte er schon länger Kohldampf geschoben.

„Was wollen Sie? Die Leute haben eben alle heute kein Geld. Dann geht es uns Ganoven auch schlecht. Nicht, daß ich schon etwas anfassen möchte. Ich bin erst eine Woche aus dem Knast. Immerhin, wenn ich so fünfhundert Em hätte ... Ich habe nämlich eine Idee –"

Während des Sprechens entging kein Passant seinem wachen Blick. Er sah sie alle, schätzte sie blitzschnell ein, brachte ihre Erscheinungen in Beziehung auf sich wie ein jagdbares Waldtier. – „Die vollgefressene Brillenschlange da, mit der Seehundsfranse unter der Nase, ist von der Schmiere. Nun, meine Flebben sind rein. Was sich solche Leute einbilden! Werde mich hierher setzen, wenn ich Lampen habe. Aber er hat wen auf dem Strich ..."

Wir sahen den Mann an, der beim Glase Bier am Büfett lehnte. Für mich war das ein kleinbürgerlicher Restaurateur, ein Glasermeister, der ein bißchen mit der kalten Mamsell schäkerte. „Er sucht wen", murmelte Otsche, der Ganove, „und es muß ein Grünling sein, der ihn nicht kennt, sonst stellte er sich nicht so an die Theke."

Was es für eine Idee sei, zu der er fünfhundert Mark brauche?

„Dreihundert täten es auch, zur Not. Ich kann es Ihnen ja sagen, Sie können doch nichts damit anfangen. Übrigens habe ich den Film schon einmal gedreht, in Frankfurt Main. Ein kleines Inserat in der Zeitung: ‚Reitpeitsche mit silbernem Griff verloren. Abzugeben Schulgasse 3 bei Frau Masoch.'" Er sah mich erwartungsvoll an.

„Nun –?" fragte ich verständnislos.

„Prügel –", meinte er lakonisch. „Sie kamen und holten sie sich und zahlten dafür. Alles bestes Publikum mit dikker Marie. Sie ahnen ja nicht, was für eine Nachfrage danach herrscht."

Er lachte. Für ihn gab es keine Bedenken, was die Menschen wollten, mußten sie haben. Seine Sache war es, herauszufinden, wo die Nachfrage saß. „Aber natürlich ging das nur ein paar Tage, bis die Polente dahinterkam."

Der Greifer am Büfett schäkerte noch immer. „Wer es nur sein mag? Von uns ist es keiner, ich kenne alle Jungen, die hier kommen."

Wieder: „Aber man muß in Schale sein. Ich will Ihnen etwas sagen: Ihr Ponim kann sein, wie es mag, wenn Ihre Hosen nur gebügelt und Ihre Hände manikürt sind. Und dann müssen Sie natürlich richtig deutsch sprechen, für unsereinen gar nicht so leicht bei den vielen Fremdwörtern. Da haben die Leute gleich Zutrauen zu Ihnen. Wenn Sie denen erzählen, Sie sind Doktor und können Diathermie und Arteriosklerose sagen, ohne zu stolpern, und lassen ihre Weiber merken, Sie haben ein weites Herz, wenn es in Punktus Punkti mal schiefgegangen ist, dann dürfen Sie ruhig Ihre Brieftasche vergessen, jeder hilft Ihnen aus.

Aber der Greifer dort macht mich nervös. Mir wäre nicht so mies, wenn er was von mir wollte." Er suchte den ganzen Saal ab. Die Birnen schienen trübe durch die Rauchschwaden. Traumverlorenes, dumpfes Gefangensein hing über den Verschlafenen, Zerknüllten. „Wer es nur sein mag?" Er suchte wieder, pfiff durch die Zähne. „Ein Mädel ist's! Darum konnte ich in dem Mist nicht klarkommen.

Sehen Sie die Kleine dort in der Ecke, die den Kopf auf den Arm gelegt hat und tut, als ob sie pennt? Die pennt nicht! Sie hat den Fuß auf dem Handkoffer, dadrin ist die Sore."

„Irren Sie sich nicht, Otsche? Der Kriminal steht mit dem Rücken nach ihr."

„Und am Büfett hängt ein Spiegel, in dem er die Ecke sehen muß. Warten Sie mal." Er hatte eine Zigarette gedreht, nun schlenderte er, die Hände in den Taschen, zu einem Tisch, an dem ein paar Arbeiter verdrossen vor ihrem Kaffee saßen. Er ließ sich Feuer geben, begann stehend eine Unterhaltung, bewegte sich hin und her und war so stets zwischen Spiegel und Mädchen. Der am Büfett tat einen Schritt nach rechts, und der Ganove folgte, auch ein Schritt nach links gab die Aussicht nicht frei, so zahlte der Schnurrbärtige und trat an einen Automaten, von wo sein Blickfeld unbehindert war.

Nach ein paar Minuten kam Otsche zurück. „Sie haben recht gehabt", sagte ich. „Er will was von ihr, und sie weiß es. Vorhin, als Sie einen Augenblick die Aussicht verdeckten, sah sie nach der Tür, als wollte sie fliehen."

„Vielleicht weiß sie's. Sicher aber ist, daß sie verschütt geht. Der ist nicht mehr zu helfen." Er war jetzt entschieden mürrisch und kaute an seiner Zigarette herum.

„Die Sache gefällt Ihnen nicht, Otsche, Sie möchten's verhindern."

„Und ich tät's, fressen Sie einen Besen drauf!" brach er wütend los. „Sie sind ja auch so ein Seidener und haben keine Ahnung, was unsereins für eine Wut im Bauch hat, wenn er die Greifer sieht und an Verhöre, Verhandlung und Knastschieben denkt. Eine Woche bin ich jetzt draußen, und wenn ich mich hier einmische, geht's nicht ab für mich unter ein, zwei Jahren. Nein, ich lasse die Finger davon, ich fasse nichts an in den ersten drei Monaten."

Er schwieg wieder und sah nach dem Mädel hin. Sie schien zu schlafen, und der von der Schmiere ging auf und ab wie einer, dem das Warten auf seinen Zug lang wird.

„Sie wissen, ich hab keine Angst. Aber dann, solche noblen Geschichten sind immer fies. Wenn ich so dumm wäre und griffe was an hier, daß er auf mich los müßte und die Kleine könnte stiften gehen, was hätte ich davon? Sie kennt mich gar nicht, und wenn sie mich auch kennte, keine wartet zwei Jahre Knast auf einen. Lassen Sie mich in Ruh mit den Weibern."

„Aber ich will ja gar nicht, daß Sie was tun, Otsche. Ich finde es sehr vernünftig, daß Sie solide bleiben wollen."

„Quatsch!" sagte er kurz. „Sie haben natürlich auch Detektivromane gelesen und finden, daß unsereins zu seinesgleichen edel zu sein hat. So ein Blech! Ihr Schreiber seid froh, wenn ihr euern Kerl im Kittchen habt, und das Verbrechen ist glänzend aufgedeckt. Für uns aber fängt die Sache mit dem Qualmschieben erst an. Was habe ich davon, wenn ich jetzt nobel bin? Zwei Jahre Bunker! Und Sie wollen das!"

Er war immer aufgeregter geworden. Die Schläfrigen an den Nebentischen drehten schon die Köpfe nach uns.

„Beruhigen Sie sich doch, Otsche", sagte ich. „Ich will das gar nicht. Seien Sie solide und –"

„Da!" sagte er kurz. „Jetzt geht's los. Noch einer von der Schmiere!"

Ein Langer, Blonder, Bartloser stand neben dem Glasermeister, und die beiden sahen ganz ungeniert nach dem Mädel. Das saß da, das Gesicht möglichst weit nach der Wand gedreht, den Koffer griffbereit.

„Wir brauchen uns das ja nicht anzusehen, Otsche", sagte ich. „Kommen Sie. Irgendwo wird schon ein Lokal offen sein. Ich zahle Ihnen ein Essen."

„Ich kaufe mir einen Dreck für Ihr Essen", schrie er. „Fressen Sie es alleine!"

Die beiden Kriminaler drehten uns ihre Gesichter zu.

„Kommen Sie doch", versuchte ich zu beruhigen. „Wir fallen ja auf." Ich legte meine Hand auf seine Schulter, um ihn zum Gehen zu bewegen.

„Fassen Sie mich nicht an!" heulte er förmlich. „Fassen Sie mich nicht . . ."

Der Glasermeister machte einen Satz auf uns zu. Es war

zu spät. Alles wurde rot, dann schwarz, ich hatte noch ein Gefühl, als fiele ich.

Es muß ein wundervoller Faustschlag gewesen sein, technisch ganz einwandfrei: Ich kam erst auf der Rettungswache zu mir. Und es dauerte eine lange Weile, bis mein erschüttertes Hirn begriff, daß mein guter Freund Otsche mir ein ganz klein wenig etwas unter die Weste geschoben hatte. Ich hatte einen sonst aussichtslosen Rückzug decken helfen, und das Mädelchen mit dem Schmuck im Handkoffer war entwischt.

Und auch Otsche, der weder Dame noch Schmuck ganz so fern stand, wie er angegeben, auch Otsche war dahin. „Wissen Sie, in dem Tumult ...", meinte der noch schwitzende Glasermeister.

Ich finde das erklärlich. Und es ist mir aufrichtig gesagt angenehm, daß ich in meinem jetzigen Zustand Otsche nicht bei irgendeinem Verhör gegenübertreten muß. Es würde ihn betrüben, wie wenig schön ich aussehe.

Besuch bei Tändel-Maxe

In einer leichten Stunde habe ich einmal meinem Freund, dem Tändel-Maxe, arbeitslosen Einbrecher a. D., fünfundsiebzig Reichsmark geborgt. Seitdem ist es mir eine liebe Pflicht, ihn allwöchentlich am Freitagabend um Abschlagszahlung zu ersuchen. Denn durch irgendeine unerforschliche Laune des Nachweises hat Tändel-Maxe seit ein paar Wochen Arbeit gefunden, er ist ein tüchtiger Schlosser und bringt jede Woche seine sechzig Mark nach Haus. Bringt er sie nach Haus –?

Nachdem ich mir auf irgendeiner verfluchten Treppe des Gängeviertels die Schienbeine beschädigt und durch den entstandenen Lärm alle Hausbewohner genugsam auf den Besuch eines Ortsfremden vorbereitet habe, trete ich ohne weitere Umstände bei Maxe ein. In diesem Hause halten wir noch vor Erfindung von Gas, Klingel und elektrischem Licht, man ist noch nicht soweit. Auf Türschlösser scheint man wieder aus dem umgekehrten Grunde verzichtet zu haben, man hat sie als doch völlig unzureichend erkannt und verworfen.

Maxe sitzt bei einer Ölfunzel am Tisch und rasiert sich. Ich setze mein gewinnendstes Lächeln auf. „Ich wollte doch mal nach dir sehen, alter Junge. Wie steht's mit dem Kies? Zehn Mark muß ich heute unbedingt haben."

Maxe betrachtet mich düster. „Genau nichts, Dokter."

„Aber, Maxe, das ist doch unmöglich, du hast heute mittag erst deinen Lohn bekommen." Ich schmeichele: „Geh her, alter Junge, sei vernünftig, sonst kommst du ja nie aus deinen Schulden heraus."

„Hast du eine Ahnung, wie sehr ich in Vorschuß sitze!" Er wird elegisch. „Als ich noch brechen ging, habe ich immer meine Verpflichtungen erfüllt. Aber seit ich solide bin, ist alles Krampf."

„Sechzig Mark ist ein schönes Geld", sage ich träumerisch. „Es wird dir alles nichts helfen, zehn mußt du ausspucken. Du hast ja Nebeneinnahmen."

„Wenn ich solide bin, bin ich solide. Ich fasse nichts an jetzt."

„*Du* brauchst ja auch nichts anzufassen, Maxe."

„Du meinst meine Olle, die am Vaterland auf den Kitz geht? Nichts, sage ich dir. Ich hatte gedacht, zum Ersten würde sich *das* Geschäft wenigstens beleben, am Ersten ist da sonst mehr los, aber Scheibe! Die Frau steht sich bei dem Wetter die Beine in den Leib, und niemand kommt rüber."

„Flau auch da?"

„Das Mädchen ist fleißig, sage ich dir. Die sitzt nicht im Kaffeestamm und gibt Geld aus. Aber wenn die Menschen nicht mal mehr . . .!"

Maxe ist ganz Schwermut. Kein Reisender kann über die lustlose Lage des Textilgewerbes verzweifelter sein als Maxe über den miesen Kitz. „Ich habe ihr Strümpfe und Kombinationen gekauft, nichts hilft."

„Na, Maxe", sage ich begütigend, denn sein Schmerz zerreißt mir das Herz, „ich wußte nicht, daß du so schlimm dran bist. Lassen wir es bis zum nächsten Freitag."

Tändel-Maxe ist mit dem Rasieren fertig geworden und langt nach seiner Jacke. Die Brieftasche, die er zieht, scheint mir merkwürdig geschwollen. Er öffnet sie, und als er in den Scheinen blättert, strahlt sein Gesicht.

Ich staune. Grüne Fünfziger, braune Zwanziger, viele, viele. „Aber, Maxe, wie kommst du zu dem Geld! Das müssen ja weit über tausend Mark sein!"

„Tausend Mark? Das zieht nicht."

„Also!" Auch ich ziehe eine sehr viel schmächtigere Geldtasche, zücke seinen Schuldschein. „Hier, Maxe, machen wir die Sache gleich glatt."

Maxe leuchtet förmlich. „Oh, Dokter, Dokter, du bist doch gar nicht helle! Siehst du wirklich nicht, daß das alles linke Marie ist?"

„Linke Marie –?" frage ich verdutzt, denn linke Marie heißt Falschgeld.

„Linke Marie!" echot er. „Natürlich linke Marie. Sieh dir's doch an. Alle Münzenhandlungen Hamburgs habe ich abgelaufen, sie zusammenzukriegen. Alles Geld aus der Inflation."

Ich blättere darin. Jetzt, da er es mir gesagt hat, dämmert es: Diese braunen Zwanziger sehen vielleicht ein bißchen anders aus als die jetzt umlaufenden, diese grünen Fünfziger sind nicht genau das, was einem die Reichsbank heute in die Hand drückt, aber, ich gestehe es, *ich* hätt's mir andrehen lassen, *ich* hätt's nicht gemerkt!

„Und tausend andre merken's auch nicht", sagt er zufrieden. „Man muß nur den richtigen Blick haben, wo man's riskieren kann. Und fällt man wirklich einmal rein, ist man selber angeschmiert worden. Ich nehme natürlich immer nur einen mit, dies ist mein Lager. Magst was davon, Dokter?"

„Lieber warten, Maxe", sage ich. „Es hat keine Eile mit dem Geld. Mir sähe es jeder an der Nase an, wenn ich ihm einen solchen Fünfziger andrehen wollte."

Maxe grinst verächtlich. „Du bist auch so ein richtiger Bürger, Dokter. Ich möchte wohl wissen, was du anfingest, wenn du ohne einen Pfennig, ohne einen Bekannten in einer fremden Stadt ständest. Du gingest wohl wahrhaftig zur Sipo und tätst dich melden als bestellt und nicht abgeholt. Na, tröste dich, jeder kann nicht tüchtig sein. – Wie ist's? Kommst du heute abend mit? Ich will linke Marie an den Mann bringen."

Maxe hat recht, ich bin nur ein hilfloser, ängstlicher Bürger, und so hatte ich für diesen Abend anderweitige Verabredungen.

Doch fällt seit jenem Freitag auf, wie ängstlich ich alle Scheine prüfe, die mir in die Hände kommen. Ich habe ewig Angst, ich kriege einen Gruß vom Tändel-Maxe und bleibe mit dem Gruße sitzen. Er ist darin genauso streng wie die Reichsbank: Linke Marie nimmt er nicht.

Liebe Lotte Zielesch

Sie haben da vor ein paar Tagen sich im „8 Uhr-Abendblatt" mit den Spesen beschäftigt, die uns Knackern beim Bruch entstehen, und unsrer miesen Geschäftslage ein nasses Auge geliehen. Recht haben Sie, Lotten! Aber lassen Sie sich flüstern, Schreiberin, wir haben ein altes Sprichwort: Die mehrsten und die besten Brüche werden noch immer mit dem Kuhfuß gemacht, nicht mit dem Gebläse.

Was habe ich schon davon, wenn ich einen Ia Panzer anschneide und am Ende eine Portokasse finde! Nicht die Spesen, und am nächsten Morgen eine schlechte Presse. Viel wichtiger als Gebläse ist eine gute Annonce, wo grade mal schlecht gesichert Geld liegt, an einem Zahltag, beim Rennen, nach einer Hypothekenauszahlung. Aber so 'ne Annonce ist so selten wie 'ne Jungfer.

Und wenn Sie mal auf die Polizeiausstellung geraten, Lotten, werden Sie sehen, daß die wirklich haushohen Dinger nie mit piekfeinem Werkzeug gedreht sind, sondern mit einem Kuhfuß und ein paar selbstgemachten Tändeln aus Draht, allenfalls einem Gebläse, das aus Konservenbüchsen gebastelt ist. Ja, wenn das so wäre, erstklassiges Werkzeug und eine feine Annonce und ein Schärfer dazu, der einen finanziert, dann möchte ja wohl jeder knacken gehen!

Im übrigen lassen Sie sich gesagt sein, mit dem ollen ehrlichen Bruch ist es heut Bruch. Ich kenne einen Haufen Jungen, die erstklassige Fachleute im Knacken sind und stempeln gehen müssen, weil die Arbeit nicht mehr ihren Mann ernährt. Bare Marie ist knapp, und wenn Sie schon mit einem halben Pelzgeschäft beim Schärfer angesockt kommen, was kriegen Sie schon für die Sore? Besch-eidene Zeiten!

Ja, wenn unsereins als Sammetpfötchen auf die Welt gekommen wäre! Taschen-Maloche ist noch ein Geschäft. Aber dafür sind meine Hände zu schwer, das lernt man nicht mehr in meinen Jahren. Und so muß man sich denn mit Kleinigkeiten durchhungern, und darunter leidet der Berufsstolz. Was würden die andern Jungen sagen, wenn unsereins wegen Betteln mit der Waffe oder sons Knast schieben müßte? Alles Ansehen, was man sich in zwanzig Jahren erknackt hat und was einem durch PA behördlich anerkannt worden ist, ginge flöten. Ich müßte mich ja sogar vor der Schmiere schämen!

Na, jedenfalls sollen Sie bedankt sein, Lotten, daß Sie mal ein Wort für unsre schlechten Geschäfte gefunden haben. Wenn ich Ihnen mal irgendwie behilflich sein kann (zu einem Schmuck oder so was), flüstern Sie's

Ihrem

Tändel-Maxe

* Schmiere = Kriminalpolizei; Flebben = Ausweispapiere; Lampen haben = polizeilich gesucht werden; Greifer = Kriminalbeamter; Ponim = Gesicht; Sore = Diebesgut; Qualmschieben = Strafe verbüßen; Tändel = Dietrich; Bruch = Einbruch; Kuhfuß = Brecheisen; Annonce = Tip; Schärfer = Hehler; Sammetpfötchen = Taschendieb; Betteln mit der Waffe = Raubüberfall; PA = Polizeiaufsicht.

Einbrecher träumt von der Zelle

Er hat zwei Jahre Hamburger Gefängnisse hinter sich und fünf Jahre preußische, seitdem ist er auf die Preußen nicht gut zu sprechen. Ihr Strafvollzug taugt nichts, ein aufrechter Mann kommt in ihren Kittchen nicht mal zum Fußballspielen, man muß kriechen dort, um solche Vergünstigungen zu bekommen. Nun hat er, wenn er auf die Arbeit geht, stets einen Stadtplan bei sich, um nicht versehentlich statt in Hamburg auf Altonaer Gebiet einzubrechen. Und nie unterläßt er es, sobald er beim Reeperbahnbummel ans Nobistor, an die Grenze zwischen Hamburg und Altona, kommt, zu erklären: „Machste 'nen Mord, hier: fünfzehn Jahre; einen Schritt weiter: weg mit der Rübe!"

Wenn Sie ihn sehen, macht er sicher keinen schlechten Eindruck auf Sie. Er ist gewandt und höflich, denn er hat sich in seinem Leben mit zuviel schwierigen Lagen abfinden müssen. Er ist gut gekleidet, denn er darf nie durch sein Aussehen Verdacht erregen. Er hat auffallend gewandte Hände, rasche Hände, kluge Hände, die verlangt sein Beruf. Er ist geistesgegenwärtig, wie wäre er sonst dreißig Jahre alt geworden in *dem* Beruf mit nur sieben Jahren Knast. Er ist, verlangt es die Stunde, brutal bis zum Exzeß, mit Vorsicht und Rücksicht knackt man keine Schränke.

Er hat nur zwei Leidenschaften. Darin liegt seine Stärke, denn wenige Menschen haben ihrer nur zwei. Die eine ist das Brechen, die wurde ihm in die Wiege gelegt. Er denkt heute noch mit Entzücken an die Schauer, die über seinen Leib liefen, als er, ein Dreizehnjähriger, eine Scheibe mit dem Diamanten ausschnitt, einstieg und in der Schlafstube des Onkels stand, den Atem der Schlafenden hörte, nach der Kommode tastete und die Brieftasche nahm. Es war ein feines Stück von Nervenfestigkeit für einen Dreizehnjährigen. Wohl brachte es ihm die Fürsorgeerziehung ein, aber die war so übel nicht, man lernt da noch was für seinen Beruf.

Heute verachtet er solche Gelegenheitseinbrüche, er kann ein halbes Jahr warten, baldowern, bis ein Ding steigt. Am liebsten arbeitet er allein, muß man Kippe machen, ist man immer der Dumme. Bei seinen Hehlern ist er gerne gesehen, sie geben ihm Vorzugspreise, bis zu zwanzig Prozent des wirklichen Wertes: Er hat noch nie einen Schwärzer in die Pfanne gehauen.

Seine zweite Leidenschaft sind die Frauen: Er hat allerdings diese Vorliebe mit fast allen seinen Geschlechtsgenossen gemein. Nur, daß er sich nicht auf eine festlegt. Die Mädchen auf der Reeperbahn, im Gängeviertel kennen ihn alle. Nie hat er andere Mädchen gekannt, auch nie gesucht: Es macht soviel Umstände mit den Gänsen. Er braucht Frauen, aber sie sind alle gleich für ihn, er kann sie nicht unterscheiden. Sie sind alle dumm, geldgierig, verlogen, schwatzhaft, nur zu einem gut. Darin ist er Mohammedaner: Er würde lachen, hörte er, daß Frauen mehr seien als Fleisch.

Haß gilt der Schmiere, aber nicht so sehr wie Verrätern aus den eigenen Reihen. Trifft er so einen, wird die ganze Welt rot, auf offener Straße wirft er ihn nieder, beißt, schlägt, reißt ihm ein Ohr ab, zerschlägt eine Nase, bis auf irgendeiner Wache in der Tobzelle die Besinnung, nicht die Reue kommt. Er hält streng auf Berufsehre: Keine doofen Dinger drehen, saubere Arbeit leisten, Schwärzer auf jeden Fall decken, nichts und niemanden verraten. Er ist ein zuverlässiger Kumpel, bis es an die Teilung der Sore geht, wo es heißt, den größten Anteil erkämpfen. Hinterher ist alles wieder gut. Aber vor allem ist er der Feind aller, die keine Ganoven sind.

So geht er durch das Leben, zwischen dem Geschiebe

der Menschen, fast still, ohne viel Gemeinsamkeit mit ihren Nöten und Freuden. Aber manchmal, in seinen trüben Stunden, wenn die Polente hinter ihm her ist, wenn er keine ruhige Stunde hat tags wie nachts oder wenn er auch nur einfach traurig ist, fährt er nach Ohlsdorf hinaus und geht um die Fuhlsbütteler Anstalten. Er sieht zu den vergitterten Fenstern empor, er träumt sich wieder drinnen. Dort ist die Ruhe, dort der Schlaf ohne Ängste, das regelmäßige Essen, die gleichen Brüder. Hinter jenen hellen Fenstern hat er in der Tischlerwerkstatt gestanden und Rolljalousieschränke gebaut, eine feine Arbeit, nicht ohne Witz.

Schließlich geht er heim, in die große Stadt, die ohne Heim für ihn ist. Feind aller, sein eigener Feind, mit dem Traum im Herzen von einer kargen Zelle.

Warum trägst du eine Nickeluhr?

Mein Vater ist Uhrmacher, mein alter Herr hat ein Uhrengeschäft, ich könnte sagen, er wühlt in Uhren, und dies nicht nur bildlich – ich aber, sein einziger Sohn, trage eine Nickeluhr, für zwei Mark fünfundachtzig, einschließlich Kette, mit einjähriger Garantie. Ich habe sie mir gekauft, und nicht bei meinem Vater.

Meine Freunde fragen mich: Warum trägst du eine Nickeluhr? Hast du es nötig?

Ich könnte antworten: Freunde, schweigt mir! Die Zeiten sind schlecht, jeder sieht, wo er bleibt. Oder ich könnte antworten: Ich will dies ausprobieren, dies Werk für zwei Mark fünfundachtzig. Wenn ich schon die Juristerei studiere, das klebt mir an, ich studiere dies Werk für meinen Vater.

Nein! Ich hasse die Notlügen. Ich sage: Ich trage diese Nickeluhr, weil mein Vater filzig, geizig, gnietschig ist. Für seinen einzigen Sohn hat er keine goldene Uhr, er handelt mit Uhren, er verschenkt sie nicht, so ist er! Das sage ich, wahrheitsgemäß.

Meine Freunde sagen: Oh! Oh! Armer Bursche, er hat einen gnietschigen Vater.

Ich aber frage Sie: Finden Sie, daß mein Vater sich richtig verhält?

Es war der große Tag; ich hatte das Abitur gemacht, das Maturum war bestanden. Da ich noch keine Kinder habe, sage ich offen: Es war mäßig bestanden, grade noch gemacht. Habe ich erst Kinder, werde ich ihnen erzählen, ich habe es summa cum laude bestanden, ein Ministerialdirektor kam extra angereist, er schüttelte mir die Hand, Tränen der Rührung standen in seinen Augen: Junger Mann, das war das beste Abiturium, seit die Mauern des Grauen Klosters stehen ...

Nein, vorläufig war es ein mäßiges Abitur, aber mein Vater schenkte mir doch eine goldene Uhr. Sie war nicht aus seinem Laden, sie war eine Erbuhr von einem längst verstorbenen unsympathischen alten Erbonkel, der mich in meinen Kindertagen abwechselnd „Seelöwe" und „Brüllerich" tituliert hatte.

Vielleicht hatte der Mangel an Sympathie sich auf die Uhr übertragen; sie hielt es nicht aus bei mir, sie trennte sich von mir. Mein Freund Kloß hat ein Segelboot auf dem Wannsee. Wir segeln hinaus, wir baden vom Boot aus; unsere Kleider liegen auf dem Deck.

Ich habe genug geschwommen, ich will ins Boot, ziehe mich an der Bordwand hoch, das Boot legt sich schräg, sachte gleiten die Kleider ins Wasser. Kloß war zur Hand, wir erwischten alles wieder, nur meine goldene Abituruhr – durch ihre Schwere war sie pfeilgrad in eine Tiefe von etwa achtzehn Meter entschwunden.

Mein Vater ist ein ordentlicher Mann, mein Vater ist ein exakter Mann, das ist eine Berufskrankheit bei ihm. Unmöglich, ihm zu erzählen, daß ich die Erb- und Patenonkeluhr baden geschickt hatte. Nein, wir waren im Freibad gewesen, vom Wasser aus hatten wir beobachtet, wie jemand sich an unsern Sachen zu schaffen machte. Wir stürzten hin, jener floh. Trubel, Verfolgung.

Mein Vater machte „Hmm", er ließ die Sache eine Woche anstehen, dann schenkte er mir eine goldene Uhr aus dem Laden, Glashütter Fabrikat, flach wie eine Auster, herrlich.

Zwischen dieser Uhr und mir bestanden Sympathien, sie war die verläßlichste aller Uhren, sie ließ mich nie im Stich.

Sie hat sich nicht leicht von mir getrennt ... Es war diesmal nicht Kloß, es war Kipferling, mit dem ich einen Ausflug nach München machte. München ist eine schöne Stadt, es gibt dort vieles, was man kennenlernen muß; Kipferling und ich, jeder telegrafierte einmal nach Hause um Reisegeld für die Heimfahrt. Als wir dann zurückfahren wollten, war das Reisegeld dahingeschmolzen wie der Schnee vom vorigen Jahr.

Wir hatten nur ein Wertobjekt: meine Glashütter Uhr. Kipferling ging los mit ihr, ich beschwor ihn, er dürfe sie nur versetzen, damit ich sie von Berlin wieder einlösen konnte, nichts, er kam wieder mit der Uhr. Wenn es für Hotel und Heimfahrt reichen sollte, mußten wir uns entschließen zu verkaufen. Wir entschlossen uns.

Während dieser Heimfahrt grübelte ich immer nach einer plausiblen Geschichte, die ich meinem Vater vorsetzen konnte. Aber es war nichts los mit meiner Phantasie, es fiel mir nichts ein. Schließlich blieb ich bei meinem Diebstahl auf dem Münchener Hauptbahnhof, Gedränge, die Uhr ist weg. Plötzlich. Diese internationalen Taschendiebe . . .

Mein Vater sagte etwas trocken: „Du mußt es ja wissen, mein Sohn." Ich fand, seinem Tone fehlte es an Herzlichkeit. Ich fand, ich mußte etwas lange auf die nächste Uhr warten. Offen gestanden half ich direkt nach: zu allen Verabredungen, zum Theater – ich kam zu spät, ich murmelte etwas, keine Uhr . . .

Schließlich bekam ich sie. Sie war nicht so flach, dafür hatte sie zwei Sprungdeckel, außerdem tickte sie ziemlich laut. Sie war eine pflichteifrige Kartoffel, aus purem Gold, nichts, womit Staat zu machen, aber schließlich muß man auf die Gefühle seiner Erzeuger Rücksicht nehmen, ich war zufrieden.

Also, ich gehe zum Tennisspielen, ich spiele Tennis, ich ziehe meine Sachen wieder an, was denken Sie? Wie? Ja! Meine Uhr ist weg! Meine Uhr ist gestohlen! Denken Sie sich meine Verzweiflung! Die pflichteifrigste aller Kartoffeln ist gemaust!!

Und nun stellen Sie sich vor: Was erzähle ich meinem Vater –? Bitte, ja, was erzähle ich dem alten Herrn –? Ja, bitte, bitte, bitte, sagen Sie selbst . . . Diese ältere Generation ist ja derart mißtrauisch!

Also, seitdem trage ich eine Nickeluhr, für zwei Mark fünfundachtzig, mit einjährigem Garantieschein.

Ich sage allen wahrheitsgemäß, daß mein Vater gnietschig ist. Oder finden Sie etwa, daß er sich richtig verhält?

Er ist imstande, also, er glaubt mir einfach nicht, daß meine Uhr geklaut ist. Glaubt es nicht. Nun reden Sie!

Wie Herr Tiedemann einem das Mausen abgewöhnte

Auf dem Lande hatte ich einmal einen Chef, dem saßen im Kopf mehr Grappen als einem durchschnittlichen Hofhund in seinem Fell Flöhe. Zu diesen seinen Grappen gehörte es auch, daß er auf seinem Hof keine Polizei sehen konnte. Nun ist ja auf dem Lande so einiges an Dieberei fällig: Da fehlt ein Sack Hafer, das Schrot schmilzt dahin wie Schnee im April, aber Hannes Tiedemann sagte: „Das erledige ich schon selbst. Dazu braucht mir kein Grüner auf den Hof zu kommen."

Und er erledigte es selbst, der wackere Tiedemann, und wie er seine kleinen Hof-, Feld-, Wald- und Wiesendiebe erledigte! Das beste dabei war, daß auch die Herren von der langen Hand nach dem anfänglichen Ärger selbst grinsten. „Und sie gingen dahin und sündigten dergleichen nicht mehr."

Oder sündigten auch wieder, Menschen bleiben Menschen, und ein Hofegänger, der eine Ziege hat, wird nicht einsehen, warum die im Winter hungern soll, wenn der Tiedemann den ganzen Boden voll Heu hat. Und dann wurden sie wieder erwischt, eines Tages wurden sie immer erwischt, und dann wurden sie darüber belehrt, daß Tiedemann schlauer war als sie – darauf liefen diese Belehrungen immer hinaus. Aber wie diese Belehrungen erfolgten, das waren die Grappen von Tiedemann, das burrte in seinem Kopf wie die Brummer in der Milchkammer, wenn das Fräulein Meieristin im Sommer das Fenster offengelassen hat.

Da wuchs uns auf unserm Hof ein junger sächsischer Knabe heran, Albin Fleischer hieß er, in den Zwanzigern, und seines Zeichens war er ein Schweizer, das heißt, er melkte die Kühe. Das heißt ganz genau, er melkte sie nur dann und wann, wenn ihm grade der Staat dafür Zeit ließ, der schon früh durch eine ausgedehnte Fürsorgeerziehung in Albin Fleischer den Grund zu mancherlei Kenntnissen und Fertigkeiten gelegt hatte. Und als die Betätigung dieser Fertigkeiten Albin wieder einmal eine längere staatliche Pension eingetragen hatte und als dann seine Zeit um war und er wieder hinausgelassen werden sollte, da sagten die im Zentralgefängnis Altholm: „Ja, wohin mit ihm? Lassen wir ihn so laufen, dann klaut er doch gleich wieder." Und da Hannes Tiedemann großen Ruf im Lande Pommern genoß, so schrieben sie einfach auf den Entlassungsschein: „Arbeit als Stallschweizer bei Herrn Gutsbesitzer Johannes Tiedemann in Fern-Varnkewitz."

Da stand er nun an einem gänzlich verregneten Tage triefend naß bei uns im Büro. Wir machten seine Bekanntschaft, und er erklärte uns im schönsten Sächsisch: „Heern Se, ich soll hier de Giehe mälgen."

Tiedemann besah sich dieses Bündel Menschenwerk und sprach: „Da stripp du man de Käuh!"

Und von Stund an war Albin Fleischer bei uns Stallschweizer.

Eine Weile ging es auch ganz gut. Vor seiner letzten Strafe hatte er wirklich eine recht häßliche Dieberei gemacht: einem Arbeitskollegen das Fahrrad und den einzigen Sonntagsanzug geklaut und versoffen. Da hatten, ehe der Landjäger ihn mitnahm, seine Kollegen den Albin nach Strich und Faden vertrimmt, sie hatten ihm eine hübsche Wucht gegeben, abgerieben hatten sie ihn, der hatte Keile, Dresche und Senge, alles in einem, bezogen, und das saß ihm immer noch in den Knochen. Wie gesagt, eine ganze Weile ging es mit ihm bei uns gut, aber dann trat die Liebe dazu, zu einer Kätnertochter Mathilde im Dorf, und nun wurde es schlimm. Da sagte Hannes Tiedemann ...

Aber ich merke leider, mit Albin Fleischer habe ich das falsche Ende meiner Geschichte zu fassen bekommen, und ich muß gewissermaßen noch einmal von vorne anfangen.

Frau Tiedemann war eine kleine fixe Frau. Sie flitzte in der Meierei und im Geflügelstall herum wie ein Wiesel und war stolz auf ihren Kram. Sie kannte jedes Huhn und wußte, wann es dran war mit Eierlegen, und Eierverlegen in Scheunen oder hinter Steinhaufen oder gar, wie es auf manchen Höfen schon passiert sein soll, aufs Klo, das gab es bei ihr nicht. Aber ihr Stolz waren ihre Gänse, die Gans ist ja in Pommern, und zumal in Hinterpommern, noch so etwas wie ein heiliger Vogel, den Gänsen gehörte ihr ganzes Herz.

Und über diese Gänse wurde sie eines Tages schwermütig, denn es war Frühjahr, und sie mußten eigentlich Eier legen. Bei den Gänsen ist es ja nicht so wie bei den Hühnern, die Hühner legen immerzu, das ganze Jahr, mal ein bißchen mehr und mal ein bißchen weniger. Die Gans aber ist ein vornehmes Tier, der Besitzgier des Menschen macht sie keine Konzessionen, sie legt ihr Quantum im Frühjahr, grad genug zur Erhaltung der Art, die brütet sie aus, und Schluß damit.

Frau Tiedemann grübelte sich in einen tiefen Kummer hinein: Was war los mit ihren Gänsen? Sie legten und sie legten nicht. Die Ganter hatten ihre Schuldigkeit bei den Damen getan, das hatte Frau Tiedemann selber ein paarmal gesehen, und nun kamen keine Eier? Wieso kamen keine Eier? Lag es am Futter? Hatten sie zu wenig Kalk?

Und eines Tages sagte sie aufgeregt zu ihrem Hannes: „Du, Hannes, die Weiße mit dem grauen Stutz hat heute bestimmt gelegt. Ich hab's ihr gleich am frühen Morgen angesehen, die hat was. Richtig, sie geht in den Stall. Ich warte noch 'ne Weile, weil ich sie nicht stören will. Dann hör ich sie schimpfen, ich geh rein, sie hat gelegt, aber kein Ei ist da. Sie schimpft, einer hat es ihr geklaut, daß so ein armes Biest keine Sprache hat. Diese Räuber ..."

Und sie sah drohend über den Hof.

Tiedemann bemerkt: „Da bist du selbst dran schuld, meine Mäten. Hundertmal hab ich dir gesagt: Mach deinen Hühnerstall dicht. Aber da steht ja alles offen."

„Alles ist dicht", protestiert sie.

„Alles ist offen", sagt Hannes Tiedemann. „Vergangenen

Donnerstag, als die Klütensuppe angebrannt war, bin ich selber drin gewesen und hab vier Hühnereier ausgetrunken."

„Du bist das gewesen!" schreit sie. Aber er ist schon weg.

Nun bekommt der Stellmacher zu tun, Drahtgeflecht wird gekauft, enges, engeres, ganz enges. „Die Hühner gehen in den Safe", sagt Tiedemann nun.

Aber es hilft alles nichts, es bleibt Baisse in Gänseeiern. Frau Tiedemann lebt unter immer stärkerem Druck, sie schläft nicht mehr, als Nachtgespenst durchirrt sie den Hof, sie fängt an, vom Fleisch zu fallen. Eines Tages explodiert sie, sie bestellt den Landjäger. Sie bestellt ganz einfach den Landjäger, und sie sagt es Tiedemann.

Tiedemann ist baff. Aber er sammelt sich. „So ein Grüner kommt mir nicht auf meinen Hof. Den bestell man wieder ab."

Sie protestiert: „Wo die andern schon alle ihre Gänse auf den Eiern sitzen haben! Und ich soll ... Was nimmst du ewig solch pollackisches Gesindel auf den Hof."

„Pollacken sind augenblicklich grade nicht da. Alles gute Pommern", sagt er und wird plötzlich nachdenksam und bricht ab. Nach einer Weile wieder: „Also, den Grünen bestellst du ab. Du kriegst deine Gänseeier wieder."

„Aber ..."

Der langen Rede kurzer Sinn: sie bestellt ab.

Tiedemann geht über den Hof in den Geflügelstall, keine Schleichwege, kein Hühnereier-Austrinken, er hat ganz ordentlich die Schlüssel bei sich. Saubere Arbeit muß man sagen, der Stellmacher hat gut gewerkt, dicht ist das. Aber noch sauberer hat der andere gewirtschaftet, mit einer haarscharfen Zange das Drahtgeflecht durchgeknipst und so hübsch wieder hingebogen, da braucht man eine Lupe, um das zu sehen. Tiedemann pfeift tiefsinnig, als er die Schlüssel wieder abliefert. „Alles in Butter, Mutting", sagt er.

„Aber ...", sagt sie.

Aber Tiedemann ist schon weg.

Tiedemann zieht es in den Kuhstall, Tiedemann geht in den Kuhstall. Dort ist es vormittäglich still und friedlich. Die Schweizer sind nicht da, sind beim Futterholen, die

Kühe stehen und liegen, wie es ihnen Spaß macht, sie käuen wieder, oder sie ziehen noch ein paar Halme durchs Maul. Sie sehen dabei einander an, immer zehn Stück reihauf, reihab schauen einander an, zwischen ihnen läuft der Futtergang. Der hinterste Futtergang an der Mauer ist nicht benutzt, der Stall ist nicht voll besetzt. Dort haben die Schweizer ein paar Ballen Streustroh liegen, alte Futterkrippen, der Rübenschneider steht dort, lauter Schurrmurr.

Tiedemann ist tiefsinnig. Er geht gangauf, gangab, manche Kühe sagen Muh, manche kauen nur, der Oberschweizer muß mal wieder gründlich durchputzen. Tiedemann geht weiter und kommt auf den leeren Futtergang. Er raschelt durch das Stroh, nun ist der Futtergang beinahe zu Ende, Tiedemanns Fuß stößt im Stroh an was. Er bückt sich, er wühlt das Stroh ein bißchen auseinander: ein etwas starker Osterhase, was? Elf Gänseeier. Da soll der Donner . . .!

Tiedemann steht und denkt. Das Garn ist leicht aufzuheddern: Da ist einerseits Albin mit Vorkenntnissen, andererseits Mathilde, die Kätnertochter aus dem Dorf. Auch Kätner lieben Gänse, es ist dies kein Privileg der Gutsbesitzerklasse. Einfache Vorgeschichte, man könnte die Eier nehmen und zur Frau bringen . . .

Aber wie der Tiedemann so dasteht und auf die Eier glotzt, da ist es, daß sich die Grappen in seinem Kopf rühren, die dicken Brummer brummen durch sein Gehirn. Sachte wühlt er das Stroh wieder zu. Elf Gänseeier bringt man nicht in der Hosentasche ins Dorf, dazu muß es Feierabend und dunkel sein. Alles hat seine Zeit, auch Gänseeier. Tiedemann geht über den Hof zurück zum Gutshaus.

Auf dem Hof trifft er mich. Ich bin so eine Art Mädchen für alles auf diesem Hof, ich führe die Bücher und schreibe die Briefe, ich löhne die Leute, gebe das Futter aus und nehme auch mal ein paar Pferde. Es ist kein anstrengender Dienst.

Tiedemann bleibt vor mir stehen und sieht mich glupsch an. „Sagen Sie mal, Fallada, Sie können ja wohl Englisch?"

„Na, was man so können nennt, grade nicht", sage ich. „Erwarten Sie Engländer?"

„Laut lesen können Sie ja wohl Englisch?“ fragt er mich. „So getragen und weihevoll wie ein Paster?“

„Das kann angehen, Herr Tiedemann“, sage ich.

„Und Sie haben was Englisches zum Vorlesen hier?“ fragt er mich.

„Ja“, meine ich zögernd. „Eigentlich nicht. Nur so englische Verse von einem Omar Khayyam.“

„Omar? Ist das Englisch?“

„Das ist ein Perser“, sage ich. „Aber ein Engländer Fitzgerald . . .“

„Hören Sie lieber auf“, winkt er ab. „Ich habe heute morgen noch keinen Kognak getrunken. Das Leben ist schon kompliziert genug. Fünf Minuten vor Feierabend gehen Sie mit Ihrem englischen Perser in den Kuhstall und langen sich den Albin. Mit dem kommen Sie dann zu mir auf meine Stube.“

„Wird gemacht, Herr Tiedemann“, sage ich, und er geht weiter, ins Gutshaus, zu seinem vormittäglichen Rührei mit Speck und einem Kognak.

Fünf Minuten vor sechs bin ich im Kuhstall.

„Albin, sollst zu Herrn Tiedemann kommen.“

„Nu, was denn? Jetzt ist doch gleich Feierabend. Was soll ich denn da noch?“

„Komm man“, sage ich, und wir schieben ab.

Um sechs Uhr abends im zeitigen Frühjahr muß man schon Licht brennen, auch Hannes Tiedemann brannte in seinem Zimmer Licht, aber wie sah es aus! Rot sah es aus, geheimnisvoll sah es aus, mystisch war das. Über alle Glühbirnen hatte Tiedemann rotes Papier gemacht, das Licht war trübe und schwer, es wehte einen an: Sprich leise hier!

Auf dem runden Eichentisch stand eine Extralampe mit der roten Glühbirne aus der Dunkelkammer, daneben stand der große Lehnstuhl.

„Setz dich hierhin, Albin“, sagt Tiedemann sacht und betrübt. „Setz dich hierhin, mein Jung.“

„Herr Tiedemann“, fängt Albin an.

Aber Tiedemann drückt ihn auf seinen Platz. „Nicht ganz hoch genug. Dein Kopf muß grade in der Höhe von der roten Birne sein. Warte mal ..." Und er schleppt ein dickes Buch an. „So, jetzt langt es."

„Herr Tiedemann ...", fängt der Junge wieder an.

„Psssst", macht Tiedemann. „Kein Wort. Sonst geht es nicht."

Der Junge ist still. Ich bekomme meinen Platz ihm grade gegenüber, am Tisch, und Tiedemann stellt sich neben ihn, so daß der Kopf von Albin zwischen Lampe und Tiedemann ist.

Stille. Tiefe Stille. Die große Uhr macht unendlich langsam ticke-tacke. Das Licht ist geheimnisvoll rot.

Tiedemann räuspert sich. „Fangen Sie man an, Fallada."

Ich fange an. Meine Aussprache des Englischen ist nicht schön, ich habe Englisch in Leipzig von einem sächsischen Lehrer gelernt, so was verwächst sich nie. Aber an diesem Abend war ich weit über meinem sonstigen Standard. Es war vielleicht kein korrektes Englisch, es war eine mystische Sprache, aus Urmenschentagen.

Ich fing an mit dem Vierzeiler: „Oh Thou, who Man of baser Earth didst make ..."*

Ich war noch nicht ganz auf der Höhe, Tiedemann schüttelte ernst den Kopf. „Noch nicht ganz das Richtige. Bitte weiter. Etwas Stärkeres."

Ich fuhr fort: „There was the Door to which I found no Key ..."**

„Gut. Das ist das", sagte Tiedemann, und bauz! nahm er von seinem Schreibtisch ein Riesenteleskop, so einen Fernkieker, ganz aus Messing, wie ihn die Seeleute früher hatten. Muß noch von seinem Großvater mütterlicherseits sein, Kapitän auf kleiner Fahrt, denke ich. Setzt das Ding dem Jungen an die Schläfe, der zuckt. Sitzt wieder totenstill. Hannes Tiedemann kiekt durch.

Ich lese: „Ah, my Beloved, fill the Cup that clears Today of past Regrets and future Fears –."***

* Du, der den Menschen schuf nur Mensch zu sein ...
** Da war die Tür, die mir kein Schlüssel zwang ...
*** So schenk den Wein, mein Lieb: Wein klärt den Tag von Furcht und Gram, was kam und kommen mag!

„Albin", fragt Tiedemann mit Grabesstimme. „Albin, an was denkst du?"

Albin ist blaß und still.

„Du denkst an den Kuhstall, Albin, du denkst an den Futtergang. Du denkst an den letzten Futtergang an der Wand . . ."

„Indeed, indeed, Repentance oft before I swore . . ."*

„An das Stroh denkst du, Albin, was dort liegt. Du denkst . . ., warte, warte . . . Herr Fallada, feste! Lauter, Herr Fallada! Du denkst . . ." Ganz schrill: „Albin, Albin, wie kommen die Gänseeier in dein Gehirn –?"

Totenstille.

„Albin!!!!"

Und da kommt es, leise und zermalmt: „Herr Tiedemann, Herr Tiedemann, ich will's Sie sagen: Ich hab sie gestohlen. Herr Tiedemann, ich hab sie gestohlen."

„Fallada! Laufen Sie! Du lügst ja, Jung. Sehen Sie im Kuhstall nach. Im letzten Futtergang. Im Stroh."

Ich laufe schon. Da sind sie. Die Jacke aus. Die Jacke voll Gänseeier. Zurück.

Albin starrt blöde auf die Eier.

„Ich hab sie gestohlen . . ., ich stehl hier nie wieder . . ."

„Geh, mein Sohn Albin", sagt Tiedemann. „Es ist in Ordnung. Es ist alles glatt."

An der Tür macht Albin halt, er steckt den Kopf von außen wieder herein. „Ich zeig Sie an, Herr Tiedemann, bei der Polizei. So was ist Vergewaltigung, von so was kann man verrückt werden. Ich hab gemerkt, mir ist was kaputtgegangen im Hirn, wie Sie's durchleuchtet haben."

„Raus!" sagt Tiedemann nur.

Albin ist nicht zur Polizei gegangen. Albin ist nicht einmal vom Hof fortgegangen. Albin melkt weiter die Kühe. Ich glaube, Albin hat nie wieder bei uns geklaut. Im Dorf so ein bißchen, dafür will ich keine Hand ins Feuer legen, aber die konnten ihn ja auch nicht durchleuchten. Das konnte nur Tiedemann.

* Hab wohl auch Reue oft genug bekannt –

Der Gänsemord von Tütz

Geht man die Straße vom Dorf her, so kommt erst das Schloß mit dem großen, alten Park. Da sitzt der Ritterschaftsdirektor von Pratz. Dann folgt der Gutshof mit seinen Ställen, Scheunen und dem Beamtenhaus, wo ich, der Rendant, hause. Die Straße geht weiter, und was folgt, ist erst einmal wieder ein ganzes Stück Park, der also im Halbkreis die Hofstätte umschließt, und dann die Villa des jungen Herrn, des Rittmeisters.

Die Sache ist so, daß vor ein paar Jahren der alte Herr das Gut an Tochter und Schwiegersohn übergab. „Wirtschaftet, junge Leute", sagte er. „Ich habe genug Kartoffeln gebaut in meinem Leben." Für sich behielt er Schloß, Park und Forsten. In die fährt er täglich mit seinem Jagdwagen, und er ist ein alter Rauschebart der Art, daß er von jeder Ausfahrt mit einem Bündel Reisig heimkommt. „Zu schade zum Verfaulen", sagt er. „Damit kann ich im Winter heizen." Auf die jetzt schwiegersöhnlichen Felder geht der alte Pratz, v. Pratz bitte, nicht gern. „Hat Landwirtschaft studiert, der junge Herr", sagt er zu Elias, seinem Kutscher. „Merkst du was?" Elias merkt was, und die beiden lachen.

Wenn nun auch der Rittmeister von der Landwirtschaft nichts verstehen soll, seine Felder liebt er doch. Er hört nicht gerne über sie lachen. „Der Alte ist ja ein Rest aus der Steinzeit, Fallada", sagt er zu mir, wenn wir ihn mit seinen Knüppeln aus dem Wald kommen sehen. Und dann lachen wir beide.

Der Gänsekrieg jedoch, der mich stellungslos machte,

wurde gar nicht zwischen dem alten und dem jungen Herrn geführt, sondern zwischen dem jungen Herrn und der gnädigen Frau. Die gnädige Frau ist natürlich die Frau vom alten Herrn. Die Frau vom Rittmeister heißt die junge Frau. Jeder, der einmal in hinterpommersche Rittergüter gerochen hat, weiß das. So daß im Grunde dieser Gänsekrieg der uralte Krieg zwischen Schwiegermutter und Schwiegersohn war. Nur war ich, der Rendant, der Leidtragende. Nebst sieben Gänsen. Davon ist nun zu erzählen.

Es ist schon gesagt worden, daß der Schloßpark alt war. Er war sogar uralt und besaß als Prachtstück einen viel bewunderten Tulpenbaum. Ich fand immer, der Tulpenbaum war ein Versager. Gradeheraus gesagt war er langweilig; seine Blüten hatten nicht die Idee einer Ähnlichkeit mit Tulpen. Aber bei den alten Herrschaften konnte solch Ausspruch von mir nicht überraschen. Ich war anrüchig, seit Elias, das Faktotum, mich mal erwischt hatte, wie ich die Geflügelmamsell abküßte.

Ich bin schon auf dem rechten Wege mit meiner Geschichte. Es geht alles der Reihe nach. Die Geflügelmamsell zum Beispiel war eine Angestellte der gnädigen Frau; sie hatte die Hühner unter sich und die Gänse. Wenn die alten Herrschaften auch das Gut abgegeben hatten, den Wunsch nach einem frischen Ei hatten sie doch. Die Hühner liefen auf dem Gutshof; auf der Dungstätte und in den Scheunen wurden sie satt: Dagegen sagte auch der Rittmeister nichts.

Die Gänse aber ergingen sich offiziell im Park, jenem großen Park mit den uralten Bäumen. Nun ist es mit den Gänsen so, daß die Gans ein delikater Vogel ist, nicht nur, wenn man sie ißt, sondern grade auch, wenn sie frißt: Das Beste ist ihr kaum gut genug. Die Gans, ein heiliger, schwieriger, kapriziöser Vogel, ist scharf auf junges, delikates Grün. Und gab es das in diesem uralten Park? Man kann das eine haben, man kann das andere haben, man kann nicht beides haben. Uralte Bäume und junges Grün, das verträgt sich nicht. Im Schatten wächst altes, saures, schlampiges Gras.

Es schmeckte den Gänsen nicht, und eine Gans denkt natürlich nicht daran, sich mit schlechtem Futter abzufinden. Die Ganter mit den vergißmeinnichtblauen Augen führten ihre Schönen zielbewußt durch den ganzen Park. Dann durchstieß die dreidutzendköpfige Schar den Zaun, überquerte in der nächsten Nähe der rittmeisterlichen Villa den Weg, flatterte durch den Graben – welch Geschnatter, welche Aufregung! –, und siehe da, Kanaan ist erreicht, das gelobte Land, die Gras- und Schnabelweide! Sie sind im Wickgemenge, wo sie gar nichts zu suchen, noch weniger zu finden haben. Es war ein delikates Wickgemenge. Sie dachten hierzubleiben. Der Park konnte ihnen gestohlen werden.

Sechsunddreißig Gänse haben einen beträchtlichen Appetit; sie verdrücken was. Es hätte nicht des Geschnatters bei der Grabenüberquerung bedurft, um den Rittmeister auf den Einbruch in seine Felder aufmerksam zu machen. Es ist schon gesagt, daß er seine Felder liebte, und nun war es eine Schande, wie dies Gemenge aussah, und grad an dem Wege, den all seine Gäste fuhren!

Es fing wie alle Kriege mit Verwahrungen, Einsprüchen, kleinen Reibungen an. Der Rittmeister sagte zu mir: „Hören Sie mal, Fallada, das können Sie aber der Geflügelfee ausrichten: Mit den Gänsen, das geht unmöglich. Sie sollen ja da Beziehungen haben . . ."

Ich sagte es ihr.

Der Rittmeister sprach: „Herr Fallada, die Schweinerei mit den Gänsen hört mir auf! Wozu stichelt denn meine Schwiegermutter ewig über Sie und die Mamsell, wenn Sie das nicht mal erreichen?"

Ich sagte es ihr.

Die Dörte sah mich an mit ihren schönen, dummen Kirschenaugen und klagte: „O Gott, Hannes! Die Gnädige hat doch gesagt, daß die Gänse sich schon mal in den Wicken satt fressen dürfen. Wozu steckst du ewig mit dem Rendanten zusammen, hat sie gesagt. Du sollst ja sogar auf seinem Zimmer gewesen sein, hat sie mich gefragt."

Die Dörte weinte. Sie war auf meinem Zimmer gewesen.

Machtlos war ich. Der Rittmeister sagte . . ., vieles sagte er. Dann sagte er nichts mehr. Er schritt zur Selbsthilfe. „Unser" Kutscher, Kasper, erzählte mir, daß der Rittmeister wie der Teufel aus dem Wagen zwischen die Gänse gesprungen war und sie mit der Fahrpeitsche verdroschen hatte.

Am Abend weinte Dörte. Die Gnädige hatte sooo gescholten: Eine Gans war lahm!

Nun kann man Gänse einmal verdreschen, man kann sie auch zweimal verdreschen, dreimal aber bestimmt nicht. Sie kannten ihren Rittmeister. Kam der Wagen leer, so ästen sie weiter; kam er gefüllt mit der jungen Frau, so ästen sie weiter; kam er gefüllt mit dem Rittmeister, so breiteten sie ihre Flügel. Unter wildem, höhnischem Geschnatter zerstreuten sie sich über den ganzen Gemengeschlag. Der Rittmeister probierte es mit einem Reitpferd und einer Reitpeitsche. Das Gansgetier zerstreute sich einzeln in alle Himmelsrichtungen, dem Tobenden zu entgehen. Der Rittmeister ritt seinen Gaul schäumend naß und sein Blut ins Sieden. Das Geschrei der Gänse gellte höhnisch in seinen Ohren: Er erreichte nichts.

Es ist morgens, so um fünf; die Knechte füttern; vor einer Viertelstunde ist auch das Geflügel aus dem Stall gelassen. Zwei Schüsse tönen. Nanu! denke ich. Der Förster schon im Gang? Und so dichtebei?

Dann geht bei mir das Telefon. Der Rittmeister sagt atemlos: „Fallada, kommen Sie gleich rüber zu mir."

„Ja, Herr Rittmeister", sage ich.

„Bringen Sie 'nen Jungen mit", sagt er. „Irgend jemand, der die Leichen trägt."

„Ja", sage ich.

Der Pott ist entzwei, denke ich. Ich hole mir einen Pferdeknecht aus dem Stall, und wir tippeln los. Vor der Villa im Vorgarten liegen sie gewissermaßen aufgebahrt, sieben Stück, so jung noch, so mager noch, in der Blüte ihrer Wochen dahingerafft. „Warten Sie, Karl", sage ich und gehe ins Haus.

Der Rittmeister sitzt in einem Sessel und trinkt Kognak, am frühen Morgen, auf nüchternen Magen. Das Mordgewehr liegt noch auf der Fensterbank. Vom Fenster aus hat er sie geschossen, sieben junge Gänse, vielversprechend.

„Morjen", sagt er. „Sie haben wohl schon den Salat gesehen. Meine Frau weint. Finden Sie, daß das ein Grund zum Weinen ist? Über meine Wicken hat sie nicht geweint."

„Die Frau Mutter wird ungehalten sein", sage ich.

„Wird sie", bestätigt er. „Also, bestellen Sie ihr einen schönen Gruß von mir. Und es täte mir ja leid. Aber sie wäre an allem schuld."

„Ja", sage ich.

„Geben Sie ihr die Gänse", sagt er. „Sie soll sehen, was sie damit macht. Und sagen Sie ihr, ich wollt sie ihr bezahlen. Sie soll sagen, was sie dafür haben will."

„Ja", sage ich.

„Kein angenehmer Auftrag, Fallada", sagt er. „Trinken Sie 'nen Kognak. Nehmen Sie 'ne Zigarette. Das Leben ist kompliziert."

„Ja", sage ich.

Um halb sechs kann ich nicht mit den Gänsen ins Schloß rücken, ich komme um halb acht. Da weiß die gnädige Frau schon alles; sie hat sicher in der Küche auf mich gelauert.

„Nehmen Sie die Tiere wieder mit", weint sie. „O Gott, ich kann sie nicht sehen. Zwei Zuchtgänse sind dabei. Dörte, sieh nur, die mit dem grauen Stoß am Flügel ist auch dabei, o Gott!"

Dörte sah mich an wie ein flammender Engel. Die Gnädige weinte haltlos. Ich komme mir ziemlich schäbig vor. „Sagen Sie meinem Schwiegersohn, daß er ein schlechter Mensch ist, ein Mörder . . ."

Durch den Sonnenschein gehe ich mit meinem Stalljungen und den sieben Gänsen zur Villa. Siehe da, mein Chef ist nicht aufs Feld geritten; er hat auf mich gewartet. Er verfinstert sich, als er die Leichen sieht. „Sie haben die Gänse immer noch? Habe ich Ihnen nicht ausdrücklich befohlen . . .?"

Er sagt „befohlen", er sagt überhaupt sehr viel, und kleinlaut berichte ich.

„Alles Unsinn! Wie können Sie sich von Weibern düsig

weinen lassen! Grüßen Sie meine Schwiegermutter und bestellen Sie ihr, die Gänse gehörten ihr, nicht mir. Daß Sie mir nicht wieder mit den Gänsen kommen!"

„Nein, Herr Rittmeister", sage ich.

Kehrt! Ein Rendant, ein Stallbursche, sieben tote Gänse in die Schloßküche. Heißer Empfang. Die Tränen sind versiegt. „Ich verbiete Ihnen das Haus, verstehen Sie! Es ist Hausfriedensbruch, wenn Sie noch mal mit den Gänsen kommen! Sagen Sie meinem Schwiegersohn . . ."

Ich werde mich hüten. Wieder stehen wir auf dem Hof. „Wat moken Se nu, Herr Rendant?" lacht der Stallbursche.

„Grien du und der Affe", sage ich wütend. „Schmeiß die Biester hier ins Büro hinter meinen Schreibtisch. Schmeiß 'nen Sack drüber. Am Ende wird doch einer Vernunft annehmen."

Die Stunden gehen dahin. Um zwölf kommen die Knechte vom Feld, ich geh auf den Boden, gebe Pferdefutter aus. Als ich wieder aufs Büro komme, steht der Rittmeister hinter dem Schreibtisch. Den Sack hat er mit dem Fuß weggeschoben, starrt auf den Salat.

„Was heißt das?" fragt er scharf. „Haben Sie nicht verstanden, was ich Ihnen befohlen hatte, Herr?!!!!"

Jawohl, ich hatte verstanden. Und ich erkläre.

„Quatsch! Hausfriedensbruch! Bestellen Sie meiner Schwiegermutter, sie hat 'nen Vogel. Hysterische Schraube. Wegen ein paar dammlichen Gänsen sich so zu haben. Ich will die Biester nicht mehr sehen. Verstanden?!!"

„Jawohl, Herr Rittmeister", sage ich und mach mich wieder auf den Weg. Mönchlein, du gehst einen schweren Gang. Und ganz nutzlos. Elias hat auf der Lauer gelegen, er verpfeift mich. Gleich ist die Gnädige da. Man trägt mir wieder Bestellungen an den Rittmeister auf, dann stehe ich wieder draußen . . .

„Und nun?" fragt der Stallbursch.

„Das will ich dir erzählen", sag ich wütend. „Die Gänse können mir den Puckel runterrutschen. Komm mit."

Ich geh gar nicht erst mit ihm auf den Hof; heimlich gehen wir hintenrum in die große Scheune. „Da! Steck die

Biester unters Stroh. Gut tief rein. Gottlob, nun sind sie weg."

„Dat's gaud", sagt er. „Nu denkt die Gnädige, er hat se, und er denkt, die Gnädige hat se."

„Richtig, mein Sohn", sage ich und gehe aufs Büro.

Gegen Abend besucht mich der Rittmeister. Wir klönen über dies und das. „Übrigens", sagt er im Gehen, „die Sache mit den Gänsen ist erledigt?"

„Ist erledigt", sage ich.

„Gut", sagt er und geht.

Eigentlich ist längst Feierabend, aber ich habe viel Zeit versäumt; ich muß noch Löhne eintüten. Das Telefon rasselt. „Ja? Hier Fallada!"

„Sie haben die Gänse meiner Schwiegermutter gebracht, was? Sie haben meinen Befehl erledigt, wie? Belogen haben Sie mich, Herr!!! Auf der Stelle bringen Sie die Gänse der gnädigen Frau! Sie will sie nun doch haben, der Federn wegen. Auf der Stelle . . ."

Diesmal hole ich mir nicht erst jemand. Ich stürze allein in die Scheune. Ich wühle im Stroh. Nein, hier ist es nicht gewesen, mehr links. Verdammt dunkel ist das hier. Rechts? O Gott, nur schnell . . . Eine Stallaterne . . . Licht. Rechts. Links. Oben. Unten. Hier. Dort. Nichts. Ins Dorf. „Jung, wo haben wir die Gänse hingesteckt? Rasch!"

Am Büro vorbei, ich höre das Telefon drinnen schreien, brüllen, ächzen, gellen. „Nur rasch, Jung!"

Wir suchen zu zweit. Der Junge läßt die Hände sinken. „Hier waren sie bestimmt, Herr Rendant. Sehen Sie, hier ist noch blutiges Stroh."

Stimmt. Wir sehen uns an.

„Da hat einer aufgepaßt, wie wir hier rein sind, und hat die Gänse gestohlen, Herr Rendant. Sehen Sie, hier ist noch blutiges Stroh."

Ich seh ihn an, er sieht mich an. Der Jung hat sie nicht geklaut. Der ist ehrlich; so viel kann ich sehen. Er sagt kummervoll: „Ja, Herr Rendant, das ist ja nun nicht leicht. Was der junge Herr ist, der ist ein büschen hitzig."

Stimmt wieder. Mir bubbert das Herz, als ich anrufe.

„Nun?!!!!"

Ich beichte. „Und nun hat einer doch die Gänse gestohlen . . .!"

Soll ich „Wutschrei" sagen? Nun gut, ich sage „Wutschrei". Jedenfalls habe ich den Hörer fein sachte hingelegt. Ich konnte ans andere Ende vom Büro gehen, der Wutschrei blieb klar verständlich. Auch dauerte er noch länger. Nach einer Weile habe ich dann angehängt, bin auf mein Zimmer gegangen und habe meine Sachen gepackt. Kasper hat mich noch in derselben Nacht zur Bahn gefahren. Aus. Fertig. Schluß. Arme Dörte.

Und der verdammte Kerl, der die sieben klapperdürren Gänse im Jahre 1920 auf Rittergut Tütz aus der Scheune geklaut hat, der soll sich nun endlich bei mir melden und sich wenigstens entschuldigen, verdammt noch mal!

Ein Mensch auf der Flucht

Wie Sänftlein zu seinem Namen Sänftlein kam, weiß er nicht mehr. In den Akten einer ganzen Reihe deutscher Staatsanwaltschaften tritt er unter einem andern Namen auf, doch der tut hier nichts zur Sache. Jedenfalls entspricht Sänftlein nicht ganz dem Bild eines großen Ganoven, das man sich nach der Lektüre von Kriminalromanen macht. Er hat wasserblaue, treuherzige Augen, einen birnenförmigen Kopf, blondes Strubbelhaar, einen Körper tolpatschig wie der eines jungen Hundes, ein guter Junge alles in allem.

Das Interview, das er mir gewährte, fand auf einem Gefängnishof statt, wir trugen beide blaue Tracht. Sänftlein äußerte sich absprechend über die beruflichen Qualitäten einiger Mitgefangener: „Das sind – Gelegenheitsarbeiter sind das. Denen ist nur mal die Hand ausgerutscht."

Ich meinte, es wären doch ein paar tüchtige Jungen darunter.

Sänftlein war Verachtung. „Die? Tüchtig? Na, vielleicht nach deinen Begriffen. Ich möchte wissen, was die machen wollten ohne Kleider, im Winter, in einer fremden Stadt, ohne einen Pfennig Geld, Kohldampf im Magen und die Greifer hinter sich. Ja, mein lieber Scholli, da zeigt sich, was ein Ganove ist."

Ich fragte, was *er* denn täte. Und da erzählte er mir, was er getan hatte, und ich merkte es mir, ich schrieb es mir sogar auf.

In Hamburg hatten sie mir acht Jahre Knast aufgebrummt, noch dazu Zet, nun sollte ich nach Kassel auf Termin, wegen Bettelns mit der Waffe. Besser war, ich ging vorher stiften.

Unterwegs über Nacht lag ich mit noch zweien auf der Zelle, einer war stikum, der andere ein richtiger Stubben von der Portokasse, nichts für unsereinen. Ich brach ein Stück Eisenbeschlag vom Bett los, mit dem Ganoven bog ich's zurecht, daß es über der Hüfte auf dem bloßen Leib von selbst festsaß. Dann rissen wir dem Schemel ein Bein aus, ich brauchte einen Hebel. Der Halbseidene wurde getrampelt, daß er uns nicht verpfiff, und der Wachtmeister pennte halb bei der Filzerei, ich bekam die Sachen mit auf die Bahn.

Den ganzen Tag hielt unser Expreß in jedem Kaff, erst um zehn sollten wir in Kassel sein. Nach vier war also die beste Zeit zum Türmen, da wurde es dunkel. Es war übrigens kalt draußen, zwei, drei Grad, manchmal schneite es auch. Der Halbseidene muckste nicht, es war auch egal, ob er mitmachte oder nicht, wenn er nur das Maul hielt. Übrigens war ich ganz ruhig, ich wußte bestimmt, die Sache würde klappen.

Kurz vor fünf hielten wir irgendwo endlos. Ich zog mich aus, nahm Brechstange und Schemelbein vom Leib und blieb erst mal in Hemd, Hose und Strümpfen. Als der Zug wieder anfuhr, hatte ich schon die Scheibe aus dem Fenster, es war ohne Laut abgegangen.

Die verdammte erste Gitterstange brachte mich in Schweiß, ich hatte keinen rechten Raum, mein Brecheisen anzusetzen. Es krachte ein paarmal schrecklich. Wir hörten die Transporteure auf dem Zellengang reden, aber uns hatten sie nicht gehört.

Als die erste Stange einmal los war, brachen die andern weg wie Harzer Käse. In fünf Minuten hatte ich das Fenster frei und hing mit dem halben Leibe draußen. Der Wind pfiff mich an, es war dunkel, bitterkalt. Ich wollte grade zurück, als ich merkte, daß der Zug langsamer fuhr, in der Ferne sah ich die Lichter einer Station.

Mit dem zertrümmerten Gitterfenster konnten wir unmöglich auf einen Bahnhof; ich fuhr rein ins Abteil, schrie den andern zu: „Ich hau ab, Station!“ und turnte, diesmal mit den Beinen zuerst, aus dem Fenster. Einen Augenblick hing ich am linken Arm, der Wind biß unsinnig in mein Gesicht, die Stationslichter kamen erschreckend schnell nahe, dann warf ich mich mit aller Gewalt nach rechts, um nicht unter die Räder zu kommen.

Der Zug schrie mit Geknatter und Steinspritzern an mir vorbei, ich lag auf dem scharfen Schotter im Nachbargleis. Als ich aufstand, waren die Knochen heil, aber die Hose hing in Fetzen, an den Beinen lief mir das Blut herunter, und die Hautflächen waren bloßes Fleisch.

Vorne fing Geschrei an, der Zug stand, Schatten liefen. Ich machte, daß ich von der Bahn kam. Dabei flog ich über die Signaldrähte, rollte die Böschung hinunter und landete im Graben, in Eis und Wasser. Es brannte wie Feuer, der Atem blieb mir lange weg.

Ehe ich noch hoch war, sah ich sie oben laufen, die Greifer. Auch am Grabenrand kamen zwei, darum blieb ich liegen, wenn mich die Eissuppe auch so krumm zog, daß ich dachte, ich käme nie wieder hoch.

Als sie vorbei waren, rappelte ich mich auf. Ich war krumm wie eine Kanone, und für die ersten hundert Schritte brauchte ich wohl eine Stunde. Hemd und Hosen waren aus Eis und schabten mir das bißchen Haut ab, das der Schotter mir noch gelassen hatte. Aber nach einer Weile fühlte ich nichts mehr und lief weich wie in Butter.

Ich hatte mir geschworen, nichts anzufassen im ersten Dorf wegen Kleidern und Essen. Überall waren Leute unterwegs, und Lichter brannten, so schlug ich mich durch die Felder, bis ich auf eine Chaussee kam, die ich weiterlief.

Es mochte gegen neun sein, als ich in dem bißchen Mond wieder ein Dorf sah. Aber die Häuser lagen verdammt eng, und die Mistbauern schliefen noch nicht, so schlich ich lange herum, ohne was Rechtes zu finden. Schließlich machte ich, daß ich weiterkam.

Ich war müde, auch das Frieren hatte wieder angefangen. Ich hatte das Gefühl, als ob meine Füße, von denen der letzte Fetzen Strumpf längst abgefallen war, immer dicker wurden. Ich mochte gar nicht hinfassen.

Schließlich kam ich an einen Ausbauhof, ganz einsam gelegen, grade das Rechte für einen Mann in meiner Lage. Im Wohnhaus brannte Licht. Gardinen gab's keine, so konnte ich die beiden Bauersleute hocken sehen. Er qualmte, sie nähte. Ich wollte keine faule Sache anfangen, ich dachte, warte lieber, bis sie schlafen sind. Eine Ewigkeit stand ich vor dem Fenster, alle Viertelstunde sagte sie ein Wort, aber er antwortete nicht einmal. So ein blödes Pack, diese Bauern!

Unterdes versuchte ich, die Hände ein bißchen warm zu kriegen. Die Finger standen krumm wie die Backen einer Zange, ich bog sie mit Gewalt grade, steckte sie in den Mund: keine Möglichkeit. Ich war steif wie eine Latte. Darum ging auch alles schief. Als ich die Scheibe eindrückte, fiel sie ins Zimmer, es gab Lärm, Hunde bellten, ein Fenster wurde hell – ich mußte sehen, daß ich weiterkam.

Eine bildschöne Wut hatte ich im Leib, ich lief los, ich weiß nicht, wie lange. Am liebsten wäre ich hingefallen und verreckt, aber ich mochte den Bullen nicht den Spaß machen, mich so dämlich selbst in die Pfanne zu hauen.

Gegen zwölf kam ich wieder in ein Nest, und nun mußte ich zum Schluß kommen, so viel war klar. Gleich im ersten Hof stand der Wagenschuppen auf, ich kroch rein, konnte aber nichts finden. Eine Weile lag ich im Kutschwagen unter dem Knieleder, döste auch einmal ein. Aber die Kälte hatte mich gleich wieder wach.

Hinter einer Wand hörte ich das Rasseln von Kuhketten. Gegen das Vorlegeschloß brauchte ich nur ein paarmal mit einem Stein zu schlagen, dann war es offen. Ich hängte es in die Krampe, als hätten sie vergessen, es zuzuschließen, und zog die Tür sachte hinter mir zu.

In die warme, dunkle Luft hineinzukommen war wie ein Tannenbaum zu Hause bei Muttern. Ich machte nur ein paar Schritte, dann warf ich mich blindlings aufs Stroh zwischen zwei Kühe. Sie blieben liegen, ich wühlte mich immer tiefer ein, ich hätte heulen mögen vor Wonne.

Fünf Minuten lag ich so, langsam zog die Wärme in meinen Körper, dann begannen die Schmerzen. Ich preßte Faust und Stroh ins Maul, um nicht laut zu brüllen. Hände und Füße schnitt es mit Messern, meine abgescheuerten Schenkel brannten wie der Teufel. Ich rieb mich ganz mit Kuhdreck ein. Das half eine Weile, aber dann legten die Schmerzen wieder los.

Irgendwie ging die Nacht vorüber. Als es gegen Morgen war, kroch ich die Leiter hoch zum Heuboden. Es war dort wenigstens windgeschützt und einigermaßen warm. Dann kamen die Weiber zum Melken. Ihre Stimmen und die Strullgeräusche der Milch in den Eimern regten mich auf, nach dem langen Knast. Ich schlief aber schließlich darüber ein. Am Nachmittag war ich wieder soweit, daß ich mich runtertraute und eine Mahlzeit von Milch, Futterrüben und Kleie hielt, die mir guttat.

Aus dem Hin- und Hergehen und aus den Gesprächen hatte ich gemerkt, daß der Pferdestall mit der Knechtekammer direkt an den Kuhstall stieß. Nun kam es darauf an, ob alle auf einmal zum Abendessen ins Wohnhaus rübergehen würden oder ob einer bei den Pferden blieb. Als die Türen klappten, war ich schon halb die Leiter vom Heuboden runter. Weder im Kuh- noch im Pferdestall war einer. In der Knechtekammer brannte sogar Licht, eine gewöhnliche Kerze, auf ein paar Haken in der Wand hingen eine Menge Sachen.

Ich glaubte, jemand ginge über den Hof, ich war viel aufgeregter als draußen beim größten Bruch. Ich griff mit beiden Armen um das Paket Sachen, riß sie mit einem Ruck von den Haken. Die Aufhänger zerplatzten, und ein paar Haken gingen auch mit. Ich schoß hinaus auf den Hof ins Dunkle, lief hinter die Scheune, schmiß den ganzen Klumpatsch auf eine Kartoffelmiete und lauschte. Nichts.

Ich hatte ungefähr eine Ahnung von dem, was ich gegriffen hatte, ich konnte mich von unten auf anziehen. Zwei Hemden, zwei Unterhosen, eine dicke gestrickte Weste, eine Tuchweste, eine Joppe und eine Manchesterhose. Ich wurde noch mal so dick, wie ich gewesen war, und eine Masse Zeug ließ ich noch liegen. Nur keine Mütze, keine

Strümpfe und keine Schuhe. Ich überlegte, ob ich nicht noch mal reingehen sollte, aber ich hatte keinen rechten Mumm, wollte lieber bis zum nächsten Dorf warten.

Es war bitter, wieder mit den bloßen, wunden Füßen durch den Schnee zu marschieren, aber ich reparierte das bald. Ich holte mir aus einem Stall ein Paar Holzschuhe. Auch eine Mütze bekam ich, als ich kurz nach zehn auf der Chaussee einem Arbeiter begegnete. Ich markierte betrunken, rempelte ihn an und schob ihm mit dem Arm die Mütze vom Kopf. Dann stellte ich mich mit dem Fuß drauf, als wüßte ich von nichts. Es war ein gräßlich hartnäckiger Kerl, über eine halbe Stunde stand er und bat mich, von seiner Mütze runterzugehen, aber als ein Betrunkener brauchte ich nicht ein Wort davon zu verstehen. Endlich zog er schimpfend Leine. Ich war scharf auf seine Schuhe und Strümpfe, aber das hätte die Polente sofort auf meine Spur gebracht, so war ich einfach ein Besoffener aus dem nächsten Dorf.

Ich lief die ganze Nacht und das beste Stück des nächsten Tages mit viel Kohldampf im Bauch. In all den Taschen hatte sich nicht ein Groschen gefunden, nicht eine Tabakkrume, ich bekam mal wieder einen richtigen Begriff von diesen Kerlen auf dem Lande.

Schließlich kam ich auch so nach Kassel, drückte mich zuerst auf den Wartesälen rum, aber es roch da sauer nach Schmiere, so machte ich, daß ich wieder fortkam und lief durch die Straßen. Ich kannte in Kassel keinen Schwanz und keine Gelegenheit, aber irgend etwas mußte ich drehen, und das heute abend noch, soviel war klar. Ich kam durch verschneite Anlagen, in denen fast kein Mensch war, dann durch Villenstraßen, dann in ein Arbeiterviertel.

Einmal kam ich hinter einen Rollwagen; er hielt bald da, bald dort und lud seine Kisten ab. Waren die Kolli zu groß, so half auch der Kutscher dem Ablader, sie trugen dann gemeinsam die Kiste ins Haus.

Ich suchte mir ein Frachtstück aus, nicht zu groß, so ein Dings, das aussah, als könnte was drin sein, mich in Gang zu bringen. Die Kiste schnappte ich mir ruhig, als die beiden im nächsten Haus waren, und ging in einen Torweg. Da war eine Kellertreppe; ich stieg hinunter und setzte mich vor den Keller.

Nun kam es darauf an, ob die Brüder gleich merken würden, daß die Kiste fehlte. Aber eine halbe Stunde verging, und nichts rührte sich. So machte ich mich denn mit meinem Kolli auf die Socken. Ich kam wieder durch die Proletengegend, dann durch die Villenstraßen. Unterwegs simulierte ich, was drin sein könnte. Es war viel leichter, als ich taxiert hatte, höchstens dreißig Kilo. Bloß nichts zu saufen, dachte ich. Denn dann betrank ich mich mit meinem hohlen Magen und wurde gekitscht, soviel war mir klar.

In den Anlagen war es still und dunkel, es schneite, kein Mensch zu sehen. Hinter einem Gebüsch warf ich die Kiste ab. Sie war mit einem Eisenband zugemacht, verdammt schwer aufzukriegen. Ich mußte meinen Holzschuh als Hammer und Stemmeisen nehmen, natürlich ging die Sohle zu Bruch.

Ich spannte nicht schlecht, als ich unter den Deckel faßte, aber es war schon richtig: Flaschen. Ich steckte mir ein paar ein und ging zur nächsten Laterne. Dralles Birkenhaarwasser! Es gab Schlimmeres, aber viel Marie brachte die Sore nicht. Als ich mir die Taschen vollsteckte, merkte ich, daß doch noch anderes in der Kiste war. Ich geriet auf Kartons, in denen Parfüms und Seifen waren, so Geschenkpackungen zu Weihnachten. Auch davon steckte ich Proben ein, warf auf die Kiste Schnee, zog den kaputten Holzschuh an und ging wieder los.

Bei den Proleten suchte ich mir einen Babutz. Das Geschäft war schon zu, aber ich klingelte an der Wohnung und fragte die Frau nach dem Meister. Ich möchte gern noch rasiert werden. Sie ließ mich rein, ich sah ihr wohl so aus, als könnte ich Rasieren brauchen.

Ich merkte gleich, daß ich den Richtigen gefaßt hatte, einen kleinen Gelben, der gern was verdient, wenn es nichts kostet. Von Rasieren sagte ich nichts mehr, ich zog meine Proben aus der Tasche und fragte, ob er die Sachen brauchen könnte. Die Frau stand dabei und sah mich nur an; sie hatte auch schon gemerkt, daß mein einer Holzschuh kaputt war.

Erst tat er zach, mit so ein bißchen Kram gebe er sich nicht ab. Ich meinte, wo das herkäme, wäre vielleicht noch mehr. Er gab mir fünf Mark und wollte aufbleiben, bis ich wiederkäme, lieh mir auch einen Rucksack, daß ich mich nicht nachts mit der Kiste über die Straßen zu schleppen brauchte.

Alles ging glatt, ich kriegte noch sechzig Mark, und er rasierte mich. Die Frau gab mir ein Essen und, ohne daß ich ein Wort sagte, ein Paar Trittlinge von ihrem Mann.

Dann zog ich in eine Kneipe, wo Musik und Weiber und die richtigen Jungens waren. Ich trank diesen Abend fast nichts, alles ging gut. Ich schlief mit einer kleinen Blonden, die mir noch Hemd, Kragen und Schlips von ihrem Stenz schenkte.

Aber in der Nacht fingen die Schmerzen in den Füßen wieder an. Zwei Tage hielt ich's aus, dann ging ich zum Arzt. Der sagte, so was hätte er noch nicht gesehen. Vier Zehen wurden mir abgenommen, aber da war das nicht mehr schlimm, ich hatte schon wieder reichlich Kies und gute falsche Flebben.

Ich fragte Sänftlein, wie lange er denn nun draußen in der Freiheit gewesen sei.

Er grinste etwas verlegen. „Keine drei Wochen, da kitschten sie mich wieder. Es war eine grausame Sache."

Wie es denn gekommen sei?

„Weil man nie genug weiß, weil man nichts Vernünftiges lernt!" schrie er wütend. „Hast du gewußt, daß Räucherlachs keinen Frost verträgt?"

„Direkt gewußt nicht. Aber das kann man sich schon denken."

„Denken . . . Denken . . . Hinterher sind alle Doofen schlau. Weil ich das nicht gewußt habe, darum haben sie mich gekitscht."

„Na, erzähl schon, Sänftlein", sagte ich.

Und da erzählte er.

Kassel war mir auf die Dauer für die Arbeit zu klein, ich hatte nicht den rechten Mumm, da etwas Großes zu drehen. So machte ich nur ein paar kleine Sachen, bis ich genug Marie auf der Tasche hatte, und fuhr wieder nach Hamburg, wo ich die Gelegenheiten kannte.

Ich hatte immerhin schon drei Jahre abgerissen, als ich hinkam. Alles hatte sich verändert. Die alten Kumpels waren weg, was ich so an Jungens fand, war halbseiden. Geld hätten sie schon gern gehabt, nur nichts anfassen dafür, so waren die. Schließlich hatte ich drei Mann, die mir stikum schienen.

Es war ein schlechter Winter. Ich selbst konnte nicht gut baldowern, in Hamburg kannte mich die ganze Schmiere, weil ich mal einen von ihnen angeknallt hatte; so mußte ich die Jungens auf die Tour schicken. Was sie brachten, war alles Mist, viel zu schwere Brecharbeit für solche Anfänger oder keine vernünftige Sore zu erwarten.

Schließlich kamen sie an eine große Lachsräucherei, ganz leicht ranzukommen. Sie machten mir einen Qualm, was Lachs kostete, ich mochte auch nicht immer nee sagen, also zittern wir los. Es war eine mistige Nacht, ich hatte gleich kein gutes Gefühl, die Kumpels stritten sich untereinander, sie hatten noch nicht einmal einen Schärfer für die Sore. Ich kriegte langsam eine bildschöne Wut.

Auf den Hof, wo die Räucherei lag, kamen wir leicht genug, einer blieb draußen Schmiere stehen.

Wie wir vor der Tür sind, was soll ich sagen, da haben die Kerls die Tändel zu Haus liegenlassen! Da stehen wir wie die Ochsen, das Schloß ganz einfach und kein Tändel! Die Brüder kriegen sich schon wieder bei den Haaren, wer dran schuld ist: Ich brüll sie an, ich hab sie richtig angebrüllt, es war mir ganz egal, ob einer hörte. Dann sag ich: „Umkehren? Gibt es nicht!" und nehm den Kuhfuß und stoß und splittere die Türfüllung raus. Das machte einen Krach, der ganze Hof krachte mit, manchmal hielt ich inne und dachte, das kann nicht gut gehen. Aber kein Schwein wurde wach.

Meine Herren Kollegen waren längst getürmt, Luft diesig, Gewitterneigung. Ich machte das Loch schön groß, weil ich nachher mit den Koffern durch mußte, stieg rein. In fünf Minuten hatte ich zwei Zentner Lachs abgehängt und eingepackt und ging nach Haus. Von den andern kein Schwanz zu sehen.

Ich überlegte die ganze Zeit, wo ich mit den Koffern ab-bleiben sollte, auf die Bude wollte ich sie nicht mitnehmen. Schließlich stell ich sie zwei Straßen weiter in einen Neubau. Da war jetzt doch nichts los, fünfzehn Grad Frost, da bleiben die Maurersleut bei Muttern.

Nachts im Bett bei meiner Kleinen sinnier ich und sinnier ich, was fang ich an mit der Sore? Ein Schärfer, der mich nicht kennt, trampelt mich und gibt zehn Mark; die, die mich kennen, schieben alle Knast oder sind fort. Ach was, denk ich, sei auch einmal frech. Kies muß her, was soll das schlechte Leben nützen? Am Morgen seh ich mir die Preise in den Schaufenstern an, dann geh ich auf den Bau, mach mir einen Handkoffer mit so sechzig Pfund zurecht, schmeiß mich in die feinste Kluft und zitter los.

Ich komm also in so ein Delikatessengeschäft, frag nach dem Chef; er läßt mich gar nicht reden: Nein, danke, kein Interesse. Der nächste hat Lachs genug bis übers Jahr, und so ging es weiter, die ganze Tonleiter rauf und runter, eine feine Sore das, mein Köfferchen braucht ich gar nicht erst aufzumachen.

Schließlich denk ich, was machst du mit den kleinen Krautern, geh zu den großen. Die Warenhäuser haben auch Lebensmittel. Richtig, Offertenabteilung, Lebensmitteleinkäufer, alles in Butter. Was haben Sie für Ware? Zeigen Sie mal her. Sehr schöne Fische. Sehen gut aus. Wollen mal eine Probe nehmen.

Nimmt das Messer, säbelt einen Fetzen ab, probiert, sieht mich an. „Aber, mein Herr, der Fisch hat Frost gekriegt!"

„Nanu", sag ich. „Hat der Fisch Frost gekriegt? Das ist ja wohl nicht möglich."

„Der Fisch hat Frost gekriegt. Der wird ja schon weich."

„Weich wird er?" frag ich. „Nun, ich geb ihn auch billig."

„Nein", sagt der Mann, „das muß ich Ihnen zeigen, das

ist ja ein schwerer Schaden für Sie. Herr Soundso, holen Sie mal einen von unseren Lachsen."

Wir warten, der bringt den Lachs. „Sehen Sie, der schneidet sich fest, und Ihrer schneidet sich weich."

Er säbelt los; da bleibt ja nichts nach, denke ich.

„Nun wollen wir mal noch einen Augenblick warten", sagt er. „In Ihrem Fisch sitzt noch Frost. Sie sollen sehen, wenn der erst ganz raus ist, wie weich dann Ihr Fisch wird, ein Pudding, sage ich Ihnen."

„Warten kann ich jetzt grade nicht", sag ich. „Ich muß jetzt erst mal . . ."

„Das können Sie hier", sagt er. „Deswegen brauchen Sie nicht fortzugehen. Ich will Sie ja vor Schaden bewahren."

„Das wollen Sie", sage ich. „Da habe ich das feste Vertrauen, Herr Einkäufer, daß Sie das wollen. Aber wenn Sie wissen, daß dreitausend auf mich ausgesetzt sind, so wissen Sie auch, daß es bei mir leicht knallt."

Und dabei zieh ich die Kanone halb aus der Tasche und seh ihn an. Er wird ganz weiß, und die andern Leute sehen mich auch alle an, aber keiner tut einen Mucks.

Ich geh rückwärts und sag noch: „Den Fisch behalten Sie man, Herr Einkäufer, der ist ja doch weich. Den schenk ich Ihnen für Ihre Tapferkeit, daß Sie mich haben wollen in die Pfanne hauen."

Und damit bin ich draußen und die Treppe runter und über den Hof und auf der Straße. Ich nehm mir 'ne Droschke und dann ein Auto, und dann fahr ich ein bißchen auf Landpartie, und abends geh ich auf meine Bude, und wie ich am Bau vorbeigehe, denk ich: Da steht Lachs! Wenn den die Maurersleut im Frühjahr finden, denken sie auch, da hat einer 'ne Madenfarm eingerichtet.

Am nächsten Morgen, es wird so grade hell, bin ich wach und denke: Da wispert doch was! Meine Tür war mit einer Milchglasscheibe, und dahinter der Gang war hell, so sah ich recht hübsch zwei Köpfe mit Pinselhütchen. Also haben sie dich doch, denke ich. Na, die Tür ist verschlossen, denke ich, und bis ihr drin seid, bin ich in den Hosen und raus aus dem Fenster.

Ich überleg grad noch, ob ich meine Kleine wecken soll, da bewegt sich die Klinke. Drückt ihr man, sage ich, ihr könnt lange drücken – da – ich habe keine Worte – geht die Tür auf. Hab ich das Dings nicht abgeschlossen, ich sag schon, in den Tagen war ich richtig von aller Vernunft verlassen.

Also die beiden Kerls von der Schmiere stehen im Zimmer, die Kanonen natürlich in der Hand. Den einen kannte ich sogar.

„Sie sind ja früh auf, meine Herren", sag ich. „Erschrekken Sie bloß die Dame nicht."

„Machen Sie keine Geschichten", sagen die. „Sie kennen wir. Wenn Sie eine Bewegung machen, funken wir los. Wir lassen uns nicht von Ihnen anknallen."

„Seien Sie bloß friedlich", sage ich. „Ich bin ja ein nackter Mensch. Und lassen Sie das Mädchen raus, die hat nichts mit der Sache zu tun."

Die Kleine lag neben mir und zitterte und klapperte in einer Tour.

„Stehen Sie auf", sagt der zu mir. „Stellen Sie sich hier in die Mitte vom Zimmer. Fräulein, machen Sie, daß Sie rauskommen."

Die Kleine raus, gar nicht erst angezogen, die Lumpen überm Arm, im Hemd. Es sah richtig komisch aus, solche Angst hatte die.

„Anziehen werde ich mich ja wohl dürfen, Herr Kommissar", sage ich.

„Bleiben Sie stehen, wo Sie stehen. Wenn Sie einen Mucks tun, ich habe verdammt Lust, Ihnen eine zu knallen von wegen Sie wissen schon."

Ich wußte schon, sie dachten an den von der Schmiere, den ich angeknallt hatte. Der eine nahm meine Sachen vor, ein Stück nach dem andern. Wenn er's nachgesehen hatte, warf er mir's zu. Da war nichts zu machen, der andere hielt mir seinen Revolver immer unter die Nase, und meiner lag auf dem Waschtisch, halb unter der Schüssel.

So zog ich mich langsam an, ich redete immer gemütlich mit denen, sie sollten nicht denken, ich hatte was vor. Aber ich kam beim Anziehen doch langsam einen halben und einen ganzen und wieder einen halben Schritt dem Fenster näher, und dem Bullen wurde der Arm mit der Knarre auch steif, er hielt ihn gegen die Erde.

„Also fertig“, sagt der.

„Nur noch meine Zahnbürste“, sage ich und greife nach dem Waschtisch.

„Halt!“ brüllt er, aber schon funk ich zweimal ganz rasch, und dann werf ich mich mit dem Rücken in die Fensterscheiben. Sie dachten natürlich, zweiter Stock, da ist nichts zu machen, aber unter meinem Fenster war ein Vordach von einer Veranda.

Ich prassele durch die Scheiben; die knallen auch, aber viel zu hoch, weil ich gleich nach unten wegsacke. Und schon geht es die Veranda runter. Ein Blauer steht auf dem Hof; ich schieße gleich, er läuft fort und versucht dabei, seine Pistolentasche aufzukriegen, und ich schon über den Hof.

Ich war in Wut, ich sah alles rot. Ich laufe los, durch den Torgang nach der Straße zu, die Kanone immer in der Hand. Im Torweg steht ein Weib; sie schmeißt sich ganz in die Wand, käsebleich, wie ich komme. Schön habe ich nicht ausgesehen, blutend von den Scheiben, den Revolver in der Flosse.

Auf der Straße steht Schmiere. „Fort, ihr Hunde!“ brülle ich und schieße. Schon laufen sie, und auch ich laufe, die Straße hinauf und um die Ecke, die andere Straße entlang. Ich denke, ich kann mich unter die Leute verstecken; aber die laufen vor mir, sie spritzen nach allen Seiten auseinander, die Straßen werden leer vor mir. Und wenn ich mich mal umdrehe, kommen sie hinter mir, eine dichte, schwarze Masse mit tausend weißen Gesichtern, die schießen auch schon.

Ich denk, ich muß meine Kanone wegstecken, und halt sie nur fester. Ich denk, in den Anlagen, da sind Büsche; aber die Büsche sind kahl, es wird immer leerer um mich, was lauf ich noch? denk ich.

In ein Haus, denk ich, die Treppen rauf, über die Dächer

weg, daß sie meine Spur verlieren, die Bullen, und renne rein, mitten in einen Laden.

Wie ich mich umsehe, stehe ich in einer Sparkasse, in einem großen Raum, eine Tür nach außen. Ich schrei gleich: „Raus, ihr Hunde! Raus mit euch!" Und die laufen, immer an mir vorbei, zur Tür raus, und draußen stehen sie in einem großen Kreis, auf der andern Seite vom Platz, alles schwarz und trauen sich nicht näher. Als letzter lief ein Dicker, Fetter an mir vorbei, er war ganz weiß und wollte leise laufen; er fiel über einen Schirmständer und lag da, platt und sah mich an und bewegte den Mund wie ein Fisch. Ich funkte noch einmal, das war mein letzter Schuß, und er kroch raus aus der Tür, und ich war allein.

Da stand ich nun mit meinem Talent und der leeren Kanone und konnte nicht weiter. Auf dem Kassentisch lagen Haufen von Geld, so viel Geld hatte ich in meinem Leben noch nicht gesehen. Aber es interessierte mich nicht, nichts interessierte mich, ich mußte daran denken, wie sie alle vor mir fortgelaufen waren, und ich stand hier. Das Mädchen war auch fortgelaufen.

Draußen klingelte es, die Feuerwehr, dachte ich, brennt es denn irgendwo? Und da fuhr es schon zum Fenster herein, ein Wasserstrahl, ich weiß nicht, wieviel Atmosphären Druck. Ich lag glatt am Boden, es schmiß mich um wie nichts, es prallte auf mich, es war, als hätte ich alle Knochen im Leibe gebrochen. Nicht den kleinsten Finger konnte ich rühren.

So lag ich da, und sie spritzten eine ganze Weile mit dem vollen Strahl auf mich, und dann ging die Tür auf, und die Bullen kamen, mich holen.

* stikum = zuverlässig; Stubben = zahlender Kunde einer Prostituierten; trampeln = einschüchtern, erpressen; Trittlinge = Schuhe; Stenz = Zuhälter.

Blanka, eine geraubte Prinzessin

Mitten im Trubel der Silvesternacht sagte der Vater: „Nun komm." Der Sohn schlich hinter dem Alten aus dem lärmenden Haus über die Hofstatt zum Kuhstall. Es fror leicht, die Sterne funkelten. Der Vater zog die Tür auf, und sie kamen in warmes Dunkel. Überall knisterte Stroh, eine Kuh käute wieder, Halfterketten rasselten. Die Stallaterne wurde angebrannt, ein Fenster geöffnet. Die kalte Winterluft drang ein, kämpfte mit der Wärme und war plötzlich überall. Der Junge stand im Schatten beim Rübenschneider und schwieg. Da deutete der Vater zum offenen Fenster: Die Glocken begannen zu läuten, Silvester vorbei, das neue Jahr hatte begonnen. Der Vater ging zur ersten Kuh, er sagte kein Wort, aber er verbeugte sich vor ihr und bekreuzte sie dreimal. So tat er bei der nächsten, bei der dritten, bei der vierten. Bei der fünften, der einzigen, die stand, stutzte er einen Augenblick, der Knabe sah es wohl. Aber dann ging er weiter, reihauf, reihab, zweiundzwanzigmal. Das Jungvieh beachtete Vater nicht, auch nicht die Pferde. Er ging wieder ans Fenster und schloß es. „So, nun darfst du wieder reden, Alwert", sagte der Vater und nahm den Jungen bei der Hand. „Jetzt will ich dir etwas zeigen."

Die beiden kletterten über die Krippen weg, gingen zwischen zwei Kühen durch und zu jener fünften, die gestanden hatte und noch stand. Da sah Alwert freilich gleich, um was es ging: Die Kuh bekam ein Kalb. Die Vorderpfoten und der Kopf schauten schon heraus, der Vater faßte die Pfoten, zog leicht, und nun war es, als schlenkere er etwas unendlich Langes, Schwarzweißes auf die Erde. Da lag das

Kälbchen, auf der Seite, den Kopf von sich gestreckt und atmete hastig. „Lauf und hole Schrot", sagte der Vater, und Alwert lief und holte Schrot. Damit wurde das Kalb bestreut und der Kuh zum Ablecken hingelegt. Der Vater sprach: „Grade zur zwölften Stunde in der Silvesternacht hat es das Licht erschaut, das wird kein gewöhnliches Kalb." Und nun zeigte er dem Sohn, daß es auch nicht wie die andern einen weißen Fleck, einen Stern, auf der Stirn trug, sondern eine Krone. Man konnte es ganz leicht erkennen, daß es eine Krone war, und jetzt wurde es noch sicherer, daß dies kein gewöhnliches Kalb war. „Es ist ein Kuhkalb", sagte der Vater, und beide gingen wieder in das Haus hinüber. Die Magd wurde in den Stall zum Ausmelken und Tränken geschickt. Sie aber traten wieder in das Wohnzimmer, wo der Besuch war.

Viel Geschrei und Gelächter, der dicke Gemeindevorsteher rief: „Du alter Heide, kannst du gar nicht von deinen Heidentücken lassen?!" Es war wohl gar nicht so sicher, daß er selbst erhaben über Heidentum war, wer weiß, vielleicht hatten sein Sohn oder seine Frau daheim zur gleichen Stunde das gleiche getrieben, vielleicht hatten sie sich gar unter eine aufgestellte Egge gesetzt und versucht, in die Zukunft zu schauen. Aber zugegeben durfte dies keinesfalls werden, und Alwert war ganz glücklich, als der Vater antwortete: „Heidentücken? Was meinst du denn, Adolf? Meine Klio hat eben gekalbt, darum bin ich mit dem Jungen in den Stall gegangen. Sind das Heidentücken?" Welches Geschrei, welcher Unglaube! Sie zogen alle in den Kuhstall, und da sahen sie nun freilich das Kalb und mußten still sein. Sie taxierten es auf achtzig Pfund und fanden, es sei ein strammes Kalb, das war alles.

Alwert verachtete sie tief, sie hatten die Krone nicht gesehen, das Geheimnis nicht erraten. Das Geheimnis war geheim geblieben, es war nicht verlorengegangen. Alwert brauchte sich nur in den frühen Dämmerstunden, wenn die Kühe satt und still waren, in den Stall zu setzen und sein Kalb anzuschauen, dann war das Geheimnis wieder da. Das war keine Kunst, dachte Alwert, zu entdecken, daß hinter den Augen einer Kröte eine verzauberte Prinzessin wohnt, jeder, der diese schönen, traurigen Augen in dem häßlichen Leibe sah, mußte es gleich erraten. Aber die Verzauberung seines Kalbes, das Wunderland, aus dem seine Seele sicher kam, war viel schwerer zu erraten. Daß sie mit Menschen nichts zu tun hatte, war sicher. Mit menschlichen Wundern hatte sie nichts gemein. Da war nun die Wanderung der Kinder Israel durch das Rote Meer, von der sie solches Geschwätz in der Schule machten. Das war doch nur ein menschliches, ein ausgerechnetes Wunder. Diese Mauern, die das Wasser bildete, und sie gingen trockenen Fußes über den Sand, Gott ja, aber ein Tunnel war ebensolch ein Wunder. Es war alles einfach, es war gar nicht rätselhaft und geheimnisvoll.

Nimm nun einmal ein Kalb, das ist es, was ich ein Wunder nenne! Kann man sich etwa einbilden, es hätte je schon auf einer Graswiese, über die Menschen hingehen können, geweidet? Das war einfach lachhaft. Man nehme die feinste, zarteste Prinzessin, die Krötenprinzessin etwa: Schon aus der Art, wie eine Kröte hüpft, sich hinsetzt, das Maul auftut, sieht man, sie weiß auf der Erde Bescheid, sie ist immer hier gewesen. Aber sieh nur ein Kalb aufstehen, die ersten Torkelschritte machen, nach einem Euter tasten, und du begreifst sofort, daß es ganz neu auf der Erde ist, daß es alles von Anfang an erlernen muß. Es ist eben einfach nicht auszudenken, wie es früher war. Vorstellen läßt sich da nichts, man muß das träumen.

Selbstverständlich kamen auch sehr schwere Zeiten für Alwert und das Kuhkalb. Es kam die Zeit, wo es nicht mehr saugen durfte, wo es Milch aus dem Eimer zu trinken bekam, und da trieb es natürlich Unfug mit allem, was es von Alwert zu fassen bekam. Es saugte an Händen, Haaren und dem Rock, es leckte die Wichse von den Stiefeln ab, von oben bis unten machte es ihn mit seinem Speichel naß. Es wäre ganz zwecklos gewesen, darüber böse zu werden und nach ihm zu schlagen, alles kam daher, daß es noch nie auf dieser Welt gewesen war. Langsam mußte es sich an sie gewöhnen, und vielleicht würde es sich nie ganz an sie gewöhnen können, keine Möglichkeit lag zu solcher Veränderung seiner Augen vor.

Dann kam die Zeit, wo der Vater den Entschluß fassen mußte, ob das Kalb angebunden werden sollte oder ob es der Fleischer bekam. Alwert wurde weiß vor Angst, aber er verbarg es und wurde dafür belohnt: Das Kalb sollte hierbleiben. Die Mutter schalt zwar darüber, über das viele unnütze Jungvieh, diese Fresser, aber der Vater nickte Alwert zu. Nun wurde er glühend rot, er verkroch sich mit seinem Kopf unter den Tisch: Hatte der Vater etwas von seinen Besuchen im Kuhstall gemerkt? Aber er beruhigte sich wieder, der Vater sprach davon, daß dies Kalb in der Neujahrsnacht geboren sei und daß er es deshalb behalten wolle. Nichts wußte man von seinen Besuchen, er konnte sich weiter in den Stall schleichen zur stillen Stunde und mit ihm sprechen und bei ihm träumen und mit ihm spielen. Ganz ruhig konnte er den Vater fragen, wie denn dies Kalb heißen solle, und der Vater war einverstanden, daß es einen Namen bekam, da es doch nun unter den Nachwuchs des Stalles aufgenommen sei. Und als Alwert den Namen Blanka vorschlug, war er auch damit einverstanden. Es war ein sehr vornehmer Name für ein Dreimonatskalb, nun mußte es sich zeigen, ob es dieses Namens auch wert sei.

Jetzt vergingen zwei glückliche Jahre für Alwert und Blanka. Alwert wurde vierzehn Jahre alt und konfirmiert, aber das war gar nichts, wenn man bedachte, wie Blanka wuchs und gedieh. Sie wurde eine starke und schöne Queene, eine wahre Pracht. Den ganzen Sommer, solange sie auf der Weide getüdert wurde, lag er bei ihr mit seinen Büchern, und sie lernten alles sozusagen gemeinsam. „Nun höre einmal zu, Blanka, was das wieder ist", konnte Alwert sagen, und dann kam ein schreckliches Wort aus seinem Chemiebuch. Blanka hörte zu, sie hob den Kopf hoch und sah ihn an, sie stieß den warmen Laut aus, den sie nur für ihn hatte, sie hörte das Wort an, und auch ihr erschien es ganz ungeheuer, was sich diese Menschen da wieder ausgedacht hatten. Dann senkte sie den Kopf und fraß weiter. Blanka mußte alles hören über die Perser- und Griechenkriege, sie wußte, was der Kleine und der Große Katechismus war, sie ertrug auch eine Rechnung mit drei Unbekannten. Und das Schönste war, daß dies beider Geheimnis blieb, kein Mensch ahnte, daß Blanka und Alwert überhaupt etwas miteinander zu tun hatten. Wer weiß, wie der Junge es fertigbrachte, wieviel hundert Lügen er ersann, um sein ewiges Fortsein, sein Nie-Zeit-Haben zu erklären, er brachte es fertig, und es sollte sich ja dann zeigen, daß er später noch viel Schwereres für Blanka fertigbrachte. Aber dies waren doch die glücklichsten Jahre.

Für seinen Vater waren sie nicht so glücklich. Er hatte Pech gehabt auf den Feldern, ein Pferd war ihm gefallen, das Geld ging aus. Eines Tages hieß es beim Mittagessen, daß es nun nichts mehr hülfe, morgen käme der Händler, alles Jungvieh, das bloß fresse, sollte verkauft werden. Der Junge neigte die Stirn, er verbarg sein Gesicht im Schatten. Blanka fort! Blanka verkauft! Es war unmöglich. Er fühlte, wie stark sein Herz pochte, und auch dieses Pochen sagte ihm, daß es unmöglich sei. Blanka war nicht zu verkaufen. Den ganzen Nachmittag lag er bei ihr und weinte. „Da gehst du, Blanka", schluchzte er, „und frißt. Du weißt nichts von dieser Welt, dein Herz sehnt sich erst, wenn wir getrennt sind." Er zerbrach sich den Kopf, hundert Pläne waren da, aber keiner ausführbar. Wie, wenn man zum Vater ginge und alles gestände, daß er Blanka liebte? Aber der Vater würde ihn nur auslachen. Und selbst wenn er ihn verstehen würde, da war die Geldnot, sie war ja nur eine Fresserin, die nichts brachte. „Blanka! Blanka!" schluchzte er und legte die Arme um ihren Hals. Und da wußte er es, plötzlich wußte er es. Nun hatte er immer diese Bücher gelesen, den Robinson, den Karl May, den Stevenson, große Abenteuer geschahen, und er hatte gemeint, daß sie draußen seien, auf den Meeren, an fremden Küsten, unter wilden Völkern. Aber nein, das Abenteuer war hier wie dort, es war auf jedem Hof und in jedem Wald, am Grugenteich war's und in Vaters Kuhstall. War nicht Abenteuer genug, was ihm schon geschehen? Er liebte eine verzauberte Prinzessin aus fernen Landen, er allein wußte um sie, und sie stand als Kalb in seines Vaters Stall. Welchem andern Jungen geschah dies? Und darauf kam es nun an, sich dies Abenteuer nicht fortnehmen zu lassen, nicht zu werden wie die andern. Alle Abenteuer kamen zu uns. Robinson hätte auch zu Haus bleiben und Kaufmann werden können, nichts zwang den Arzt Gulliver, sich immer von neuem einzuschiffen: Sie wollten das Abenteuer! Auch er wollte es! Seine Blanka, seine . . . Auch er wollte es.

Am nächsten Morgen war der Kuhstall erbrochen und Blanka gestohlen. Es war eine Sache, von der das Land noch nach Monaten redete. Der dicke Landjäger kam jeden Tag auf den Hof und sprach mit dem Vater. Dann betrachteten sie das Vorhängeschloß, das so seltsam zerschlagen war, so unsinnig zerwütet mit einer Axt, und kamen wieder zu dem Schluß: „Ein Neuling hat das getan." Aber diese Kalbe war ja nicht zu verkennen, sie mußte wieder auftauchen, hatte Alwert nicht den Vater daran erinnert, daß sie eine Krone auf der Stirn trug, eine weiße, etwas verwischt gezeichnete Krone? Nun, an dieser Krone würde man sie wiedererkennen. Und in der Folge machte der Vater manche lange Reise über das Land, wenn ihn das Gerücht über ein Auftauchen seiner Blanka irgendwohin rief.

Unterdes lag der Knabe im Wald, und Blanka graste bei ihm. Der Wald war groß und dicht, hier fand sie keiner. Nur der Großvater hatte gewußt, daß sich durch dieses Tannendickicht ein Wildwechsel schlängelte, der zum Grugenloch führte. Das war ein Teich, ein kleiner Teich, mitten in den Tannen. Hierher war Alwert mit dem Großvater gekommen, und die beiden hatten sich auf den Grugenstuhl gesetzt, eine abgehauene Tanne. Und der Großvater, dieser seltsame Mann, mit dem langen weißen Bart, dieser Mann, der nie Hosen trug, sondern die Enden seines unmäßig langen Leibrocks in die Schäfte seiner Stiefel steckte, der Großvater hatte ihm von den Grugen und Quacken erzählt, die an diesem Teich ihre Wunder trieben.

Nun waren die andern Wunder gekommen. Der Großvater war gestorben, und mit ihm waren die ein wenig künstlichen Wunder der Quacken- und Grugengeister vergangen, nun hatte Alwert sich seine echten Wunder selbst geholt. Da graste Blanka, schon hatte sie sich an das härtere, spärliche Waldgras gewöhnt. Sie sah prall und voll aus, ihr ging nichts ab, das sah man. Und neben ihr liegend, in der Sonne, unter dem leisen Rauschen der Tannenzweige, durch die raschelnd die Vögel schlüpften, träumte Alwert davon, wie er jahraus, jahrein zu seiner Blanka kommen würde, zu diesem blauen Geheimnis, an dem niemand teilhatte. Er begriff nicht, daß man anderes lieben könnte als dieses Tier. Das war ein Wunder. Menschen lieben? Menschen sind der Alltag, sie sagen etwas, sie tun etwas, und man konnte sie erraten, man konnte hinter sie kommen, und plötzlich scheint die Sonne klar durch sie hindurch: Menschen sind nichts. Wer aber kam hinter Blanka? Da lag sie und käute wieder, aber das war nur ihr Vorwand, den man nicht beachten durfte. Wenn man in ihre Augen sah, begriff man, daß sie dies alles, Bäume, Sonne, Wasser und Alwert dazu nur obenauf sah, was aber sah sie tiefer drin, was sah sie wirklich?

Nicht, daß alles leicht war. Gewiß, dort war Blanka, und hier im Bett lag Alwert. Aber diese Blanka war so unvernünftig, da lag sie nun in der dunklen Nacht allein im Walde, konnte nicht die Sehnsucht nach den andern, nach Alwert, sie überkommen? Konnte sie sich nicht losreißen und auf den Hof laufen? Das war es, daß man ihr nicht erzählen konnte, sie wurde verkauft. Sie war eben eine Prinzessin, sie begriff nichts von diesem Leben, alles mußte man für sie tun. Und indes der Regen gegen die Fensterscheiben strich, sagte er immer wieder zu sich: „Da liegt sie draußen, die Blanka, und ich hier." Auch das war ein Rätsel, daß man eines liebt, an es dachte und getrennt war von ihm. Es war so eine dicke greifbare Sache, die die andern sich ausgedacht hatten. Gewiß, nach den Augen, mit dem Verstande war es wahr, daß sie dort war und er hier. Aber war es nicht vielleicht doch unwahr? Lag er nicht etwa auch neben ihr in der Mulde, die er für sie gegraben, unter dem Tannendach, das er für sie geflochten? Er war hier und war dort, das war die eigentliche Wahrheit, ebenso wie Blanka hier und in einer andern Welt war. So ging das zu.

Es war ein glücklicher Sommer! Es war ein seliger Sommer! Endlose Träumereien des Knaben auf dem Grugenstuhl, indes oben langsam Wolken dahinzogen, sich ballten, zergingen. Dann schien die Sonne. Sie waren wunderbar, diese Wolken, aber sein größeres Wunder hatte er sich aus seines Vaters Kuhstall geholt. Er hatte es gezwungen, wahr zu sein, und gegen sie alle hatte er es behauptet. Die kleinen Grashalme um ihn, die Tannenzweige um ihn, das Wasser vor ihm, der Himmel über ihm, sie bestätigten es. Da graste sie, sie war schwarzweiß, in einer Neujahrsnacht war sie geboren, sie trug eine Krone auf ihrer Stirn. Sie hätte ein Kalb wie alle Kälber werden können. Er hatte sie vereinzelt. Er hatte ein Schicksal geschaffen, abseits von allen andern. Da saß er auf seinem Grugenstuhl, mit seinem langen braunen Jungengesicht voller Sommersprossen, ein Bauernjunge wie alle andern, der in die Dorfschule bis zu seinem sechzehnten Jahr lief und sommertags barfuß ging: ein Junge wie keiner. Solch endloser Sommer! Die kleinen Fliegen schwirrten und die kleinen Mücken sangen: Ji-ji, und die Zeit rauschte ganz fern. Oh, meine Blanka!

Dann kam der Herbst mit seinen langen sonnigen Tagen, und das Futter wurde knapp. Er hatte daran gedacht, für den Winter Heu zusammenzutragen, aber das wenige, was er herbeigeschafft hatte, war im Umsehen zu Ende. Was Blanka auch fraß! Und es war natürlich ausgeschlossen, daß man ihr etwas abgehen ließ, nun mußte man eben jede Nacht mit einer Traglast Heu zu ihr. Dann war er den ganzen Tag müde, er wurde blaß, er wurde mager, er schlief ewig, wenn er zu Haus war. Und sie paßten so auf, nun! Eines Nachts war der Vater in seinem Zimmer gewesen und hatte sein Bett leer gefunden, da mußte er nun endlose Lügengeschichten erfinden, um sich zu retten. Nun blieb nichts, als ein paar Nächte zu Haus zu bleiben, aber dann das Muhen, mit dem ihn Blanka empfing! Er zitterte, er kroch zu ihr, er sprach sanft zu ihr. Es quälte ihn namenlos, daß sie leiden mußte um seinetwillen. Wo waren die sorgenfreien Sommertage hin? Und dies war erst der Herbst.

Aber noch gab er den Kampf nicht auf, noch gab er sich nicht zu, daß er sich zuviel vorgenommen hatte. Dies war zu sehr Teil seines Lebens, als daß er es hätte aufgeben können. Nun blieb eben nichts anderes, als wach zu liegen, bis der Vater gekommen war, und dann zu gehen. Aber das hieß die ganze Nacht opfern, überhaupt nicht mehr schlafen. Und doch führte er es durch. Er gewöhnte sich auch daran, er stahl sich am Tage die Stunden, er war ein Nachttier geworden. Und alles war belohnt, und alles war gut, wenn er bei Blanka war, Blanka war nicht mehr Blanka, Blanka war der Weg, aber Blanka war auch das Ziel, Blanka war seine Stellung zu den Menschen, gab er Blanka auf, gab er sich auf.

Dann fiel der erste Schnee. An ihn hatte er nicht gedacht. Nun waren Spuren da, jeder konnte ihm nachgehen, jeder konnte Blanka finden. Er wurde eiskalt, als er dies dachte. „Nun ist das Ende da", sagte er, aber er glaubte es noch nicht. „Ich werde etwas finden", beharrte er. „Ich habe jedesmal etwas gefunden. Auch diesmal muß es mir glükken."

Der einzige Ausweg, auf den er geriet, war der, Blanka vorläufig im hintersten Keller des Hauses zu verstecken. Dorthin kam niemand. Es war ein schlechter Ausweg, das wußte er, ein besserer würde ihm später einfallen. In der Nacht nahm er Blanka am Strick, er führte sie auf den Hof, er führte sie die Treppe hinauf ins Haus, die Treppe hinab in den Keller. Auf dieser Treppe glitt Blanka aus und fiel. Es gab einen ungeheuren Lärm. Mit der Lampe stand der Vater da und fragte: „Was machst du in aller Welt da mit der Kuh?" Der Junge starrte ihn totenbleich an. Der Schein der Lampe fiel auf Blankas Stirn. „Aber das ist ja Blanka! Das ist ja Blanka!"

Es war eine Katastrophe. Es war ein maßloser Skandal. Niemand glaubte dem Jungen, daß er das Tier „nur so" geliebt habe. Zuerst begriff er nicht, was sie meinten, was sie alle meinten, aber sie sorgten schon dafür, daß er begriff.

Blanka, seine Blanka, und er! Von da an war ihm alles gleich. Er wurde von der Schule gejagt, am liebsten hätte man die Konfirmation rückgängig gemacht. Und dann war natürlich kein Gedanke daran, daß er je den Hof bekam, ein Mensch, der sich in so jungen Jahren schon so schwer verging. Man gab ihn auf ein Schiff und schickte ihn auf fremde Meere, daß die Schande nur aus den Augen kam.

Oh, meine Blanka!

Ich bekomme Arbeit

1

Als es gegen den Herbst ging, füllte sich die große Stadt mit Arbeitslosen, die Preise wurden höher und unsere Aussichten, ein paar Mark zu verdienen, geringer. Da beschlossen Willi und ich, in eine kleinere Stadt zu gehen: Wir wählten Altholm. Dort war eine Holzwarenfabrik, in der Willi einmal im Akkord Kisten genagelt hatte. Er hatte damals gut verdient, er erinnerte sich dessen gern, er hoffte, es würde wieder klappen mit solcher Arbeit. Bei mir war der Fall schwieriger, ich war zu körperlicher Arbeit untüchtig, aber auch für mich würde sich schon etwas finden.

Wir schickten unsere Sachen in einem Korb mit Fracht voraus und walzten die hundertfünfzig Kilometer. Es war ein schöner, windiger, sonniger Herbst, es tat uns gut, ein paar Tage draußen zu sein und nicht nach Arbeit zu krampfen. Das Essen kostete uns fast nichts: Äpfel gab es genug an den Bäumen, und Brot schnorrte Willi bei den Landbäkkern. Wir paßten stets ab, daß eine Frau im Laden war, dann ging Willi hinein und stellte sich hin. Er hatte eine spaßige Art, mit seinem kugeligen Seehundskopf die Frauen anzusehen, sie lachten und gaben ihm, soviel er wollte. Um Geld baten wir nie, wir waren noch gut im Zeug, hatten unsere schönen blauen Anzüge an, dazu ich einen Gummimantel und Willi seine Windjacke.

Mit Äpfeln und Brot kann man gut bestehen, wir hatten übrigens schon seit einem halben Jahr nicht mehr warm gegessen und fanden uns wohl dabei. Nachts schliefen wir für zehn Pfennig bei den Bauern im Stroh. Ehe wir schlafen gehen durften, suchten sie immer unsere Taschen nach

Streichhölzern und Rauchbarem ab. Sie gaben uns das dann am andern Morgen wieder, einer schenkte uns sogar einmal ein paar Zigarren dazu.

So kamen wir in sechs oder sieben Tagen nach Altholm und fanden in der Starenstraße bei einem Lederarbeiter ein Zimmer für sechs Mark die Woche. Es hatte nur Tisch, Stuhl und ein Bett, in dem wir zusammen schliefen, aber die Nächte waren jetzt schon kühl, und so war das nur angenehm. Willi hatte wirklich Schwein, er bekam schon den dritten Tag Arbeit in seiner Holzwarenfabrik. Diesmal nagelte er Fallennester für Hühner, auch Akkord, und brachte die Woche fünfundzwanzig, manchmal auch dreißig Mark nach Hause. Es war eine kleine Fabrik, die nur mit ungelernten Leuten ohne Tarif arbeitete. Wir wußten, es war unrecht, da mitzumachen, aber wir hatten zu lange Kohldampf geschoben, um wählerisch zu sein.

2

Stellen für mich waren nie in der Zeitung ausgeschrieben, aber ich lief viel in der Stadt umher und sah, wo ich zufassen konnte. War in einem Geschäft einmal rechter Andrang, ging ich hinein und fragte, ob ich helfen dürfte. Manchmal bekam ich eine Stunde Pakete zu packen und brachte einen Fünfziger nach Haus. Zuerst lungerte ich auch viel auf dem Bahnhof herum, weil den Menschen, wenn sie reisen, das Geld lockerer sitzt, und richtig durfte ich auch mal einen Koffer tragen. Aber ein Dienstmann hatte mich gesehen und lief hinter mir und dem Reisenden her und schimpfte mich Schwarzarbeiter. Er nannte mich mit allen möglichen Namen, Streikbrecher, Stempelbruder, Wohlfahrtskrebs, und von da an, wenn er mich nur von weitem sah, fing er schon an, mich zu beschimpfen. Ich paßte sehr auf, daß ich ihn möglichst wenig traf, und ging auch nicht wieder auf den Bahnhof.

Vor allem hatte ich Willi zu besorgen. Morgens stand ich zeitig auf, machte ihm Kaffee, schmierte seine Stullen und weckte ihn dann. War er fort in die Fabrik, räumte ich das Zimmer auf, wusch auch die Wäsche, dann ging ich los auf Arbeit. Um drei mußte ich wieder im Haus sein und sein Essen kochen. Jetzt, wo er wieder Arbeit hatte, wollte er warm essen, mit viel Fleisch. Ich selbst blieb bei meiner alten Diät: Brot mit Margarine und mittags ein Bückling, aber es wurde mir manchmal verflucht schwer, sein Fleisch zu braten, und dann naschte ich. Er merkte es fast immer, er wußte genau, wieviel ein halbes Pfund Fleisch war. Dann stritten wir uns.

Wir stritten uns überhaupt viel mehr als damals, wo wir beide keine Arbeit hatten. Das kam natürlich daher, daß er jetzt das Gefühl hatte, mein Ernährer zu sein, immerfort mußte er an mir rummäkeln und kritteln. Ein paarmal kam er auch am Freitag, dem Lohntag, angetrunken nach Haus, dann war das Bett natürlich für uns zu klein, und er schmiß mich raus. Ich war auch verärgert und gereizt durch meine ständige Erfolglosigkeit, darum hielt ich den Mund nicht, so ging unser Streit oft stundenlang.

Am meisten ärgerte er sich immer darüber, daß ich Kragen trug, steife, gestärkte Stehkragen. Darin war er wie ein Kind, er sah nicht ein, daß ich nie eine Bürostellung kriegen würde, wenn ich ohne Kragen herumlief. Seiner Ansicht nach trug man nur sonntags Kragen, alltags mit einem Kragen zu laufen war Fatzkerei. Ich konnte ja meine Kragen nicht selbst stärken und bügeln, aber dafür wollte er mir nun nie Geld geben. Ich stahl es ihm dann aus der Tasche, wenn er angetrunken war, aber er merkte es ja doch, wenn ich wieder einen frischen umband, und dann ging es erst recht los.

Einmal hatte ich gar keinen mehr, und ich band seinen Sonntagskragen um. Ich dachte, den Tag bestimmt eine Stellung zu kriegen. Aus der Stellung wurde zwar nichts, aber ich kam mit dem Kragen in den Regen, und ausgerechnet den Abend wollte er mit einem Mädchen ausgehen und fand seinen Kragen aufgeweicht. Er kriegte einen Wutanfall, wir brüllten uns an, und er schmiß mich aus dem Zimmer. Er hätte es mit mir satt, und ich könnte wohnen, wo ich wollte. Schließlich nahm mich der Lederarbeiter in sein Zimmer, ich schlief auf dem Sofa, seine Frau und er schliefen im Bett.

Am andern Morgen kochte ich wie immer für Willi Kaffee, und er sagte auch keinen Ton, wir schwiegen uns an. Als er aus der Tür ging, blieb er noch einmal stehen und sagte, ich sollte es doch einmal bei den Pfarrern versuchen, in seiner Fabrik sei auch einer durch die Pfaffen untergekommen. Dann ging er. Es war das seine Art, sich versöhnlich zu zeigen, schließlich konnte ich ihm nicht böse sein. Es ist nicht leicht, wenn einer endlich mal ein bißchen Geld verdient, jemanden durchzufüttern, der einen eigentlich nichts angeht.

3

Die Adressen von den Pfarrern besorgte ich mir auf der Zeitung. Es gab zwei Zeitungen am Ort, eine große und eine kleine. Bei der großen war ich nur einmal gewesen, da waren sie mächtig hochnäsig und bellten einen an, wenn man um eine Auskunft bat. Bei der kleinen aber waren sie sehr nett, hatten immer Zeit zu einem Klön und rieten einem, was sie konnten. Es gab fünf Pastoren im Ort, ich brachte einen ganzen Tag damit hin, sie aufzusuchen und mein Anliegen vorzutragen. Sie hörten mich alle sehr freundlich an, fragten mich dies und das, aber im Grunde machten sie mir den Eindruck von Leuten, die ganz anderes Elend gewöhnt waren, als ich ihnen berichten konnte. Sie suchten mich denn auch möglichst schnell loszuwerden, Arbeit wußte keiner für mich.

Willi war sehr nett, als ich ihm meinen Mißerfolg erzählte, er nahm mich zum Trost sogar ins Kino mit; um mich dankbar zu zeigen, ging ich ohne Kragen. Abends im Einschlafen sagte er noch, ich sollte doch morgen zum katholischen Pfarrer gehen, die Katholischen hätten die Macht. Ich wollte nicht dagegenreden, ich wollte es auch tun, und so besorgte ich mir die Adresse. Der Geschäftsführer auf der Zeitung war wieder sehr nett, ich mußte ihm von den Pastoren erzählen und ihm versprechen, daß ich am nächsten Tage Bericht über den katholischen Pfarrer machen würde.

Da empfing mich eine Nonne oder was das war, man sah fast nichts von ihrem weißen Gesicht unter der großen Haube, und schließlich kam auch der Pfarrer. Er war ein großer starker Mann mit ganz weißen Haaren, sehr langsam und leise im Sprechen, sicher ein Bauernsohn von der Wasserkante, da sind sie so leise und stark. Er hörte mich lange an, fragte auch dazwischen, man merkte, er verstand, wie unsereinem zumute ist, der schon über vier Jahre nach Arbeit krampft. Schließlich sagte er ganz kurz: „Ich gebe Ihnen ein Schreiben an den Prokuristen von der Lederfabrik. Ich sage nicht, daß das Schreiben Ihnen was nützt. Aber ich gebe es Ihnen." Er setzte sich hin und schrieb, einmal sah er hoch und fragte: „Von meiner Konfession sind Sie nicht?" Ich hatte mit Willi besprochen, daß ich ihn auf diese Frage belügen sollte, aber ich sagte doch die Wahrheit, als er mich ansah. Er sagte bloß „gut" und schrieb weiter.

Ich gab den Brief in der Wohnung des Prokuristen ab und wurde auf den nächsten Tag bestellt. Als ich dann kam, gab mir das Dienstmädchen dreißig Pfennig und sagte, ich brauchte nicht noch einmal zu kommen. Ich stand ziemlich traurig auf dem Treppenabsatz. Als ich sie dann wieder in der Küche hantieren hörte, steckte ich die dreißig Pfennig durch den Briefkastenschlitz und lief schnell die Treppe hinunter, als die Groschen im Kasten klapperten.

4

Ich ging zu meinem Freund auf der Zeitung und erzählte ihm alles. Er meinte, er hätte nichts anderes erwartet, und ich sollte in seine Wohnung gehen und seiner Frau helfen, die Möbel zu rücken. Sie hatte großes Reinemachen, ich half ihr tüchtig, klopfte die Teppiche, scheuerte und bohnerte – und am Abend kam der Geschäftsführer, und ich durfte mit ihnen essen. Er sagte, er hätte mit dem Besitzer der Zeitung gesprochen, und wenn ich für sie Abonnenten werben wollte, so wäre er einverstanden. Ich fragte gar nicht nach den Bedingungen, ich sagte gleich ja, so sehr freute ich mich. Ich hörte dann, daß ich einen Quittungsblock kriegen würde mit Abonnementsquittungen auf einen Monat. Den ersten Monat sollte ich gleich kassieren, und das Geld durfte ich als meine Provision behalten. Das war eine Mark fünfzig jedesmal. Ich sollte vor allen Dingen erst einmal zu den Handwerksmeistern gehen, denn das Blatt brachte jede Woche einen Artikel von dem Innungssyndikus über Handwerkerfragen. Den Frauen sollte ich sagen, daß die Romane in der „Chronik" anerkannt besser seien als die in den „Nachrichten". Ich sollte mir den neuen Roman durchlesen. Dann war noch zu beachten, daß den Leuten, die um den Fünfzehnten herum abonnierten, die Zeitung für den Rest des Monats umsonst geliefert würde. Ich fand das alles sehr gut, kam ganz begeistert nach Haus und erzählte Willi davon. Der war erst stinkwütend, daß ich ihm sein Mittagessen nicht gemacht hatte, aber schließlich fand er es auch gut und meinte, ich müsse eine Masse Geld verdienen.

Am nächsten Morgen ging ich zeitig auf die „Chronik", so hieß meine Zeitung, um mir die Handwerkeradressen herauszusuchen. Es war aber noch zu früh, um loszugehen, vor halb zehn dürfte ich die Leute nicht stören, meinte der Geschäftsführer. So las ich erst noch einen Artikel von dem Syndikus, den ich sehr langweilig fand, und ein Stück Roman, der in den höchsten Sphären spielte. Um halb zehn ging ich los.

Mir klopfte doch das Herz, als ich vor der Tür meines ersten Kunden stand. Ehe ich die Klingel zog, wartete ich, daß es ruhiger ging, aber es ging nur immer stärker. Ich klingelte, und ein junges Mädchen machte mir auf. Ob ich Herrn Malermeister Bierla sprechen könnte? „Bitte schön", und „Vater, da ist jemand." Ich kam in ein großes Zimmer, am Tisch saß eine nette ältere Frau und schnitt Kohl. Der Meister stand mit einem andern Herrn im Gespräch am

Fenster. „Bitte schön“, und was ich wünsche. Ich verbeugte mich hübsch, auch vor der Frau, auch vor dem Gast. „Guten Morgen“, und ich käme von der Redaktion der „Chronik“ mit der Anfrage, ob Herr Malermeister Bierla sich nicht entschließen könnte, unser Blatt vielleicht erst einmal probeweise zu beziehen. Ich hatte mir eine richtige kleine Rede ausgedacht, daß „wir“ ja immer grade für die Interessen des Handwerks kämpften, daß das Handwerk in diesen schweren Zeiten zusammenhalten müßte, dann kam der Syndikus, seine wichtigen Aufsätze, und schließlich, mit einem Seitenblick auf die Frau, unsere anerkannt guten Romane.

Plötzlich war meine Rede zu Ende, ich wußte nichts mehr, keiner hatte ein Wort gesagt, es war still. Es war so still, daß ich noch einmal loslegte, aber ich verfing mich gleich, stotterte und schwieg wieder. Dann sagte die Frau vom Tisch her: „Wir können's ja mal versuchen, Vater“, und er: „Was kostet denn die ‚Chronik‘?“ Nun hatte ich wieder zu reden, es kam die Gratislieferung, der eine Monat Abonnement, ich schrieb das Zettelchen aus und gab es dem Meister, der mich damit aber zu seiner Frau schickte. Er redete schon wieder mit dem Gast. Ich bekam mein Geld, eine Mark fünfzig für fünf Minuten reden! Als ich auf der Straße war, ging ich auf die andere Seite und sah das Haus an. Es war ein gutes Haus, ein brauchbares Haus, ich mochte es gern. Es war schön unter Farbe gehalten, das verstand sich bei einem Malermeister von selbst, im Erdgeschoß war ein Laden mit Räucherwaren von Johannsen. Ich hatte einen Augenblick den Gedanken, auch zu Johannsen hineinzugehen, aber ich entschloß mich, nicht aus der Reihe zu tanzen, sondern bei meinen Handwerkern zu bleiben. Ich warf noch einen Blick auf das Haus und ging weiter.

Der nächste Meister war nicht zu Haus, auch nicht seine Frau. Der nächste war böse auf den Syndikus, der sei ein Klugschnacker, kriege das viele Geld von den Innungen und tue nichts dafür. Dann der nächste war sehr zufrieden, daß ich kam, er hatte schon immer die „Chronik“ abonnieren wollen. Die „Nachrichten“ hätten ganz falsch über ihn berichtet, als er wegen ein paar Überstunden, die sein Lehrling gemacht hatte, zu einer Geldstrafe verdonnert worden war. So ging es weiter. Manchmal mußte ich lange Strecken durch die Stadt gehen, die Sonne schien noch schön, die letzten Blätter fielen von den Bäumen.

Um halb zwei machte ich Schluß. Ich merkte, ich war nicht mehr frisch, leierte nur noch meinen Spruch, außerdem kam ich den Leuten ins Essen. Ich hatte in vier Stunden sechs neue Abonnenten geworben von einundzwanzig, die ich besucht hatte. Neun Mark hatte ich in der Tasche. „Das ist kein schlechter Anfang“, sagte der Geschäftsführer, dem ich die Adressen der neuen Leser gab, damit sie gleich am nächsten Tag die Zeitung bekämen. Dann besorgte ich etwas Essen, kochte und briet, aber auch für mich diesmal. Als Willi kam, war alles fertig, er freute sich auch. „Da kannst du ja auf sechzig Mark die Woche kommen! Manning! Manning!“ Wir machten haushohe Pläne, dann wuschen wir uns und gingen gemeinsam ins Kino.

5

Der zweite Tag war nicht so gut wie der erste, und der dritte war viel schlechter als der zweite. Ich begriff, daß ich meinen besten Tag gehabt hatte und daß er nicht wiederkommen würde. Es lag nicht daran, daß die Maler nun alle waren und ich erst an die Schmiede, dann die Bäcker geriet, die ganz andere Leute waren. Es lag daran, daß ich den Schwung verloren hatte und leierte. Man muß zum Werber geboren sein, den fünfzigsten Kunden muß man mit demselben Eifer werben können wie den ersten. Man muß glauben an das, was man sagt, oder man muß zum mindesten die Leute glauben machen, daß man daran glaubt. Wenn mir gesagt wurde: Aber wir lesen seit zehn Jahren die „Nachrichten“, und die „Nachrichten“ sind besser als die „Chronik“, warum sollen wir wechseln? – so mußte ich ihnen innerlich recht geben. Mein Widerspruch war kümmerlich. Eigentlich begriff ich nie, warum die Leute sich entschlossen, die „Chronik“ zu halten. Die „Nachrichten“ waren immer vier, oft acht, oft zwölf Seiten stärker, sie umbrachen vierspaltig, was viel lebendiger aussah als unser dreispaltiger Umbruch. Sie hatten alle Familienanzeigen und dreimal soviel Geschäftsanzeigen wie wir. Sie sahen sauber aus, denn sie waren richtig gesetzt, während wir zum größten Teil gematert aus Berlin kamen. Auf all dies lernte ich achten, der Meister meckerte dies und jener das. Wenn ich dann mit dem Geschäftsführer darüber sprach, wurde er oft ärgerlich: „Wenn wir die ‚Nachrichten‘ wären, brauchten wir Sie nicht auf Werbung zu schicken.“

Ich ging nicht mehr an einem Tage zu einundzwanzig Kunden, manchmal wurden es zehn, manchmal nur drei. Hatte ich gleich am Morgen zwei Mißerfolge hintereinander, so traute ich mich nicht weiter. Ich ging dann lange vor einer Schmiede auf und ab, die hämmerten drinnen, das Feuer warf einen roten Schein auf die Fenster, schließlich entschloß ich mich und trat ein. Der Meister schnitt einem Pferd den Strahl aus und probierte das Eisen auf den Huf, zwei Gesellen waren dabei, auf die Felgen eines Rades den Reifen zu treiben. Ich stand unter der Tür und wartete. Ich hatte gelernt, daß man die Leute bei der Arbeit nicht stören durfte, man mußte unter der Tür stehen und warten. Während ich dastand und das stiebende Feuer ansah und dem Fauchen des Blasebalges lauschte, hörte ich, daß sie von mir redeten. „Is nichts“, rief der eine Geselle zum Meister. „Wieder ein Nichtstuer.“ – „Geht spazieren, statt zu arbeiten“, verkündete der andere Geselle. Und der Lehrling rief schrill: „Kauft Hosenträger, Knöpfe, Sicherheitsnadeln! Leute kauft!“ – Dann wurde es wieder ruhig, die Gesellen hatten mit ihrem Reifen zu tun, der Meister gab dem Hufeisen auf dem Amboß die rechte Paßform. Der Lehrling hielt das Eisen mit der Zange auf dem Amboß. Der Kutscher hatte den Huf des Pferdes hochgehoben, er lag auf seinem Oberschenkel. Die arbeiteten alle, sie hatten ihr Brot. Ich dachte daran, daß auch ich einmal zu bestimmter Stunde auf ein schönes sauberes Büro gekommen war und schöne saubere Arbeit geleistet hatte. Jetzt lief ich rum und war den Leuten lästig. Am ersten Tage der Werbung hatte ich es gekonnt, da kam ich in das Zimmer des Malermeisters wie ein leutseliger Fürst, der Abgesandte der Großmacht Presse, aber das konnte ich nicht mehr. Jetzt war ich ein kleiner Stadtreisender, der den Leuten etwas aufschnakken wollte, was sie nicht wollten.

Die Tür ging auf hinter mir, und jemand kam herein. Ich sah ihn an: Es war noch ein Reisender. Er stellte sein Köfferchen neben sich, rief laut „Guten Morgen" und sah mich forschend an, ob ich Konkurrenz sei. Ich bewegte verneinend den Kopf. Die Gesellen fingen wieder an zu schimpfen: „Laß sie stehen, Meister, bis das Dutzend voll ist, und schick sie dann weg. Es ist zu arg!" Der Meister kam zu uns. „Was wollen Sie?" Nach drei Worten unterbrach er mich: „Abonnieren, weil ihr fürs Handwerk eintretet? Habt ihr gesorgt, daß die Steuern niedriger werden? Euer Syndikus, das ist ja lachhaft, was der schreibt! Der ist ja dicker Freund von dem Rat im Finanzamt. Nein. Ist erledigt. Sie brauchen nichts mehr zu sagen. Danke!" Er wandte sich an den andern: „Und was wollen Sie?"

Ging es zweimal nacheinander so, traute ich mich oft den ganzen Tag zu keinem mehr, sondern ging stundenlang im Stadtpark spazieren. Dann träumte ich davon, daß ich Geld finden würde, viel Geld. Ich ging stets mit gesenktem Blick und suchte die Wege ab, aber ich fand nie etwas außer einem Taschentuch und abgeplatzten Knöpfen. Es gab viele Tage, an denen ich überhaupt kein Geld nach Haus brachte. Willi war längst wieder mürrisch geworden.

Eine ewige Hoffnung von mir war ein Bäckermeister in der Lohstedter Straße. Er sagte nie ganz nein, er sagte: „Kommen Sie noch einmal vor. Ich will es mir überlegen." Und wenn ich dann wiederkam, mußte er es sich wieder überlegen. Er begrüßte mich immer freundlich mit Handschlag, er sagte: „Na, junger Mann, ist Ihnen noch ein Grund eingefallen, daß ich die ‚Chronik' abonnieren könnte? Die alten reichen nicht ganz. Beinahe, aber nicht ganz." Dann quälte ich irgendwas heraus. Es dauerte sehr lange, bis ich merkte, daß ich zu seinen Hofnarren gehörte, die ihm die Zeit vertreiben mußten. Sicher hatte er viele, die so zu seiner Belustigung beitrugen, es liefen unser ja genug in der Stadt herum.

Aber die meisten liebten das gar nicht, daß so viele Reisende zu ihnen kamen, für die meisten waren wir eine Landplage. Manchmal hörte ich schon, wenn ich ins Haus trat, klingeln, ich hörte von unten den andern Reisenden reden, manchmal lebhaft aufmunternd, mal demütig bittend. Dann wartete ich, bis der Kollege wieder runterkam, und wir gingen ein Stück gemeinsam und schimpften. Alle schimpften, das war nun ganz gleich, ob sie als feine Leute mit Staubsaugern gingen oder einen Bauchladen mit Heftpflaster und Wäscheknöpfen trugen. Wir schimpften, wie häßlich wir behandelt würden, und nach einer Weile gaben wir dann zu, daß die Leute „eigentlich" recht hatten, daß viel zuviel herumliefen und namentlich manche, die nur Gelegenheit zum Klauen suchten.

Ich fand es immer besonders bitter, wenn ich für so einen gehalten wurde. Ich hatte geklingelt und stand vor der Tür, und nach einer Weile hörte ich einen Schritt schlurfen, und in dem Guckloch erschien ein Auge. Es sah immer sehr dunkel mit sehr viel Weiß aus, man konnte auch nie herauskriegen, ob es ein Männer- oder ein Frauenauge war. Da stand man dann, eine lange Weile schien es, und wurde betrachtet, und dann fiel mit einem leisen Klick die Klappe vor das Guckloch, und der Schlurfeschritt entfernte sich wieder. Oder die Tür ging auf, aber die Kette blieb davor, und man fing an zu reden durch den Spalt, und plötzlich, mitten im Satz, fiel die Tür wieder zu, und man stand und würgte an dem angefangenen Satz und schlich dann leise die Treppen hinunter.

Manchmal hatte ich das Gefühl, als sammelten sich all diese Demütigungen in meiner Brust und ich würde nie mit ihnen fertig werden und eines Tages würden sie mich erdrücken. Ich verstand es immer besser, daß fast jeder Reisende irgendwann einmal explodierte, mit geballten Fäusten brüllend gegen eine besonders häßlich geschlossene

Tür trommelte oder eine kurz angebundene Hausfrau mit Beleidigungen überhäufte. Ich verstand es gut, aber ich meinte, davor sicher zu sein, da mir dies alles immer noch nur wie ein Übergang erschien: Schließlich würde ich doch wieder auf einem hellen sauberen Büro sitzen.

6

Dann kam auch mein Tag.

Ich war nun bei den Schneidermeistern angelangt. Unter denen gab es auch eine Meisterin, ein Fräulein Kehding. Der Geschäftsführer auf der „Chronik“ hatte mich gewarnt: „Das ist keine Frau, das ist ein Teufel. Die ist das bösartigste Frauenzimmer in ganz Altholm. Gehen Sie lieber nicht hin zu ihr.“ Nun, ich ging doch, es war immer eine Abwechslung nach so vielen Männern.

Von der Treppe kam man gleich in die Schneiderstube. Es war hier nicht alles in Ordnung, das eine Nähfräulein weinte herzzerbrechend, die andern saßen gedrückt und wußten nicht, was sie für Gesichter machen sollten. Die Meisterin lief in der Stube hin und her und hörte erst mit Schelten auf, als sie mich sah. „Was wollen Sie denn?“ fragte sie mich, aber nicht unfreundlich. Eigentlich enttäuschte sie mich, für einen Teufel sah sie ganz manierlich aus mit der langen graden Nase, den hellen Augen und den frischen Farben. Während ich mein Sprüchlein sagte, stand sie, die Hände auf dem Rücken, und sah mich an. Sie war eine, zu der sich gut sprechen ließ, hörte zu und sagte auch einmal ein Wort: „Ach, unser Syndikus schreibt für Sie?“ – „Richtig, das Handwerk muß zusammenhalten.“

Als ich fertig war, hatte ich einen neuen Abonnenten geworben. Alles ging glatt, und ich schrieb schon die Quittung. Fräulein Kehding stand etwas zur Seite, zwischen dem Schreiben sah ich hinüber zu den Nähmaschinen, grade zu dem verheulten Nähmädchen. Es war ein hübsches Mädchen, zwischen ihren Tränen lächelte sie mich an. Ich lächelte zurück.

Da hörte ich so etwas wie ein Fauchen neben mir, einen unterdrückten Wutlaut, ich sah zur Meisterin. Sie war weiß vor Zorn, es gefiel ihr wohl nicht, daß ich mit ihrem Mädchen lächelte. Vorsichtig hielt ich ihr die Quittung hin. „Bitte, eine Mark fünfzig."

Sie nahm die Quittung, sah sie an. „Ist das eine Quittung?" fragte sie. „Solche Dinger kann sich jeder machen lassen."

„Es sind die Quittungen von der ‚Chronik'", sagte ich. „Die sind so."

„Sind die so?" fragte sie höhnisch und kam immer mehr in Fahrt. „Die lassen Sie sich selbst machen und bringen die Leute um ihr Geld, und eine Zeitung kriegt man nie. Wo haben Sie Ihren Ausweis?"

„Ich habe keinen Ausweis, die Quittung ist Ausweis", sagte ich.

„Wo haben Sie Ihren Wandergewerbeschein?" schrie sie. Nun schrie sie schon. „Sie müssen einen Wandergewerbeschein haben, wenn Sie so in die Häuser laufen." Ich hatte keinen, ich wußte auch nicht, ob ich einen brauchte. „Ein Betrüger sind Sie!" schrie sie. „Aber bei mir kommen Sie an die Unrechte. Elfriede, sofort läufst du zu Wachtmeister Schmidt herum! Hier wäre ein Betrüger." Die Verheulte stand ängstlich auf und ging gegen die Tür. „Fräulein", sagte ich, „hier sehen Sie meinen Quittungsblock, die Abschnitte, das sind alles Namen von Ihrer Innung."

„Gehst du, Elfriede!" schrie sie. „Soll ich dir Beine machen?! Das paßte dir wohl so, daß der Lump ausreißt, der Betrüger?!" Die Kleine lief, ich wurde auch heiß. „Fräulein", sagte ich, „geben Sie mir meinen Quittungsblock wieder. Ich will Ihr Geld gar nicht. Lassen Sie mich gehen."

„Nichts!" rief sie. „Daß Sie ausreißen, was? Toni, schließ die Tür ab."

„Fräulein", rief ich, „Sie sind gemein. Ich weiß wohl, warum Sie das machen: weil ich Ihr Fräulein angelacht habe. Sie müssen nicht alle Hübschen weinen machen, weil Sie keinen abgekriegt haben!"

Es wurde eine schöne Brüllerei zwischen uns, der

Wachtmeister Schmidt verstand kein Wort, sicherheitshalber nahm er mich mit auf die Wache. Als ich dort auf der Pritsche saß, kam rasch die Ernüchterung. Ich bereute, daß ich so hitzig geworden war. Außerdem hatte ich Abonnenten zu werben und nicht Mädchen anzulächeln, und die Kehding hatte „eigentlich" recht.

7

Nachdem sich die von der Polizei erkundigt hatten, ließen sie mich laufen. Ich ging langsam zur „Chronik", mir war trübe zumute. Es überraschte mich nicht, daß die Meisterin schon dort gewesen war und sich beschwert hatte. „Schluß", sagte der Geschäftsführer. „Die macht das ganze Handwerk gegen uns rebellisch, wenn ich Sie weiter werben lasse. Sie hätten nicht hingehen sollen, ich habe es Ihnen gleich gesagt."

Er schenkte mir noch fünf Mark, er war immer ein anständiger Kerl. Als ich in die Starenstraße kam, war Willi noch nicht zu Haus. Es ekelte mich schon, wenn ich an seine Vorwürfe dachte. Ich tat meine Sachen in den Koffer und gab ihn der Wirtin in Verwahrung. Ich würde danach schreiben. Dann ging ich aus dem Haus, aus der Stadt, auf die Landstraße. Es war erstes Drittel Dezember, leichter Frost, etwas Schnee. Ich hatte noch neun Mark. Ich wollte in eine größere Stadt und sehen, ob ich dort irgendwie unterschlüpfen könnte.

Der Pleitekomplex

Als Annemarie Geier mit vierzehn Jahren die Schule hinter sich hatte, sandten ihre Eltern sie auf eine Handelslehranstalt. Dort brachte man ihr zwei Jahre hindurch Schreibmaschine und Stenographie, einfache und doppelte Buchführung einschließlich Bilanzen, Handelsgeographie, Handelsrecht, bürgerliches Recht und noch einiges mehr bei, die Abschlußprüfung bestand sie mit der Gesamtnote „gut, teilweise besser". Nun, mit sechzehn Jahren war sie fertig, eine Stellung zu bekleiden, sechzehn Jahre hatten die Eltern Kapital in Annemarie investiert, nun sollte sie den Rest ihres Lebens dieses Kapital verzinsen und amortisieren.

Da Annemarie ein gutaussehendes Mädchen war, bekam sie schon nach kurzem Suchen ihre erste Stellung bei Hess & Co. Sie sah nicht so übertrieben gut aus, daß die Kolleginnen flüstern könnten: „Warum der Alte die engagiert hat, das ist doch klar." Aber sie war immerhin ein feingliedriges, schlankes, mittelgroßes Geschöpf mit einem bräunlich-blassen Teint, braunem Haar in eigenwilligen Schwingungen und braunen Augen. Das beste an ihr war eine stille, sachte, verhaltene Art, auf die manchmal ein kindlich-frohes Vergnügtsein hellere Lichter setzte. Man hatte sie gern.

Hess & Co. waren eine altangesehene Firma in Putz. Putz en gros. Früher hatte man dort die Hüte mit hundert Prozent kalkuliert, jetzt war man, dem Ernst der Zeit folgend, mit fünfundsiebzig Prozent zufrieden, die teureren Preislagen kalkulierte man sogar nur mit sechzig. Hess &

Co. hatten ein eigenes Geschäftshaus, einen etwas pompösen Sandsteinbau aus den neunziger Jahren durch fünf Etagen. Dort saß Annemarie in einem hellen, winters gut durchwärmten Büro vor einer phantastisch schönen Schreibmaschine, einer „Noiseless", und tippte ihre Briefe. Diese Briefe waren nicht übermäßig interessant, obwohl sie Putz betrafen, aber Annemarie war zufrieden. Sie verdiente sechzig Mark netto im Monat, und sonntags ging sie mit andern im Jugendbund auf Fahrt. Das Leben hatte angefangen.

Allmählich wurde aber alles anders bei Hess & Co. Man war bisher dort sehr vornehm gewesen, Angestellte hatte man dort nicht angebrüllt, nicht etwa, weil man Angestellte überhaupt nicht anbrüllen soll, sondern weil man einfach zu vornehm dazu war. Jetzt konnte Hess senior, der alte gepflegte Herr mit den Koteletten, tobend durch die Räume rennen, und bat eine Angestellte Hess junior um einen Hut mit dem üblichen Angestelltenrabatt, so sagte der junge Mann sardonisch: „Fräulein, Sie denken wohl, wir haben den Laden nur für Sie? Ihre Sorgen in meinen Kopf!"

Dann tauchte ein dicker, mussolinihaft aussehender Herr auf, die Buchhalter stürzten ständig mit Kontoauszügen und Bilanzen in das Chefbüro, Mussolini telefonierte, ordnete an, schnauzte. Es kam der Letzte, es kam der Erste, kein Angestellter wurde zur Kasse gerufen, es gab kein Geld. Und schließlich holte man Annemarie in das Chefbüro, Mussolini saß dort am Chefschreibtisch mit einer dikken Zigarre, Hess senior rannte auf und ab, Hess junior starrte zum Fenster hinaus. Mussolini diktierte an alle Gläubiger der Firma ein Rundschreiben, man sei leider genötigt, die Zahlungen einzustellen, man hoffe auf einen Vergleich, man bäte die Wechsel zu schonen. „Schreiben Sie das auf Wachsmatrize, Fräulein!" – „Wie?" fragte Annemarie.

Sie hatte noch nicht auf Wachsmatrizen geschrieben. Rundschreiben gab es bisher nicht bei Hess & Co., alle waren individuell behandelt worden. Nun das Geld alle war, gab es Klischeebriefe. Es gab überhaupt viel Neues, das Telefon rasselte den ganzen Tag, im Vorzimmer gab es immerzu Herren, die durchaus Herrn Hess sprechen wollten, und Herr Hess war durchaus nicht zu sprechen. Es gab endlose Arbeiten auf den Lägern, Inventur wurde gemacht, noch eine Inventur wurde gemacht, und da beide nicht miteinander übereinstimmten, machte man noch eine dritte. Annemarie wurde der Arm lahm vom Aufmessen der Stoffballen, tagelang stand ihre „Noiseless“ verwaist, und dann mußte sie wieder bis in die späte Nacht Aufstellungen tippen. Gehalt gab es immer nur tröpfelnd, zehn Mark, fünf Mark dann, wieder zehn Mark.

Annemarie war längst „vorsorglich“ gekündigt, sie mußte zuerst gehen, sie war die Jüngste. Sie erlebte noch, daß Mussolini durch einen kleinen vertrockneten Mümmelmann ersetzt wurde, den Konkursverwalter, der Vergleich war gescheitert. Dann war Annemarie Geier wieder zu Haus, das Berufsleben erst einmal alle, sie ging stempeln.

Nicht sehr lange, einen Monat, im zweiten hatte sie schon wieder Stellung. Bei Sommerling, Getreide und Futtermittel. Eine ganz andere Branche, Annemarie hatte nachgeholfen, daß es eine andere Branche wurde. Der Konkurs war ihr in die Glieder gefahren, sie dachte, Getreide brauchen die Menschen immer, Brot müssen sie essen, nie wieder Putz!

Bei Sommerling war es ganz anders, viel kleiner, aber auch sonst ganz anders. Es kamen dort immer Herren mit grünen Hütchen, von denen Annemarie bisher gedacht hatte, sie wären nur zur „Grünen Woche“ in Berlin. Im Zimmer, wo Annemarie saß, stand ein kleiner runder Tisch mit Stühlen. Dort saßen die Wartenden, und zu Annemaries Pflichten gehörte es, ihnen einen Kognak einzuschenken und eine Zigarre anzubieten. Dann gingen die Herren in das Privatbüro vom Chef, wo Jagdstücke hingen und Geweihe, und dort wurde weitergetrunken. Korrespondenz gab es fast gar nicht, dafür aber Frachtbriefe über Frachtbriefe.

Herr Sommerling war ein zutraulicher Mann, manchmal war er auch ein zärtlicher Mann, wogegen Annemarie sich wehren lernte. Er schüttete ihr sein Herz aus über seine zänkische Frau, die Kartoffelgeschäfte und seine Einsamkeit. „Ich trinke ja nur, weil ich so schrecklich einsam bin, Frollein."

Eines Abends war Herr Sommerling ernst und bleich, er sprach gar nichts. Dann trat er zu Annemarie und reichte ihr einen Hundertmarkschein. „Weil ich so zufrieden bin mit Ihnen, Frollein! Weil Sie nie mit mir ausgegangen sind, Frollein! Weil ich so einsam bin, Frollein . . .!" Er schien ganz außergewöhnlich betrunken. Annemarie wollte ihm seinen Schein am nächsten Tag wiedergeben. Es wurde nichts draus. Am nächsten Tage kam Herr Sommerling nicht wieder, er floh das sinkende Schiff. Es war ein großer Moment, als der bestellte Konkursverwalter den Geldschrank öffnete. Es konnte keinen leereren Geldschrank geben. Kündigung, Entlassung, bis dahin stille Wochen, es gab fast nichts zu tun. Annemarie saß stundenlang und stickte Decken und stopfte Strümpfe. Erschien der Konkursverwalter, so verschwand alles in der Schieblade, und Annemarie sah träumerisch aus dem Fenster.

Dann saß sie wieder einmal zu Haus, ihre Eltern waren bekümmert, die Freunde zogen sie auf: „Wo du dich nur sehen läßt, gibt es eine Pleite." Oder: „Du bist der wahre Pleitegeier, Annemie, die Pleitegeierin, die Pleitegeiersche." Annemarie hörte es an, sie lächelte etwas mühsam, aber sie sagte nichts, eine kleine scharfe Falte stieg senkrecht von der Nasenwurzel in die Stirn. Sie dachte sehr angestrengt nach in diesen leeren Tagen, und das, worüber sie nachdachte, war: Sie ordnete ihre Erinnerungen unter zwei Rubriken: Ich bringe Unglück – ich bringe kein Unglück. Das Ergebnis war unsicher.

Nun hat Annemarie längst wieder eine Stellung, seit über einem Jahr ist sie bei Lohmann & Lehmann, hygienische Artikel und Gummiwaren. Ein goldsicheres Geschäft, keine stotternden Gehälter, der Umsatz steigend. Doch die kleine Falte auf Annemaries Stirn ist geblieben, sie sitzt an ihrer Schreibmaschine, sie tippt, sie denkt: Hamburger soll den Wechsel noch einmal umlegen, ist das ein schlechtes

Zeichen? Die Mahnungen an die Schuldner gehen diesen Monat zwei Tage früher hinaus, brauchen wir so nötig Geld? Bei Hess & Co. sah auch alles glatt und herrlich aus, und plötzlich . . . Herr Lehmann hat gesagt, es sind schwere Zeiten. O Gott, daß ich nur kein Unglück bringe!

Sie hat sich vertippt und radiert.

Es kommt immer mehr Konkurrenz. Wenn man darauf achtet, sieht man es doch, wenn wir auch nicht richtig inserieren dürfen. Aber wenn mehr Konkurrenz ist und es geht deswegen schief, habe ich keine Schuld? Oder kommt so viel Konkurrenz, weil ich hier bin?

Die Falte gräbt sich tiefer. Der Prokurist kommt. „Stenographieren Sie, Fräulein Geier: Wir sind leider nicht in der Lage", Annemaries Herz setzt aus, „Ihren geschätzten neuen Auftrag vom 15. currentis in der gesetzten Lieferfrist zu effektuieren", das Herz fängt wieder an, „da unsere Gesamtproduktion für die nächsten vier Wochen voll verkauft ist", das Herz jubelt. „Wir werden uns jedoch bemühen, Ihren Auftrag dazwischen einzuschieben, da wir verstehen können, daß Sie Ihre Kundschaft nicht ohne Ware lassen können, bitten Sie aber als Gegenleistung, unbedingt auf Barzahlung innerhalb vier Wochen ab Fakturendatum zu sehen", zögernder Herzschlag, „da wir wegen Zahlungseinstellung einiger Kunden", Herz setzt aus, „im Augenblick nicht so flüssig sind, wie wir möchten", völlige Verzweiflung.

Natürlich bringe ich Unglück. Wo ich hinkomm, da gibt's 'ne Pleite.

Eine schlimme Nacht

Wrede kam in mein Zimmer und fragte böse: „Warum sind Sie noch nicht unterwegs? Es ist nach acht."

Ich nahm ein neues Butterbrot. „So früh gehen die Leute noch nicht klauen. Im Dorf brennt noch zu viel Licht."

„Wenn der Rittmeister sieht, daß Sie noch nicht weg sind", sagte Wrede, „macht er einen Heidenstunk."

„Das Mädchen hat mir ja eben erst das Essen gebracht."

„Ich will, daß Sie pünktlich losgehen!" schrie er. „Sie haben um acht loszugehen. Jetzt ist es halb neun. Wenn Sie nicht tun, was ich Ihnen sage, sorge ich, daß Sie rausgeschmissen werden."

„Sorgen Sie man, daß Sie nicht rausgeschmissen werden", sagte ich böse.

Wrede ging und warf die Tür. Ich aß mein Brot weiter. Als ich mit Essen fertig war, holte ich die Pistole aus dem Schrank und putzte und fettete sie. Das war grade erledigt, da kam Wrede wieder. „Ich geh schon!" sagte ich eilig und zog meinen Wachtpelz an.

Aber er war jetzt freundlich. „Was haben Sie denn da?" fragte er. „Donnerwetter, eine Kavalleriepistole! Wo haben Sie denn die her?"

„Vom Herrschaftskutscher", sagte ich. „Er hat sie aus dem Feld mitgebracht. Hundertfünfzig Schuß Munition sind auch dabei."

„Was haben Sie dafür gegeben?"

„Zwanzigtausend."

„Zwanzigtausend Mark!" schrie er. „Das sind noch keine vierzig Pfund Roggen, kein Dollar. Den haben Sie schön reingelegt." Ich lachte. „Wissen Sie, Mensch", bat er plötzlich, „verkaufen Sie mir das Dings. Sie haben doch Ihre nette kleine Ortgies, was brauchen Sie das olle schwere Dings. Ich gebe Ihnen vierzigtausend."

„Ausgeschlossen", sagte ich. „Ich verkauf die noch nicht für vierhunderttausend."

Wrede überlegte einen Augenblick. „Ich gebe Ihnen fünfhunderttausend", sagte er feierlich.

Ich hielt den Atem an. „Gleich?" fragte ich dann.

„Gleich!" sagte er.

Fünfhunderttausend Mark, dafür bekam ich, wenn ich morgen früh sofort in die Stadt fuhr, einen Anzug und Schuhe. Und ich brauchte sie nötig. Ich war ganz abgebrannt. „Ist gemacht", sagte ich.

„Gut", sagte er. „Ich hole das Geld."

Ich hörte, wie er ins Büro ging. Er konnte noch so leise schließen, die Geldschranktür ächzte doch. Bequem, dachte ich. Na, mir soll es gleich sein, woher er das Geld nimmt, ich habe sie rechtmäßig verkauft. – Ich holte die Munition aus dem Schrank, legte sie auf den Tisch, füllte das Magazin, schob es ein und sicherte die Pistole.

Wrede kam und gab mir das Geld. „Da", sagte er, „zählen Sie nach." Er war schon wieder schlechter Laune. „Zählen Sie genau nach, daß Sie mir morgen früh nicht vorjammern, es hat nicht gestimmt." Er hantierte auf der andern Seite vom Tisch mit der Pistole.

„Es stimmt schon", sagte ich. „Wer es so bequem hat, da stimmt es immer."

Er sah hoch. „Wie meinen Sie das? Sagen Sie mir sofort, wie Sie das meinen!"

„Gar nicht meine ich das!" lachte ich. „Weil Sie immer passendes Wechselgeld haben, meine ich das. Wie soll ich nun die Fünfzigtausender kleinkriegen? Die wechselt mir doch keiner."

„Sie Schwein", sagte er. Plötzlich merkte ich, er hatte getrunken. Eine ganze Welle von Schnapsgestank kam über den Tisch. „Wrede!" rief ich. „Die Pistole ist geladen, nehmen Sie sich in acht. Wie der Hebel jetzt liegt, ist sie ungesichert."

„Gesichert ist sie!" rief er wütend. „Wenn ‚S' zu lesen ist, ist sie gesichert."

„Quatsch", sagte ich. „Wenn der Hebel das ‚S' verdeckt, dann ist sie gesichert. Jetzt ist sie ungesichert."

„Quatsch?" schrie er. „Was haben Sie Quatsch zu sagen zu mir? Ich will Ihnen was mit Quatsch. Jetzt ist sie gesichert. Das will ich Ihnen zeigen." Er hob die Pistole und legte sie auf mich an.

„Machen Sie keinen Unsinn", schrie ich. „Sie ist ungesichert!" Ich warf mich zur Seite. Der Schuß krachte im Zimmer wie der Donner, er war über meinen Kopf fortgegangen. Ich rannte zum Fenster. Gardine und Scheiben waren glatt durchschossen, gegenüber mußte es in die Scheunenwand gegangen sein.

Ich stand einen Augenblick am Fenster und atmete. Die Leute schimpften auf dem Hof, aber keiner kam. Sie waren es gewöhnt von uns. Wir hatten schon ein paarmal, wenn wir angetrunken waren, von unserm Zimmer zum Büro Scheibenschießen gemacht. Daß Wrede noch mal schießen würde, darum hatte ich keine Angst.

Als ich wieder ganz ruhig war, drehte ich mich um. Wrede stand am Tisch, die Pistole hatte er noch in der Hand, er war weiß wie ein Tuch. Ich nahm meine Ortgies, steckte sie in die Pelztasche und ging ohne ein Wort hinaus. Mochte er dort stehen bleiben, mir war es egal.

Draußen war es kalt, windig und dunkel, es lag noch kein Schnee. Ich ging quer über den Hof, im Kuhstall war es schon finster, in den Pferdeställen brannte noch Licht. Vor dem Schlößchen hielt das Auto vom Chef, der Chauffeur Siebert rannte auf und ab, um sich die Beine zu vertreten. „Wo soll's denn noch hingehen?" fragte ich.

„Die wollen ja ins Theater. Und die Gnädige ist wieder nicht fertig. Warum haben Sie denn geschossen?"

„Ich nicht. Wrede. Nur so."

„Ihr ballert euch was zurecht. Daß ihr noch immer lebt."

„Gute Ware hält sich."

„Und Unkraut vergeht nicht."

Der Rittmeister kam mit der Gnädigen aus dem Portal. Sie war in ihrem Pelz, über den Haaren nur ein Seidentuch. In den großen plumpen Überschuhen lief sie hastig über die Stufen hinab, der Rittmeister hielt sie, daß sie nicht fiel. Ihr Hals sah sehr weiß aus.

Der Chef und Siebert verstauten sie unter Decken. Der Chef sagte dabei, er solle fahren wie der Teufel, damit sie wenigstens zur Pause zurechtkämen. Ich wäre für die Welt gerne mitgefahren, statt die lange kalte Nacht Wache zu schieben. Die ganze Auffahrt roch nach dem Parfüm der Gnädigen.

Dann rief der Rittmeister mir zu: „Passen Sie besser auf. Letzte Nacht sind wieder zwei Kartoffelmieten offen gewesen. Los, Siebert!" Und das Auto surrte ab.

Ich ging langsam weiter in der entgegengesetzten Richtung, auf die Felder, gegen den Wald. Es war ganz dunkel, der Wind pfiff nur so über die leeren Schläge. Ich hielt mich immer auf der Mitte vom Weg und suchte die Schatten von den Alleebäumen auszumachen. Alle zwanzig Schritt knipste ich die Blendlaterne an und leuchtete ein Stück Weg ab, so gut es ging.

Jetzt war es neun. Bis morgen früh sechs mußte ich hier rumlaufen, in der Nacht, nach Felddieben, mir war trostlos zumute. Wrede würde mich heute sicher nicht ablösen, ich hatte ihn zu sehr geärgert. Zwei Mieten offen gewesen, das war ein Vorwurf vom Rittmeister. Er sollte hier mal Wache schieben. Da konnte man gar nichts machen.

„Hallo! Hallo!" Es war der alte Förster Maison, den ich angeleuchtet hatte. Er kam langsam gezockelt, als er mit mir auf gleicher Höhe war, blieb er stehen. Er war zwei Schritt von mir, trotzdem war er nicht mehr als ein dunkler Fleck. „Sie sind das, Maison?" fragte ich.

„Ja. Gehen Sie jetzt los? Verdammtes Wetter."

„Es wird wieder kälter."

„Ja. Der Roggen wintert schon aus. Es müßte Schnee kommen. Passen Sie auf", sagte er. „Im Jagen 73 habe ich einen Haufen Kartoffeln gefunden, mit Tannenzweigen zugedeckt. Den haben sich die Diebe da sicher versteckt. Sehen Sie ein bißchen dahin."

„Verdammt will ich sein, wenn ich in solcher Nacht allein in den Wald gehe", rief ich. „Mache ich die Laterne an, bin ich das beste Schußziel für die Brüder, und geh ich im Dunkeln, seh ich nichts und kriege plötzlich einen über den Ballon."

„Kommt Wrede nicht?"

„Ich weiß nicht."

„Hören Sie", knarrte Maison geheimnisvoll mit seiner alten Stimme aus dem Dunkel. „Der Wrede redet schlecht von Ihnen im Dorf. Haben Sie sich gezankt?"

„Nichts Besonderes. Wieso redet er schlecht von mir?"

„Na ja, wegen seinem Geld. Er sagt, seine Kasse stimmt immer nicht."

„Und –?"

„Na, Mensch, Sie verstehen doch!"

„Ich will Ihnen was sagen", sagte ich, und mir war plötzlich heiß. „Ihr könnt mir alle den Buckel runterrutschen mit dem Wrede seinem Geschwätz. Wenn seine Kasse nicht stimmt, dann sollten Sie mal den Krüger und sein Weibsbild fragen, wieviel er jeden Abend da läßt. Und dann sehen Sie mal in seinen Schrank, wieviel Anzüge er da hängen hat. Und fragen Sie mal in Stettin, womit er sein Motorrad bezahlt hat."

„Ich sage nur, was er geredet hat. Ich habe nicht gesagt, daß ich das glaube."

„Aber Sie schwatzen es weiter. – Guten Abend, Herr Förster Maison, am besten gehen Sie jetzt gleich aufs Rentamt und erzählen dem Wrede, was ich gesagt habe. Und dann können Sie ihm auch sagen, wenn er noch mal schießt, schieße ich wieder. Sie verstehen nicht? Er wird schon verstehen. 'n Abend!"

Ich lief los. Er brabbelte noch was. Mochte er brabbeln, ich hatte es dicke. Der Wrede war ein großer Mann, er ließ sie alle mitsaufen, und das taten sie, als glaubten sie, er könne das alles mit seinem bißchen Inflationsgehalt ehrlich und anständig beschicken. Und krochen vor ihm, weil er vor dem Rittmeister kroch und dessen Ohr hatte. Ich schob die Nacht Wache, und wenn der Monat um war, dann war mein Gehalt nicht so viel, daß ich mir die Schuhe besohlen lassen konnte. Aber jetzt hatte ich Geld, und wenn der Wrede mir heute Nacht dumm kam, dann haute ich ab, dann war ich morgen früh nicht mehr hier, mochten die sehen, wie sie die Stettiner von ihren Kartoffelmieten fernhielten.

Das konnte ich übrigens auch nicht. Zwei Kartoffelmieten offen gewesen, das wollte ich wohl glauben. Da lagen sie im Dunkeln wie endlos lange, noch viel dunklere Tiere, ein Regiment von langen Erdwällen, jeder zweihundertzwanzig Meter lang, anderthalb Meter hoch, an die dreißig Stück, achtundzwanzigtausend Zentner Kartoffeln, die dort gegen den Frost mit Stroh und Erde eingepackt waren. Nun, es kamen genug Leute nachts die fünfzehn Kilometer Weg her von Stettin mit ihren Handwagen und Säcken, um sich in diesen teuren Zeiten Kartoffeln billig zu besorgen. Wie sollte man sie kriegen? Das Stück Feld, auf dem die Mieten lagen, stieß auf zwei Seiten an den Wald. Aus dem kamen sie. Und dann wühlten sie an den Mietenenden wie die Maulwürfe. Kam man die lange Seite herunter, so huschten sie hinter den nächsten Wall, sie spielten im Dunkeln Schabernack mit einem. Meistens bekam man gar nichts von ihnen zu sehen oder nur ein paar Schatten, die liefen.

Aber am nächsten Morgen, wenn der Rittmeister kam, *der* sah es. Dann war hier eine Miete offen und dort. Und das Schlimme waren nicht die drei oder vier Zentner, die sie gestohlen hatten, nein, das Schlimme war, daß in die offenen Mieten Frost eingedrungen war. Die erfrorenen Kartoffeln, die faulten, und die Fäulnis steckte die andern an und fraß weiter in der großen Miete, und am Ende blieb fürs Frühjahr nichts als ein Berg Fäulnis auf dem Komposthaufen.

Konnte ich es ändern? Nein, ich konnte es nicht ändern. Ich lief auf und ab, ich ließ es mir sauer werden, und am Ende wurde ich doch angebrüllt.

Ich war traurig diese Nacht, wie ich da Wache schob, ich

war wütend über den Wrede, den Förster, den Rittmeister. Aber ich war doch nicht ganz verzweifelt traurig wie sonst, in meiner Wut war etwas Wurstigkeit. Ich hatte fünfhunderttausend Mark in der Tasche, das war ein bißchen Freiheit. Während ich lief und die Blendlaterne ab und zu aufleuchten ließ, dachte ich mir aus, was ich mit dem Geld alles anfangen könnte. Und als ich es verbraucht hatte, bekam ich neues. Ich fand es in einem Eisenbahnabteil und kaufte mir noch mehr. Und schließlich richtete ich mir eine ganze kleine Wohnung ein.

Als das besorgt war, war es nach zwölf. Ich stellte mich unter die Bäume in den Windschutz, packte mein Brotpaket aus und fing an zu essen. Jetzt quälte mich wieder die Geschichte mit Wrede. Es konnte ja sein, daß er absichtlich auf mich geschossen hatte, aber wahrscheinlich war er nur betrunken gewesen und hatte mit der Sicherung nicht Bescheid gewußt. Also hätte ich dem Förster nichts sagen sollen. Ich überlegte mir, wie ich mich morgen rausreden könnte, wenn der Wrede mich zur Rede stellte, denn der Förster tratschte sicher, aber ...

Meine Gedanken waren fort. Ich hatte ein Geräusch gehört. Ich stand ganz still, und nun hörte ich es deutlich, immer wiederholt und dumpf: Jemand ging mit einer Hacke auf die gefrorene Miete los. Es war ein Stück ab, die sechste oder siebente Miete von hier, auf dem Kopfende nach dem freien Feld zu, ein verrücktes Ende, damit anzufangen, denn wenn der die Waldseite nahm, konnte er immer unter den Bäumen untertauchen, wenn ich kam.

Ich trank einen tüchtigen Schluck von dem Viertelliter Korn, den ich jede Nacht bekam, nahm die entsicherte Pistole in die eine, die Blendlaterne in die andere Hand und ging los. Das Hacken war ganz deutlich zu hören. Ich kam gut vorwärts, machte auch kein übertriebenes Geräusch, man kann natürlich nicht über den scholligen hartgefrorenen Boden wie über Parkett laufen. Das Klopfen war immer näher. Nun war ich ziemlich dran, nur noch um einen Mietenkopf, und der Kerl war drei Meter von mir ab. Ich wollte ihn gleich mit der Laterne blenden.

Ich horche auf das nächste Hacken. Aber es bleibt still. Ich denke, die Zeit kommt dir nur so lange vor, gleich hackt er wieder. Aber er hackte nicht. Hat er mich gehört?

Endlich entschließe ich mich. Ich mache die drei Schritte um die Miete herum und knipse an. Nichts! Bin ich betrunken? Nichts ist zu sehen. Hier hat er eben fünf Minuten mindestens gehackt, und die Miete ist heil. Was ist los? An der Miete ist nichts zu sehen. Hier hat er gehackt. Was?

Es klopft wieder. Am andern Ende der Miete, zweihundertzwanzig Meter weiter, auf dem Kopfende am Wald. Ich bin doch nicht betrunken. Hier ist doch was nicht in Ordnung. Ach was, ich gehe nach Haus. Hier stinkt doch etwas. Es sind schließlich meine Knochen, die ich riskiere, nein, danke, ich nicht.

Und doch gehe ich ganz langsam die Miete entlang gegen den Wald. Es klopft, es klopft immer stärker, immer lauter, alle zwanzig Schritt bleibe ich stehen und lausche. Dann merke ich, daß auch mein Herz klopft. Ich kann immer noch umkehren, es sind noch fünfzig Meter. Es klopft. Diese verdammte Dunkelheit. O Gott, eigentlich habe ich Angst. Es klopft noch. Zehn Meter.

Es ist still. Ich lausche. Es ist still. Dann gehe ich langsam die letzten Schritte, richtig, hier hat einer zehn Minuten in der Miete herumgehackt, und es ist nichts zu sehen. Die Miete ist heil.

Es war mehr eine Ahnung als ein gehörtes Geräusch; ich lasse die Blendlaterne fallen und mache einen Riesensatz zur Seite. Der Schuß donnert, das Echo wirft der Wald zurück. Ich laufe. Den Knall kennst du doch. Ich renne um mein Leben. Schon wieder knallt es. Es ist Irrsinn, die lange Miete entlangzulaufen, das ist zu leichtes Ziel. Ich werfe mich gegen eine Wand.

Da kommt er gelaufen, ich kann seinen Schatten ganz gut sehen, er funkt wieder, das Mündungsfeuer beleuchtet sein Gesicht, er schießt noch einmal. Er läuft an mir vorbei, denkt mich vor sich.

Ich drücke mich tief in die Mietenwand hinein, er bemerkt mich nicht, nun schießt er noch einmal, schon dreißig Meter von mir ab. Dann wird alles still.

Ich bewege mich nicht, es ist wie eine Erstarrung über mir, plötzlich ist die Angst da, die ich den ganzen Abend nicht gespürt. Wieder sehe ich das Mündungsfeuer aufleuchten, sehe sein blasses, verzerrtes Gesicht, vom Suff verzerrt, von der Wut auf mich verzerrt. Und doch ist nicht er es, vor dem ich mich ängstige, es ist dies Leben, dieses trostlose schmutzige Durcheinander, das mir plötzlich angst macht. Diese nächtlichen Wachtgänge nach kleinen armen Dieben, diese tollen Saufereien, dies sinnlose Schießen, diese Vorgesetzten, die immer schimpfen, diese Jagd nach ein paar Geldscheinen, die, kaum in der Hand, wertlos geworden sind – nein, nichts mehr von der Art.

Die Schritte kommen zurück. Nun entscheidet alles der erste Augenblick. Ich löse mich ganz rasch aus dem Schatten, ich sage: „Guten Morgen, Herr Wrede!" und trete dicht an ihn heran. Er macht eine Bewegung, aber ich sage schnell: „Sie haben geschossen? Es waren Diebe da? Haben Sie getroffen?"

Er sagt nichts. Ich nehme noch einen Anlauf: „Ich will weg, Wrede. Sie müssen mir helfen. Ich will noch heute nacht weg. Ich habe das alles so über. Wollen Sie mir nicht helfen?"

Er sagt: „Gehen wir nach Haus." Er räuspert sich. Wir setzen uns in Marsch.

Ich sage: „Helfen Sie mir?"

Er schweigt eine Weile, dann fragt er: „Was würden Sie beispielsweise anfangen?"

„Ich fahre zu einem Freund. Da kann ich bleiben, bis ich eine neue Stellung habe."

„Und was würden Sie dem Rittmeister schreiben?"

„Was soll ich ihm schreiben? Ich bin weggelaufen aus dem Dienst, da ist doch nichts mehr zu schreiben."

„Gut", sagt er. „Ich werde Ihnen ein Zeugnis über Ihre Zeit hier geben."

„Danke, Wrede", sage ich.

„Sie werden also nicht schreiben?“ fängt er nach einer Weile wieder an. „Niemandem ein Wort schreiben?“

„Warum?“ sage ich. „Wenn Sie mir ein Zeugnis geben.“

„Ihr Ehrenwort?“

„Mein Ehrenwort“, sage ich. Seine Hand sucht die meine, wir schütteln sie uns.

Dann sind wir auf dem Hof. „Packen Sie schnell Ihre Sachen“, sagt er. „Ich spanne die Senta vor das Gig. Ich fahre Sie selbst runter.“

„Danke, Wrede!“ sage ich wieder.

Schließlich steht er am Zuge, ich sehe noch aus dem Fenster. Er sagt: „Lassen Sie es sich gut gehen. Sie werden schon wieder eine Stellung bekommen.“ Er sieht nach dem Mann mit der roten Mütze. „Geld gebe ich Ihnen nicht mehr. Sie haben genug. Sonst machen Sie noch Dummheiten.“ Er ist ganz ernst.

Plötzlich frage ich: „Sagen Sie mal, Wrede, wie haben Sie denn das gemacht mit den Mieten, daß Sie da gehackt haben und sie blieben doch heil?“

Er zuckt mit keiner Wimper. „Mit einem Brett habe ich draufgeschlagen“, sagt er. „Einfach geklopft, nicht wahr?“

„Ich Idiot!“ sage ich.

„Ja“, sagt er.

Der Zug fährt an. Er steht noch am Bahnhof und sieht mir nach. Einmal winkt er kurz mit der Hand. Dann sehe ich ihn nicht mehr. – Ich habe ihn nie wiedergesehen und wüßte doch gern, was aus ihm geworden ist. Er war ein kurzer, untersetzter Mann, sah ganz aus wie ein töffliger Bauer.

Die offene Tür

Lini und Max Johannsen heirateten Anfang Dezember. Er war ein alter Junggeselle – um die Fünfunddreißig –, er hatte jahrelang auf seinem Hof herumgebrüllt, er war kein sanfter Mensch, und für die Heirat war er auch nicht gewesen. Sie war fünfundzwanzig, zart und blauäugig, und sehr verliebt hatte sie ihren Max herumgekriegt. Schließlich hatten sie beide vor dem Altar „Ja" gesagt und jenen Bund geschlossen, der ... Das weiß man.

Die ersten Differenzen zeigten sich kurz vor Weihnachten. Er hatte einen Anzug aus dem Schrank genommen. Er hatte dabei eines ihrer Kleider vom Bügel gestoßen. Sie hatte gescholten. Da hatte er ihre Kleider aus dem Schrank geworfen. „Weil wir verheiratet sind, brauchen wir noch nicht denselben Kleiderschrank zu benutzen."

Sie fand ihn schrecklich brutal. Das war der Anfang.

Das Weihnachtsfest bekam Max Johannsen gar nicht. Er saß im Hause herum, hatte nichts zu brüllen, irgendwo anzufassen, zu treiben, sich zu betätigen. Er mußte immerzu essen, trinken, rauchen und hatte Gelegenheit, seine Frau den ganzen Tag zu sehen. Ihm fiel auf: Sie kam in sein Zimmer, sie sagte ihm was. Sie ließ die Tür offen, er schloß die Tür. Sie sprachen. Sie ging. Die Tür war auf. Er machte sie zu. Das fiel ihm auf.

Wie gesagt, er war eben unbeschäftigt. Ohne Weihnachten wäre vielleicht nichts erfolgt. So sagte er: „Lini, mach die Tür zu."

Er sagte: „Die Tür steht auf, Lini."

Er bat: „Bitte, schließ die Tür, Lini."

Er stellte fest: „Ihr scheint zu Haus Säcke vor der Tür gehabt zu haben."

Sie war strahlender Stimmung. Sie kam ins Zimmer gestürzt, erzählte etwas eifrig. Er sah von seinem Zimmer über das Wohnzimmer durch den Vorplatz in die Küche. Er sprach: „Die Tür ist wieder nicht zu, Lini."

Sie sagte: „Ach, entschuldige!" und stürzte zu ihrem Putenbraten. Natürlich blieb die Tür offen.

Im Grunde seiner Seele war Max Johannsen ein geduldiger Mensch: Wer mit Tieren umgeht, muß geduldig sein. Die zweite Phase seiner Bemühungen um die offene Pforte war die, daß er Lini verwarnte: „Lini, du mußt die Türen zumachen."

„Lini, es gibt Krach, wenn du die Türen nicht schließt!"

„Zum Donnerwetter, die verfluchte Tür steht schon wieder auf!"

Lini sagte: „Verzeih" und schloß die Türen oder ließ sie offen, wie es sich grade traf.

Am Abend des zweiten Feiertages sagte Johannsen warnend: „Lini, wenn du jetzt die Türen nicht zumachst, bring ich es dir auf eine Art bei, die dir unangenehm sein wird."

„Aber ich mach doch die Türen zu, Max", sagte sie erstaunt, „fast immer." Ging hinaus und ließ die Tür auf.

In dieser Nacht wachte Johannsen auf. Es zog kalt an seine Schulter, die Tür stand offen. Leise fragte er: „Lini?", aber Lini war weg. Johannsen stand frierend auf und schloß die Tür. Er lag wartend. Lini kam, sie legte sich ins Bett. Johannsen spürte wieder den kalten Zug an seiner Schulter. Er wartete eine Weile, dann stand er auf und schloß die Tür.

Am nächsten Morgen um fünf Uhr hatte er im Ochsenstall eine Unterredung mit Stachowiak. Stachowiak war ein galizischer Bengel, achtzehn oder neunzehn, keine Schönheit. Einige Silbermünzen klingelten, Stachowiak grinste.

Um sechs Uhr stand Frau Johannsen auf. Sie trat aus ihrem Schlafzimmer, beinahe bekam sie einen Schreck: Da stand ein Kerl. Der Kerl grinste, er sagte: „Morgen, Madka", und dann machte er die Schlafzimmertür zu. Frau Johannsen ging in die Küche. Stachowiak ging auch in die Küche. Sie hatte die Tür aufgelassen, er machte die Tür zu. Frau Johannsen sagte sehr hastig und erregt etwas zu Stachowiak, aber vielleicht war er des Deutschen nicht so mächtig: Er lachte. Frau Johannsen sagte sehr laut: „Raus! Stachowiak, raus!" und zeigte auf die Küchentür. Stachowiak lief zur Tür, probierte die Klinke und nickte beruhigend: Die Tür war zu.

Lini bekommt eine Idee, sie stürzt auf den Hof und ruft nach ihrem Mann. Stachowiak stürzt hinterher und macht die Türen zu. Herr Johannsen ist aufs Feld geritten.

Zum Frühstück ist Max wieder da. Er sitzt an einem Ende des Tischs, seine Frau am andern. Zwischen ihnen sitzen Inspektor und Eleve, Rechnungsführer und Mamsell. Hinter Frau Johannsen steht Stachowiak. Frau Johannsen sieht, daß das Salz fehlt. Sie stürzt in die Küche, türschließend stürzt Stachowiak nach.

Der Eleve bekommt einen Lachanfall, Johannsen fragt sehr scharf: „Wie bitte, Herr Kaliebe?" Langsamer taucht Frau Johannsen mit dem Salz auf, hinter sich Stachowiak. Das Frühstück verläuft wortlos.

Auch die Unterhaltung nach dem Frühstück zwischen dem Ehepaar ist kurz. Max ist Stahl. „Bitten haben nicht geholfen, nun lernst du es so."

„Ich finde das einfach brutal!"

„Möglich, aber es hilft."

„Wie lange soll dies Theater dauern?"

„Bis ich überzeugt bin, es hat geholfen."

„Gut. Du wirst aber sehen ..."

Was er sehen wird, bleibt unklar. Vor der Tür steht jedenfalls Stachowiak.

Und der Hof erlebt das Schauspiel: Wo Frau Johannsen auftaucht, taucht Stachowiak auf. Lini ist ernst, gehalten, düster, sie merkt diesen Ochsenknecht gar nicht. Der Hof merkt ihn sehr. Sie muß das Geflügel besorgen. Stachowiak besorgt mit. Sie sieht nach dem Jungvieh. Stachowiak sieht mit. Ach, Gut Wandlitz ist so weit aus der Welt ..., auf dem Hofe, zwischen Stall und Scheune, stehen zwei grüngestrichene Häuschen mit herzförmigem Türausschnitt, Frau Johannsen ist nur ein Mensch. Nun gut, Stachowiak hält treue Wacht, obwohl sie diese Tür bestimmt schließt.

Es wird Abend. Es wird Nacht. Es wird Morgen. Ein zweiter Morgen mit Stachowiak. Die Auseinandersetzung an diesem Mittag zwischen dem Ehepaar ist sehr lebhaft und hat ein Ergebnis: Frau Johannsen langt dem Stachowiak eine! Und wie! Drauf ruft Johannsen den Bengel in sein Zimmer. Wieder klingelt Geld ..., und der Türschließer ist gegen weitere Ohrfeigen gefeit.

Doch am schlimmsten ist es am dritten Tag. Frau Johannsen ist grade auf dem Hof, ein Kutschwagen fährt auf die Rampe, Besuch! Frau Johannsen stürzt hin, Stachowiak stürzt mit. Es ist Frau Bendler vom Rittergut Varnkewitz ... Ach, es ist so peinlich, sie gehen in das Haus, und Stachowiak geht mit. Wie sie über den Vorplatz, durch das Herrenzimmer kommen, macht Lini Bewegungen und Laute, wie wenn sie ein Huhn scheucht, aber Stachowiak ist nicht zu verscheuchen. Was muß Frau Bendler denken!

Nun, die Frauen reden eine ganze Weile miteinander. Wenn die Tür aufgeht und das Mädchen mit dem Tablett hereinkommt, sehen sie den Stachu, wie er höflich von draußen die Tür hinter dem Mädchen zumacht. Nun, das öffnet das Herz. Die Frauen weinen und lachen, sie flüstern und sie lachen wieder: Es dauert eine lange Zeit. Schließlich kommt Johannsen auch noch dazu, er kann noch die Einladung für sie beide annehmen, zu Bendlers auf Silvester ... Eine große Ehre ist das. Sicher hat ihm das gut getan ... Er summt und flötet den ganzen Abend, und am Morgen ist Stachowiak wieder bei seinen Ochsen.

Es ist ein Jammer, daß die junge Frau am Silvesterabend nicht mitkommen kann! Es ist ihre erste Gesellschaft, und sie kann nicht mit! Sie ist krank. Nein, sie ist nicht etwa beleidigt, sie ist sogar sehr nett: Unbedingt soll er fahren. Schließlich fährt er.

Ach, es ist herrlich auf Varnkewitz zu Silvester! Was für ein Essen! Was für reizende Frauen! Was für Weine! Was für Schnäpse! Was für Zigarren! Und sie sind alle so nett zu ihm. Sie prosten ihm zu. Sie schenken ihm immer wieder ein. Sie müssen ihn ja trösten, zum ersten Mal in seinem Leben ist er Strohwitwer ... So eine reizende Frau. Na, trink, Brüderlein, trink!

Hat Johannsen überhaupt noch die zwölfte Stunde erlebt? Er weiß es nicht mehr. Sicher erinnert er sich nur an eines: Auf der Rampe ist Wacker mit dem Jagdwagen vorgefahren, sein braver Kutscher Wacker, genau wie sein Name. Johannsen will einsteigen, aber so ein Jagdwagen hat zwei höllisch steile Stufen, er schafft es nicht. Er lacht und nimmt einen Anlauf, er schafft es nicht. Die andern Herren lachen auch. Schließlich fassen ihn zwei bei den Armen. Sie geben ihm einen Schwung. Ja, er ist drin in seinem Wagen, aber ..., er ist auch schon wieder draußen, auf der andern Seite, glatt durchgefallen, wie eine Kanonenkugel hindurchgefeuert.

Die Herren sind schrecklich bestürzt ..., er hat sich doch nichts getan? Sie helfen ihm wieder, sie geben ihm wieder einen Schwung, o Gott, da ist die Lehne, ich muß mich festhalten. Wieder draußen! Nein, so geht es nicht. Ein anderer Wagen fährt vor, eine Strohschütte liegt darauf. Sie legen ihn weich, gleich schläft er. Sie könnten Kühe vor diesen Kastenwagen spannen, er würde es gar nicht merken. Aber so sind sie nicht, sie nehmen Ochsen.

Es ist Nacht, als Johannsen aufwacht, ihm ist schrecklich schlecht. Und mit der Klarsichtigkeit der Verkaterten weiß er plötzlich: Sie haben ihn zum Narren gehabt, sie haben ihn nicht ohne Grund so angeprostet ... Sie haben ihn nicht aus Versehen durch den Wagen geworfen. Das einzige, worin sie die Wahrheit gesagt haben, das war das mit der reizenden Frau. So ein sanftes kleines Wesen, und er solch ein roher Schuft ...

Er liegt eine Weile still, es ist ganz dunkel. Sein Bett kommt ihm komisch vor ... Ausgezogen ist er auch nicht ... Hier schnarcht doch was ... O Gott, ist ihm schlecht!

„Lini?" fragt er leise. Stille.

„Lini?" fragt er lauter.

„Liebe Lini?“ Er tastet neben sich.

Er faßt in Stoppeln. Eine rauhe Stimme fragt: „Panje?“

Licht wird es. Über ihn beugt sich Stachowiak. „Was zu trinken, Panje?“

Er liegt in der Kammer vom Stachu, beim Stachu.

Was ist noch zu erzählen? Max Johannsen ist ganz sanft und leise über den Hof in sein Haus gegangen. Er hat sich in sein Zimmer gesetzt und hat nachgedacht. Ziemlich lange Zeit hat er gehabt, dann war der Neujahrsmorgen da, und die Lini kam ins Zimmer.

Er hat Zeit gehabt zum Nachdenken. Um so besser ist es ihm geglückt, ihr ein neues Jahr zu wünschen, und mit „neues“ hat er wahrscheinlich wirklich etwas Neues gemeint, was die meisten Gratulanten nicht behaupten können.

Fröhlichkeit und Traurigkeit

Der Mann kam gegen sechs Uhr vom Holzstehlen nach Haus, es war noch dunkel. Er brannte eine Laterne an und zerkleinerte die Stammabschnitte, damit der Landjäger, falls er doch einmal auf die Suche nach den Holzdieben ging, nichts zu beanstanden fand. Während er arbeitete, hörte er auch die andern in den Nachbarlauben sägen und hacken: Sie gingen immer zu vier oder fünf Mann los, alles Arbeitslose, damit der Förster sich nicht an sie traute.

Als der Mann mit seiner Arbeit fertig war, ging er in die Laube. Es war nun sieben Uhr und fing an, hell zu werden. Die Frau schlief noch, aber das Kind war wach, es saß in seinem Bett und sagte immerzu: „Pepp-Pepp“ und „Memm-Memm“. Der Mann legte seiner Frau sacht die Hand auf die Schulter und sagte: „Sieben Uhr, Elise.“ Sie wurde schwer wach, sie hatte gestern den ganzen Tag gewaschen. Heute würde sie wieder gehen.

„Darf ich das Kind noch ein Weilchen zu dir setzen, Elise?“ fragte er, und sie murmelte etwas Verschlafenes. Das Kind war sehr fröhlich und lachte, als der Vater es auf den Arm nahm und neben die Mutter setzte. Dann sah es den Wecker und rief „Tick-Tick“ und griff nach der Uhr. Der Vater gab sie dem Kind. Es spielte neben der Frau, der Mann machte im Herd Feuer, setzte den Kaffee auf und wärmte die Milch für das Kind.

Nach einer Weile saßen sie beim Frühstück, das Kind aß schlecht. „Wir müssen sehen“, sagte der Mann, „daß wir wieder etwas gute Butter für den Jungen kaufen.“

Die Frau sagte: „Zwei Tage wasche ich noch diese Woche, das bringt zwanzig Mark."

„Und fünfundzwanzig kriege ich heute Stempelgeld. Ich werde ein halbes Pfund Butter mitbringen."

„Ja", sagte die Frau, „das ist besser für ihn als die Margarine. Vielleicht kriegt er dann auch die Zähne leichter."

„Wir müssen aber auch die Miete für die Laube zahlen."

„Ja, tu es gleich, wenn du heute in der Stadt bist."

„Tu ich", sagte der Mann.

Das Kind war fröhlich, es saß auf der Erde und zerriß eine Zeitung in kleine Stücke, wozu es „Bi" sagte, was Bild und dann alles Gedruckte hieß. Kurz vor acht machte die Frau sich zum Fortgehen fertig.

„Wird es heute spät?" fragte er. „Weil ich zum Stempeln muß. Ich bin nicht vor sechs wieder hier."

„Ich will sehen, daß ich um fünf hier sein kann", sagte die Frau. „Vielleicht schläft er solange."

„Hoffentlich", sagte der Mann. „Es ist immer ein ungemütliches Gefühl, wenn er so lange hier allein ist."

„Ja", sagte die Frau. „Aber was soll man machen?" Dann ging sie.

Der Mann räumte das Zimmer auf und legte die Betten zum Lüften ins Fenster. Er wusch das Geschirr ab und schälte schon die Kartoffeln und schabte die Mohrrüben zum Mittagessen. Das Kind lief im Zimmer hin und her und drückte seinen Kopf in die herunterhängenden Enden der Betten. Dann sagte der Mann: „Noni ist weg. Noni ist ganz weg", und das Kind sah wieder hoch und jubelte. Es lief gegen den Vater und drückte seinen Kopf gegen die Beine des Vaters. Nach einer Weile sagte der Mann dann: „Es ist gut, Noni. Es ist gut, mein kleiner Freund." Und das Kind lief wieder an sein Spiel.

Als die Hausarbeit getan war, zog der Mann das Kind zum Ausgehen an, er setzte ihm einen weißen Pudel auf und zog ihm ein Mäntelchen und Schuhe an. Dann stieg das Kind in seinen kleinen weißen Karren, und die beiden gingen los. Im Garten war nichts mehr zu tun, es war Vorwinter, das Land war umgegraben und die Erdbeeren schon mit Stroh zugedeckt. Sie fuhren zwischen den Parzellen hin. Nur die wenigsten waren noch bewohnt, wer irgend die Miete aufbringen konnte, wohnte jetzt zum Winter in der Stadt. Nach einer Weile kamen sie auf eine schöne glatte Zementstraße, der Mann hielt das Wägelchen an, schnallte den Halteriemen los und sagte: „Nun steig aus, Noni, und schieb." Das Kind sah den Vater fröhlich lächelnd an, dann streckte es ein Bein aus der Karre, blinzelte und zog das Bein wieder zurück. „Steig jetzt aus, Noni", mahnte der Vater. Das Kind streckte wieder das Bein aus und zog es wieder zurück. Es war das ein Spiel, das es mit dem Vater trieb, eine kleine Neckerei, die es sich ausgedacht hatte. „Dann geh ich allein", sagte der Vater und ging fort, ließ Wagen und Kind allein stehen. Sofort stieg das Kind aus und rief aufgeregt „Pepp-Pepp!" Der Mann drehte sich um, das Kind zeigte auf den Halteriemen, es hatte Ordnungssinn, es war unordentlich, daß der Halteriemen herunterhing, der Vater mußte ihn festmachen.

Nun schob das Kind die Karre, es ging manchmal rasch, manchmal lief es sogar, und dann blieb es wieder stehen und sah einen Hund an, zu dem es „Wau-Wau" sagte. Immer mußte der Vater dann auch „Wau-Wau" sagen, das Kind wiederholte das Wort so lange, bis der Vater es bestätigt hatte. Wenn es Hühner sah, sagte das Kind „Piep-Piep", und der Vater sagte: „Ja, Noni, das sind die Putten und die Tucken." Auch dann war das Kind zufrieden, obgleich es diese Wörter nicht wiederholen konnte, es war erst anderthalb Jahre.

Das Kind entdeckte den Spanndraht eines Telegrafenmastes, der aus fünf oder sechs Einzeldrähten bestand, die etwas auseinanderstanden. Das Kind konnte zwischen den einzelnen Drähten sehr gut einen Finger durchstecken, es tat das viele Male. Der Vater rief häufig und kam immer weiter voraus, aber Noni konnte sich von seinem Draht noch nicht trennen. Da versteckte sich der Vater hinter einer Ecke, und als das Kind merkte, der Vater war fort, lief es die Straße hinunter, um ihn zu finden. Da steckte der

Vater den Kopf hinter seiner Ecke hervor, und als das Kind sah, daß der Vater noch da war, machte es rasch wieder kehrt und lief zu seinem Draht zurück.

Als es nun genug hatte an diesem Spiel, war der Vater noch viel weiter gegangen, er war sehr weit ab, dem Kind schien es viel zu weit. Das Kind lief ein Stück, aber der Vater kümmerte sich nicht mehr um das Kind und ging langsam immer weiter. Das Kind blieb stehen, es sah den Weg entlang, es rief laut „Pepp-Pepp!", dann griff es an den Rand seines Pudels und zog die Mütze mit einem Ruck über das ganze Gesicht bis zu dem Kinn. Der Vater hatte sich umgedreht, als er das Kind rufen hörte, da stand sein kleiner Junge mit der Mütze über dem ganzen Gesicht, vollkommen blind. Er taperte ein bißchen auf seinen Beinen, hierhin und dorthin, nahe am Fallen. Der Vater lief und lief, daß er schnell genug hinkam, sein Herz klopfte sehr, er dachte: Anderthalb Jahre, und nun ist er von allein daraufgekommen. Macht sich blind, daß ich ihn holen muß. – Er zog dem Kind die Mütze aus dem Gesicht, der Junge strahlte ihn an. „Was bist du für ein Schalksnarr, Noni, was für ein Schalksnarr!" Der Vater sagte es immer wieder, er hatte Tränen der Rührung in den Augen.

Eine Weile nach zwölf hatte der Vater das Kind gewaschen und ausgezogen, er hatte ihm sein Essen gegeben, selbst etwas gegessen und es dann zu Bett gelegt. „Gute Nacht, Noni, gute Nacht", sagte der Vater und trat in den Schatten des Schrankes, daß das Kind ihn nicht mehr sah. Nun kam es darauf an, daß Noni schnell einschlief, denn um drei mußte der Mann auf dem Amt sein, um seine Unterstützung zu erheben. Der Mann wartete regungslos, das Kind papelte noch ein Weilchen, dann rief es und lockte ihn: „Pepp-Pepp", aber der Vater rührte sich nicht. Dann schlief Noni ein.

Der Mann schloß die Laube ab, versteckte den Schlüssel für die Frau und machte sich auf seinen Weg. Er hatte gut zwei Stunden zum Arbeitsamt zu gehen, offiziell wohnten sie noch in der Stadt, ihm war nicht genehmigt worden, dort draußen in einer andern Gemeinde zu wohnen. Es war immer eine Angst, das Kind solange allein zu lassen, aber daran war nichts zu ändern. Der Mann ging sehr rasch, er wiederholte sich oft, daß er Butter kaufen mußte und Bananen, die der Junge „Niä“ nannte und die in der Stadt auf den Wagen nur fünf Pfennig kosteten, während man draußen den Räubern fünfzehn Pfennig zahlen mußte. Dann war die Miete zu bezahlen, fünfzehn Mark, aber die Frau würde zwanzig Mark verdienen, sie kamen also diese Woche sehr gut durch. Immerhin war es schwer für sie, vor einem Vierteljahr hatten sie noch über dreihundert Mark im Monat verdient, ehe der Mann abgebaut worden war.

Er behob sein Geld und ging dann zu jenem Angestellten, von dem er die Laube gemietet hatte. Aber der war nicht zu Haus, er würde erst gegen sieben kommen. Der Mann beschloß, dann noch einmal vorzusprechen, und ging wieder auf die Straße hinunter. Er erledigte seine Einkäufe, und weil er in der Nähe der Friedrichstraße war, ging er dorthin, um sich einmal wieder die Läden und den Betrieb anzusehen. Er ging langsam hin und her, früher hatte er viel hier verkehrt, als er noch Junggeselle war. Damals hatten nicht soviel Mädchen hier an den Ecken gestanden. Er besah sich, die jetzt dastanden, manche sahen wirklich gut aus, aber die meisten waren ganz aussichtslos. Öfters wurde er angesprochen. Dann kniff er die Augen etwas ein und bewegte lächelnd den Kopf von rechts nach links.

Es wurde dunkel, die Laternen brannten, die Schaufenster wurden so hell. In den Cafés war überall Musik. Der Mann war sehr traurig, es wurde ihm immer schwerer, den Kopf verneinend zu bewegen, wenn er aufgefordert wurde. Was ist denn mit mir? fragte er sich unruhig. Ist es darum, weil ich so ganz draußen bin, weil alles so hoffnungslos ist, daß ich so traurig bin? Er lief immer die Friedrichstraße auf und ab, von der Leipziger bis zum Bahnhof, es wurde spät. Einmal lief er einer mit einem grünen Hut sehr lange nach, aber sie achtete nicht auf ihn oder wollte nicht, weil er ein so angstvoll böses Gesicht machte. Schließlich machte er sich mit einem Ruck frei und ging in ein Café hinauf. Das

Café war trostlos leer, er setzte sich hin und bestellte ein Bier und einen Kognak. Was will ich? fragte er sich. Will ich denn mit so einer schlafen? Nein, gar nicht. Also warum denn? Ich könnte längst zu Haus sein, und die Miete habe ich auch nicht bezahlt. Dazu ist es nun zu spät.

Es war nach neun Uhr. Der Mann bezahlte, es machte zwei Mark vierzig, er bekam einen großen Schreck. Der Alkohol wirkte sehr stark auf ihn; als er wegging, hatte er einen neuen Beschluß gefaßt: Werde ich bis zum Bahnhof von keiner angesprochen, fahre ich sofort nach Haus. Und wenn ich angesprochen werde ... Er wußte nicht, was dann.

Er wurde nicht angesprochen und stieg in den Zug. Auf dem Schlesischen Bahnhof mußte er umsteigen, zwischen den beiden Bahnsteigen ergriff ihn die Unruhe neu, er lief aus dem Bahnhof und in die nächste Straße. Ein Mädchen fragte: „Na, Kleiner?"

Er blieb stehen und sagte: „Du kannst mit mir mitkommen und einen Schnaps trinken, bis mein Zug geht."

„Das kann ich nicht", sagte sie. „Ich muß Geld verdienen, mein Kleiner."

„Ich geb dir drei Mark, komm schon", sagte er, und sie hängte sich bei ihm ein.

In der Wirtschaft saßen sie einander gegenüber und tranken einen Curaçao, der nach Sprit schmeckte. Er fragte das Mädchen: „Hast du ein Kind?", aber sie sagte, sie hätte keines. Er war sehr enttäuscht, er hätte so gerne mit ihr von Kindern gesprochen. So sprachen sie von den schlechten Zeiten, sie hatte seit ein paar Wochen Schuhe zur Reparatur gegeben, sie sollten eine Mark achtzig kosten; immer, wenn sie dachte, sie hätte das Geld zusammen, ging es wieder weg für Essen und Miete. Er erzählte ihr von seiner früheren Stellung, wie gut sie gelebt hatten, dann von seiner Frau, dann doch von dem Kind.

Nach einer langen Zeit standen sie auf, um den letzten Zug zu erwischen, aber dann gingen sie doch wieder in ein anderes Lokal. Er mußte mit ihr zusammensein, ihr erzählen. Sie tranken ziemlich viel, er gab ihr drei Mark und dann noch drei Mark. Eine Weile nach Mitternacht war das Geld alle, sie gingen auf die Straße. „Nun kommst du mit mir nach Haus und trinkst Kaffee", sagte er zu dem Mädchen.

„Dann haut mich deine Frau ja raus", sagte sie.

„Sie haut dich nicht raus, sie gibt uns Kaffee. Und du kriegst noch einmal fünf Mark, wenn du mitkommst."

Das Mädchen hängte sich wieder bei ihm ein, und sie gingen los. Er erzählte ihr immerzu, damit sie nicht merkte, wie weit der Weg war. Manchmal blieb sie stehen und wollte nicht weiter. Dann lockte er sie mit den fünf Mark. Er war geschwätzig und gut aufgelegt, dabei wuchs die Traurigkeit in ihm immer mehr.

Nach einer langen Zeit kamen sie in die Laubenkolonie. „Dort wohne ich", zeigte er. „Laß mich lieber gehen", meinte das Mädchen. „Deine Frau macht Krach. Gib mir die fünf Mark und laß mich gehen."

„Ich hab das Geld ja drinnen", antwortete er.

Sie klopften, Elise machte rasch auf. Sie trug ihren Bademantel, sie hatte rosige Backen vom Schlafen und sah sehr hübsch aus. Das Mädchen war ein Garnichts gegen sie. „Mach uns Kaffee", sagte der Mann. „Sie hat mich rausgebracht."

Die Frau gab dem Mädchen die Hand und sagte: „Setzen Sie sich. So ein Weg, das bringt nur er fertig, Sie hier rauszuschleppen."

Das Mädchen sagte verlegen: „Ja, es ist ein weiter Weg."

Die Frau machte Feuer und setzte Wasser auf. Sie räumte Tassen her und Zucker. „Die Milch muß aber für den Jungen bleiben", sagte sie.

„Es ist gut, Elise, wir trinken auch ohne Milch", antwortete er. „Gib dem Fräulein fünf Mark, ich habe sie ihr versprochen."

Die Frau sah den Mann einen Augenblick an, er schloß die Augen und bewegte den Kopf langsam nach vorn, um ihr seine völlige Ergebenheit auszudrücken. Elise nahm aus ihrer Tasche fünf Mark und gab sie dem Mädchen. „Danke schön", sagte das Mädchen. „Nun hole ich morgen meine Schuhe."

Der Mann nahm das Mädchen bei der Hand und sagte: „Nun will ich dir noch meinen Jungen zeigen." Sie gingen in den Winkel zum Bettchen. Das Kind schlief fest. Die blonden dünnen langen Haare waren ganz verstrubbelt, es hatte eine Faust gegen die roten Backen gestemmt, der Mund stand halb offen. „Nun kann ich es Ihnen auch sagen", meinte das Mädchen. „Ich hab auch ein Kind, es heißt Gerda, es ist drei Jahre alt."

„So", sagte der Mann. „Der Junge ist anderthalb. Er ist sehr fröhlich."

Nachdem sie Kaffee getrunken hatten, sagte das Mädchen: „Ich möchte jetzt nicht länger stören."

„Wollen Sie nicht warten, bis es etwas heller geworden ist?" fragte die Frau.

„Wer soll mir was tun", sagte das Mädchen. „Nein, jetzt gehe ich." Der Mann brachte sie bis zur Gartentür.

Als er zurückkam, hatte die Frau das Geschirr schon abgeräumt und lag wieder im Bett. Der Mann zog sich schweigend aus. Nach einer Weile sagte er: „Wie wird es mit dem Geld?"

„Hast du die Miete bezahlt?" fragte sie dagegen.

„Nein", antwortete er. Sie waren eine Weile still, dann sagte die Frau: „Es wird schon irgendwie gehen. Wir müssen uns die nächsten Wochen sehr einrichten."

„Ja", sagte der Mann. „Es war wie eine Krankheit, Elise. Ich konnte nicht dagegen an."

„Nein", sagte sie, „das weiß ich ja. Du mußt nur sehen, daß es nicht so schlimm wird. Du weißt doch: Noni."

„Ja", sagte er. „Natürlich. Es ist, glaube ich nur, weil alles so hoffnungslos ist."

„Ich weiß alles", sagte die Frau. „Du brauchst dich doch nicht zu entschuldigen. Und nun versuch noch ein bißchen zu schlafen. Du hast morgen wieder den ganzen Tag den Jungen. Ich muß waschen."

„Ja", sagte er. „Also dann gute Nacht."

„Gute Nacht", antwortete sie und machte das Licht aus.

Die Fliegenpriester

In einem Krug im Schleswigschen saß der dicke Krüger eines Morgens recht behaglich am Tisch und gähnte. Seine Leute waren mit der Frau längst draußen zum Heuen, die Fliegen burrten und brummten so recht schön in der warmen Stube, und es war überhaupt alles herrlich ruhig und gar keine Aussicht, etwas tun zu müssen, bis der Postbote mit der Zeitung kam. Also versuchte der Krüger immer wieder ein Nickerchen, obwohl er gar keinen Schlaf mehr hatte.

Ärgerlich wurde er aber doch, als in solch mißglücktes Schläfchen Stimmen klangen, die Tür aufging und zwei junge Leute hereinkamen, Männlein und Weiblein, mit bloßen Knien und Rucksäcken. Der Krüger blinzelte und wünschte die beiden zehn Kilometer weiter, tat aber, als schliefe er. Die jungen Leute besahen sich die Gaststube, die Fliegen, die Tröpfelbierneige auf der Theke, schließlich auch den dicken schläfrigen Mann am Tisch.

„Ob man hier einen Kaffee kriegen kann?" fragte der junge Mann ermunternd.

„Ja, mit dem Kaffee, das ist so eine Sache", meinte der Krüger zweifelhaft und entschloß sich, um seine Ruhe zu kämpfen.

„Warum eine Sache? Gibt es keinen Kaffee?"

„O doch, den gibt es schon."

„Und also –?"

„Ja – ob die jungen Leute das trockene Kaffeemehl essen mögen?"

„Gibt es denn hier kein Wasser?"

„O doch, das gibt es schon!"

„Was gibt es denn nicht?"

„Feuer gibt es nicht. Die Frau hat die Streichhölzer mit aufs Feld genommen." Und nun schließt der Krüger wieder die Augen, er glaubt, jetzt hat er Ruhe. Als er aber wieder blinzelt, weil die gar nicht gehen, liegt eine Schachtel Streichhölzer vor ihm. Der Krüger seufzt schwer, aufstehen, Feuer anmachen, Wasser aufsetzen, Kaffee brühen –: „Trinken denn die jungen Leute den Kaffee auch ohne Milch?"

„Hier gibt es doch Kühe, warum gibt es denn keine Milch?"

„Weil die Milch schon abgeliefert ist an die Molkerei."

„Ob man eine Kuh nicht ein wenig strippen kann? Soviel zu etwas Kaffee, sowenig Milch gibt sie doch immer!"

Was die denken? Nichts ist schädlicher für eine Kuh! Nein, Milch gibt es nicht. Und Zucker auch nicht, den hat die Frau eingeschlossen.

Nun, werden sie den Kaffee schwarz und bitter trinken, das macht schön, erklärt das junge Ding, und hat es wahrhaftig nötig, so ein magerer Stecken.

Als der Krüger einsieht, es hilft nichts, steht er langsam auf und verkündet, es werde wohl eine Weile dauern mit dem Kaffee. Das macht aber nichts, erklärt der junge Mann und lacht, sie haben Zeit. Und er soll dann gleich Brot mitbringen und Butter und Wurst und Käse und vier weichgekochte Eier . . . Und ein paar Scheiben Schinken!

Der Krüger seufzt kummerhaft und verschwindet. Hartnäckige Menschen gibt es. Aber schließlich und endlich ist an allem die Krügerin schuld, warum läßt sie ihm nicht wenigstens ein Mädchen im Hause?

Die jungen Leute in der Gaststube stecken die Köpfe zusammen. Sie sind auf der Wanderschaft, sie wollen nach Husum, in die Geburtsstadt Theodor Storms. Heute nacht haben sie im frischen Heu geschlafen, sie hätten Kopfschmerzen davon bekommen müssen, aber sie haben nur die Köpfe voller Streiche. Jetzt wollen sie dem dicken düsigen Krüger einen Streich spielen.

Als der zurückkommt – es ist eine lange Zeit vergangen, trotzdem er den Schinken fortgelassen hat, für den hätte er ja in die Räucherkammer hinauf gemußt –, also, als der Krüger zurückkommt, sind seine beiden Gäste eifrig beschäftigt: Er hat eine weiße Tüte in der Hand, und sie hat auch eine weiße Tüte in der Hand. Und in den beiden Tüten burrt es und brummt es und surrt es. Das junge Mädchen schreit: „Du, da an dem Bild sitzt ein ganz dicker Bock!"

Und da macht der junge Mann einen Griff, und burr! schwirrt auch diese Fliege gefangen in der Tüte.

Der Krüger setzt den Kaffee hin und brummt: „Also, da ist Ihr Frühstück!"

„Ja, setzen Sie nur hin", sagt der junge Mann. „Sie haben ja hier herrlich viel Fliegen!"

„Gott, jetzt hab ich aber eine feine Ziege!" ruft das junge Mädchen. „Die bringt sicher einen Groschen!"

„Psscht!" macht der junge Mann warnend.

Die fangen und fangen, und nach einer Weile sagt der Krüger, dem es um seine Arbeit leid ist: „Ihr Kaffee wird kalt."

„Gleich!" sagt der junge Mann.

„Gleich!" ruft das junge Mädchen. Und sie jagen weiter.

Dann trinken sie auch was, dann essen sie auch was, aber nur ganz eilig, im Stehen, im Laufen und Fangen, und wie es immer so weitergeht, da fängt es doch auch im Krüger an zu burren und zu summen. „Solche Fliegenpriester!" sagt er ärgerlich. „Die werden ja doch nicht alle. Aus dem Kuhstall kommen immer frische."

„Im Kuhstall haben Sie auch welche?" schreit der junge Mann. „Nicht wahr, Sie sind so gut, wir dürfen da nachher auch noch fangen?"

Wird man um was gebeten, soll man nicht gleich ja sagen. „Nein", sagt der Krüger. „Ihr macht mir die Kühe wild mit euerm Hopsen."

„O bitte!" ruft das junge Mädchen. „Sicher sind da viele. Das bringt wieder schönes Geld."

„Psscht!" macht der junge Mann warnend.

Es kommt langsam beim Krüger, aber es kommt. „Wozu

braucht ihr denn die Fliegen?" fragt der Krüger nach einer langen Weile.

Die beiden jungen Leute sehen sich an und setzen sich fein still und friedlich an den Kaffeetisch.

„Wozu braucht ihr denn die Fliegen?" fragt der Krüger noch mal.

„Na, Sie werden's ja gelesen haben", sagt der junge Mann mürrisch.

„In der Zeitung?" fragt der Krüger.

„Weiß ich nicht. Im ‚Reichsanzeiger'."

„Im ‚Reichsanzeiger' –?" fragt der Krüger wieder und versinkt in Sinnen.

Die beiden haben ein Weilchen ganz brav gegessen und getrunken, aber nun ist die Leidenschaft wohl wieder über sie gekommen, erst sind sie einmal und noch einmal aufgesprungen, und nun jagen sie wieder im Zimmer herum.

„Also sagen Sie es!" verlangt der Krüger.

„Was?"

„Wozu Sie die Fliegen brauchen."

„Sie haben's doch gelesen."

„Sagen Sie's."

„Abliefern", sagt der junge Mann.

„Apotheker", sagt das junge Mädchen.

Irgend etwas vom Krieg dämmert in des Krügers Hirn. Da mußte man auch alles mögliche abliefern und wußte nicht, warum. – „Wozu abliefern?" fragt er.

„Für die Impfversuche", sagt der junge Mann.

„Gegen Grippe", sagt das junge Mädchen.

„Von Reichs wegen", sagt der junge Mann.

„Grippe kommt von Fliegen", sagt das junge Mädchen.

„Ach so", sagt der Krüger. „Wir haben hier keine Grippe."

„Das ist das Gute daran", sagt der junge Mann.

„Und das bringt Geld?" fragt der Krüger.

„Etwas", sagt der junge Mann.

„Es lohnt sich kaum", sagt das Mädchen.

„Wieviel?" fragt der Krüger.

„Je nachdem", erklärt der junge Mann.

„Bis zu fünf Pfennig", sagt das junge Mädchen.
„Das Pfund?" fragt der Krüger.
„Das Stück", sagt das Mädchen.
Und nun sitzt der Pfeil und zittert im Herzen. Aber eine Weile passiert nichts. Die fangen noch ein bißchen, aber dann ist es leergefangen. „Möchte zahlen", sagt der junge Mann. „Oder dürfen wir noch in den Kuhstall?"
„Das sind meine Fliegen", sagt der Krüger.
„So dürfen Sie mir nicht kommen", sagt der junge Mann. „Was macht das Frühstück?"
„Geben Sie mir meine Fliegen", verlangt der Krüger.
„Das hätten Sie vorher sagen dürfen, daß wir hier nicht fangen dürfen."
„Dann hätten wir hier nichts verzehrt."
„Ich will meine Fliegen", beharrt der Krüger. „Sie haben hier alles leergefangen."
„Ich denke gar nicht daran", erklärt der junge Mann. „Ich leg hier drei Mark hin fürs Frühstück."
„Behalten Sie Ihre drei Mark", sagt der Krüger. „Ich will meine Fliegen."
„So was gibt es ja gar nicht", protestiert das junge Mädchen. „Eher laß ich die Fliegen fliegen!"
Der Krüger überlegt. „Sie sollen das Frühstück umsonst haben, aber meine Fliegen will ich. Sonst ruf ich den Landjäger an."
„Das ist ein schlechtes Geschäft", schilt der Kerl. „Wir haben sicher für zwanzig Mark Fliegen in den Tüten."
„Aber es sind meine Fliegen!"
„Ich würd mich nicht sträuben", sagt plötzlich das junge Mädchen. „Du siehst doch, was das für einer ist. Droht gleich mit dem Landjäger."
„Und ich tu und tu es nicht."
„Also, ich ruf an", warnt der Krüger.
„Wenn es gar nicht anders geht ..." Und das Geschäft wird abgeschlossen. –
Zwei Stunden später kommen zwei junge Leute lachend aus der Apotheke der Kreisstadt, und auch der Apotheker lacht, und auch der Provisor lacht.

Vier Stunden später steht der Krüger in der Apotheke. Ganz sicher ist er doch nicht mehr, er hat unterdessen mit seiner Frau gesprochen. „Ich hab hier so Fliegen", sagt er fragend.

„Recht viele?" fragt hoffnungsvoll der Apotheker.

„Über tausend Stück sicher", sagt der Krüger stolz.

„Gut", sagt der Apotheker. „Das ist noch ein Geschäft!"

„Und was zahlen Sie?"

„Das kommt auf die Ware an. Geben Sie mal her." Der Apotheker bekommt eine Tüte und späht lange hinein. „Ja", sagt er gedankenvoll, „die kann ich aber nicht brauchen. Sie haben ja alles durcheinander gesteckt: die Böcke und die Ziegen!"

„Wie –?!!" fragt der Krüger.

„Sortieren müssen Sie die!" sagt der Apotheker.

„In Böcke und Ziegen", schreit der Provisor.

„In weiblich und männlich", schilt der Apotheker.

„Wie –?!!" fragt der Krüger.

„Die müssen sortiert werden", sagt der Apotheker und dreht sich um. „Nehmen Sie sie wieder mit und bringen Sie sie sortiert."

Der Krüger steht lange stumm. „Oh, da soll doch –!" schreit er plötzlich und ist strahlend hell im Hirn. „Solche verdammten Fliegenpriester –!"

Die ganze Apotheke burrt von Fliegen.

Mit Metermaß und Gießkanne

Aus dem Leben
des Abteilungschefs Franz Einenkel

Wenn Franz Einenkel, Vorsteher der Konfektionsabteilung im Warenhaus von Haarklein & Co., in diesen Sommerwochen vor der Zeit aufwachte – und jetzt, wo der Verkauf so schlecht ging, wachte er meistens zu früh auf –, dann dachte er an die Katz.

An vielerlei hatte er zu denken: an die unbezahlten Raten auf das Haus, an das schwindende Gehalt, an den Bronchialkatarrh von Gerda – „die Ärzte hier draußen verstehen eben einfach nichts" –, an den Verkäufer Mamlock; nein, Einenkel dachte an die Katz.

Neben ihm, im andern Bett, zog Lotte ihre geruhige Schlafsträhne; im nächsten Zimmer, zu dem die Tür aufstand, schliefen sachte und still noch die Kinder Gerda und Ruth, auf den rotbraunen kunstseidenen Vorhang schien von draußen schon wieder die Sonne ... Es wurde also wieder ein schöner Tag ohne Regen, wenigstens die Gemüsebeete würde Einenkel sprengen müssen, die Wasserrechnung in diesem Sommer wurde ein Grauen – aber was zum Teufel, jetzt war es kaum fünf, und vielleicht war die olle Muthesius – Viecher-Muthesius – doch schon auf und hatte ihren Kater Peter zur Hintertür hinausgelassen, und seine Sandkiste ...

Also: Grünheide, wo Einenkel sein eigenes Siedlungshäuschen auf Raten hatte, in einer Reihe von fünfzig andern, Grünheide hatte schweren Boden: Lehm bis zu Ton. Und Ruthchen war diesen Sommer zwei Jahre alt geworden, hatte also unbedingt eine Sandkiste zum Spielen haben müssen. Fünf Kilometer weit hatte Einenkel zwei Fuhren schönen weißen reinen Sand holen lassen, ein Objekt von vierzig Mark, es war ein herrlicher Sandspielplatz geworden, mit einer Brüstung zum Kuchenbacken – am meisten und mit dem größten Entzücken spielten die Besucher von Einenkels, nicht Ruthchen, in der Sandkiste –, also und nun kam die Katze von der ollen Muthesius ...

Gut, es war noch nicht fünf, und die Sonne schien herrlich, es würde ihm nur gut tun, im Bett zu liegen und noch ein bißchen zu dösen, dreiundsiebzig unverkaufte blaue Trenchcoats waren auch noch auf Lager, darüber mußte er unbedingt nachdenken, aber da war ihm nun das mit den Kartoffeln eingefallen ...

Mit einem Seufzer ließ Einenkel die Beine über den Bettrand, Lotte murmelte im Schlaf: „Franz, stehst du schon auf?“ und schlief gleich weiter. Die nackten Füße in den roten Babuschen, schlich Einenkel, wie er war, im blaugestreiften Pyjama in den Keller.

Wo hatten diese Weiber wieder die Kartoffeln? In der zweiten Kiste rechts sollten sie sein, die erste war für Ruthchens Mohrrüben, Mohrrüben sind für kleine Kinder das gesündeste, außerdem aß Ruthchen sie mit Leidenschaft – nein, keine Kartoffeln. Nun hatte er Lotte so oft von der Ordnung in seiner Konfektionsabteilung erzählt, jeden Anzug, jeden Mantel konnte er im Dunkeln finden, sie begriff es nicht! Sie waren zwölf Jahre verheiratet, nein, sie begriff es nicht, die Kartoffeln fanden sich in einem großen Pappkarton, der gar nichts im Keller zu tun hatte, Kartons gehörten auf den Dachboden, der Keller war für sie viel zu feucht – er würde wieder einmal unmenschlichen Krach schlagen müssen, und er war schon so abgekämpft von dem schweren Geschäft!

Er suchte sich sechs oder acht große Kartoffeln aus und stieg, leise vor sich hin seufzend, hinauf in die Küche. Die Kartoffeln wurden auf das Küchenfenster gelegt, das Fenster wurde aufgemacht, der Garten lag vor Herrn Einenkel. Da steht er, er wartet auf die Katz, auf den ollen Kater von der ollen Muthesius – Viecher-Muthesius –, den er im Verdacht hat, daß er ausgerechnet in der sauberen Sandkiste von Ruthchen sein Geschäft verrichtet, also, der Garten ist vor ihm. Er liebt seinen Garten, der mit Büschen und Bäumen, sanft grünem Gras – „hab ich Stickstoff gegeben, ist tadellos geworden, der beste Rasen in der Siedlung" –, der mit Blumen und Gemüsebeeten sich vor ihm ausbreitet.

Aber er sieht ihn nicht, der Morgenwind bewegt leise die Äste, sie tanzen ein bißchen, er sieht nur das gelbe Quadrat der Sandkiste, er hat die Kartoffeln vor sich, er wird sie dem Kater in die Rippen schmeißen: Soll die Olle keifen, es ist die letzte Möglichkeit. Klein, ein bißchen dicklich, sorgenvoll steht er da, das Leben müßte so schön in Ordnung sein, er tut doch wahrhaftig, was er kann, er ist friedfertig, planmäßig, aber alles geht verquer. Er kauft ein Haus auf Abzahlung, und zweimal wird sein Gehalt gekürzt, er ist für äußerste Ordnung, und Lotte findet das albern und pedantisch, sie hatten sich so nett mit Gerda eingerichtet, und nun kam Ruthchen noch nach neun Jahren und warf alle Dispositionen über den Haufen – es ist ein schweres Leben!

Er hat Frau verwitwete Rechnungsrat Muthesius höflich gebeten, er hat ihr geschrieben, er hat sie oder vielmehr ihren alten Kater Peter bei der Polizei angezeigt, nichts half; hier steht er hinter acht Wurfgeschossen, ein wenig fröstelig, vielleicht würde er sich noch ein Tesching kaufen müssen . . .

Also die Spatzen tschilpen, in den Kirschen sind wieder die Stare, er möchte sie gerne verscheuchen, aber dann kommt womöglich die Katz nicht. Gegen sechs fängt auch das kleine Dienstmädchen Rosa an, in ihrer Kammer zu rascheln, die darf ihn hier nicht so treffen, und im Augenblick seines Aufbruchs huscht natürlich etwas Schwarzweißes durch seinen Garten: der Peter. Er stürzt rufend aus der Hintertür, er verwirft seine Kartoffeln, zwei Gärten weiter sagt die alte Muthesius zu ihrer ältlichen Lehrerinnen-Tochter vernehmlich: „Und so was will ein gebildeter Mensch sein!" Herr Einenkel zieht sich zurück, nicht einmal klagen kann er, überlegt man es sich genau, so ist das keine Beleidigung; es war ein Mißerfolg – das wird ein Tag, das wird wieder einmal ein Tag werden!

Eine Stunde später – für Ruthchen ist es jedenfalls ein herrlicher Tag. Die Eltern sitzen an zwei Seiten des Kaffeetisches, an der dritten Gerda, und der Pappi versucht herauszubekommen, was Gerda für Französisch heute „auf" hat. Aber an der vierten Seite des Kaffeetisches, auf der Couch, steht Ruthchen, den Becher „Kullermann" mit ihrer Milch vor sich, eine Semmel in der Hand. „Nun iß aber auch, Ruthchen!" mahnt Einenkel.

„Pappi – biettä!" sagt das kleine Geschöpf und führt die Semmel zu Pappis Mund.

„Nein, Ruthchen, selbst!"

„Pappi – biettä!"

„Aber Ruthchen! Ruthchen muß ordentlich essen, damit sie groß und stark wird!"

„Pappi – biettä!"

Einenkel wird weich, er beißt ab. In den Fenstern liegt die Sonne, die Gardinen sind noch von der Pfingstwäsche her blütenweiß. Ruthchen ist ein herrliches Stück Leben; es scheint, daß Gerda für die Schule ausgezeichnet vorbereitet ist. Licht tanzt im goldenrötlichen Tee und wirft kleine strahlende Kringel an die Decke. Es ist doch alles gut so, es ist doch schön, es war richtig, daß sie aus der Mietswohnung in der Bleibtreustraße rausgingen, wenn auch das Haus eine schwere Last ist . . . Aber in zwei Jahren ist auch das ausgestanden, und dann kann man vielleicht an einen kleinen Wagen auf Abzahlung denken, zuerst allerdings wird man eine Garage bauen müssen, zugleich mit einer vernünftigen Waschküche, aber es kommt freilich immer etwas dazwischen.

„Läßt du mir ein wenig Geld da, Franz?" fragt Frau Einenkel sanft.

Er macht eine Bewegung. Und: „Mach, daß du in die Schule kommst, Gerda, es wird höchste Zeit!" Und rufend: „Rosa, Rosa, bringen Sie das Kind in seine Sandkiste!"

„Aber Ruthchen hat ja noch nicht ordentlich gefrühstückt!"

„Es soll sich an seine Zeit gewöhnen. Zum Donnerwetter, es kann nicht zwei Stunden lang frühstücken! – Wieso hast du kein Geld mehr? Heute ist der Zweiundzwanzigste!"

Reden, Gerede, Hin- und Hergekakel, Geschwätz. Schließlich gibt er zwanzig Mark. „Damit hast du aber auszukommen!" Natürlich wird sie nicht damit auskommen, so geht es seit zwölf Jahren. Sie lernt es nicht. Lotte lernt es nie. Zwei Sonntage mit fünf Gästen werfen ihren Etat um. Keine Dispositionen. „Überlege doch, Lotte, wenn ich mit meinen Sommerulstern so disponieren würde wie du mit deinem Geld ..."

Sie hört zu, sie sagt „ja". Natürlich hört sie nicht zu, soweit kennt er ihr Gesicht, denkt an irgendeinen bunten Schmarren von Kaffeedecke, den sie unbedingt haben muß, und sie hat drei oder vier.

Plötzlich fällt ihm etwas ein. Er sagt feierlich: „Vielleicht sind heute die grauen Sommermäntel mit Steppfutter eingetroffen. Ich sage dir, Lotte, so etwas hat Berlin noch nicht erlebt! Das wird ein Taumel werden! Wir können die Mäntel für dreiundzwanzig fünfzig verkaufen!"

Er strahlt, er ist selig, beschreibt Stoff und Muster. Plötzlich verdüstert er sich. „Wenn nur Herr Krebs nicht wieder Schwierigkeiten macht! Ich habe so was gehört, er will fünfundfünfzig Prozent Unkosten aufschlagen! Dann kämen die Mäntel über fünfundzwanzig. Und es ist so wichtig, daß sie darunter bleiben, heute, wo keiner Geld hat!"

Abschließend, aufstehend: „Also, ich muß zur Bahn. Gib Ruthchen ein Küßchen vom Pappi. Und mit den zwanzig kommst du aus! – Auf Wiederschauen!"

Ganz gewohnheitsmäßig setzt er sich in einen leichten Trab, kaum daß er die Tür hinter sich zugezogen hat. Aus Haus Siebzehn schießt Herr Wrede dazu. „Guten Morgen!"

„Also guten Morgen! Herrliches Wetter heute!"

„Ja, wundervoll!"

„Aber man wird wieder sprengen müssen, ist Ihre Wasserrechnung auch so hoch?"

„Nein, meine Frau versteht sich glänzend einzurichten. Das Badewasser nimmt sie immer zum Einweichen der Wäsche."

Herr Einenkel ist etwas pikiert. „Meine Frau ist auch sehr tüchtig. Sie macht Ihnen aus Resten ein Mittagessen: die reine Delikatesse!"

„Bei uns bleiben nie Reste!"

Keiner von den beiden weiß, was der andere verdient, jeder glaubt zu wissen, daß der andere weniger hat.

„Ich denke ja jetzt an den Ankauf eines Autos. Nichts Übermäßiges, aber einen hübschen Wagen."

„Gehen Sie mir mit einem Auto! Wie wollen Sie es denn mit der Garage halten? Ihr Garten ist doch auch nur ein Tortenstück!"

Plötzlich ein Schrei von Wrede: „Aber lieber Herr Einenkel, wissen Sie es noch gar nicht?! Dingeldeys müssen doch raus, drei Raten haben sie schon nicht gezahlt, haben die Wechsel einfach platzen lassen."

„Was Sie nicht sagen! Aber ich habe es immer gesagt!"

„Alles haben sie doch auf Abzahlung: Staubsauger, Teppiche, Möbel, und nun einfach nicht einlösen, manche Leute sind doch zu naiv!"

Dingeldeys reichen die halbe Bahnfahrt. Es sind andere Herren dazugekommen, Herren, die nicht in dieser Siedlung „Waldheim" wohnen, aber auch diese Herren haben Interesse, im Abteil bequatschen sie es gründlich, dieser Dingeldey muß ein doller Bursche sein, nichts Solides, an einem ganz gewöhnlichen Wochentag geht er einfach auf der Straße spazieren, ohne Urlaub, bleibt einfach zu Haus, „habe heute fürs Geschäft keine Lust", ich bitte Sie, bedenken Sie –!

„Das ist es, woran unser heutiger Staat krankt: Mangel an Pflichtgefühl!"

„Richtig, Herr Einenkel, wenn jeder täte, was er könnte . . ."

„Dann gäbe es keine Arbeitslosigkeit!"

„Also, ich sage Ihnen, bei uns war eine Fensterscheibe gesprungen, nach hinten, nach dem Garten zu, es wäre noch gegangen. Ich sage zu meiner Frau: Laß sie machen, was auf mich ankommt, soll jeder Arbeit haben . . ."

„Darf ich um Feuer bitten?"

Todesstille.

Dann bietet Herr Einenkel seine Zigarre an. „Bitte, Fräulein!"

In diesem Abteil zweiter Klasse (man muß Abonnement Zweiter haben, jeder, der in der Siedlung in Frage kommt, fährt Zweiter) – also in diesem Abteil hat neben fünf Männern ein junges Mädchen gesessen, unbeachtet, die täglichen Fahrtgenossen haben über sie weg geredet: Dingeldey, Arbeitsbeschaffung . . .

Nun sitzt sie da und raucht. Sehr nett angezogen, sieht famos aus, ja wenn man so was jeden Tag um sich hätte, diese Füße, so ein Bein kann einen verrückt machen . . .

„Waren Sie eigentlich in der letzten Zeit mal im Theater?"

„Sie wollen doch auch verreisen? Ach, die See, wissen Sie, das Meer, verstehen Sie! Ich brauche das . . ."

„Da habe ich in der Friedrichstraße ein Original-Ölgemälde gesehen, mindestens zwei Quadratmeter, aber so etwas Ausgezeichnetes, und gar nicht mal teuer!"

Das junge Mädchen sitzt da und raucht. Sie sieht zum Fenster hinaus, das Land fliegt vorüber, Sonne, Schatten, grüne Bäume, Felder . . .

Die Herren reden sehr gewichtig und langsam, sie vermeiden das Wort „Schönheit", sie denken auch nicht daran, aber sie haben jetzt andere Gesprächsthemen als vorher. Das junge Mädchen raucht, einmal, ach, einmal war es so schön . . . Jung, Hoffnungen, ein Buch gelesen . . . „Diese Woche gehe ich bestimmt noch mal ins Kino! Man darf nicht so einrosten." –

Punkt acht Uhr dreißig betritt Herr Einenkel die Abteilung Herrenkonfektion im Warenhaus Haarklein & Co. So ist er nun nicht, daß er gleich in jeden Winkel der Abteilung schnüffelt, ob auch alle seine fünf Verkäufer da sind nebst den drei Lehrlingen. Er stellt sich an sein Pult, er schreibt und rechnet ein wenig im Ein- und Ausgang-Journal, und dazwischen guckt er. Heller geht natürlich an seinem Pult vorbei, macht ein Dienerchen und sagt: „Guten Morgen, Herr Einenkel!“ Nötig ist so etwas nicht, Heller bleibt deswegen doch ein schlechter Verkäufer, aber gut tut es schon. Die Lehrlinge bürsten das Lager durch, alles in Ordnung, bloß Mamlock –

„Also hören Sie, Herr Mamlock“, sagt Herr Einenkel ganz friedlich um acht Uhr fünfundfünfzig, „ich habe das satt mit Ihrer Unpünktlichkeit. Wenn Sie sich nicht entschließen können, die Zeit einzuhalten . . .“

Mamlock sieht Herrn Einenkel bloß an. Hitziger sagt der: „Ich finde das unverantwortlich von Ihnen! Man hat doch Anstand in den Knochen! Acht Uhr fünfundfünfzig ist nicht acht Uhr dreißig! Was Sie sich dabei denken –!“

Mamlock scheint nichts zu denken, er sieht nur. Mit Erbitterung denkt Einenkel an die Wechsel auf sein Haus, die er auf die Minute einzulösen hat. „Sie sind ein lässiger Mensch!“ schreit er. „Kurz und gut: ich werde Herrn Liepmann Ihre Entlassung vorschlagen! Mit solchen Menschen arbeite ich nicht zusammen!“

Mamlock hat keinen Ton gesagt. Mamlock ist ins Lager gegangen. Wenn der sich darauf verläßt, daß er der tüchtigste Verkäufer ist –! Herr Einenkel wirft die Bücher hin und her. Wer soll da rechnen können! In diesen Zeiten, wo alles so schwer ist, zweihundertzehn kriegt Mamlock, ob er sich mal überlegt hat, wieviel verkauft werden muß, bis so ein Gehalt herausspringt! Wer kauft denn noch . . . Der Umsatz ist s-o-o zurückgegangen!

Und plötzlich lächelt Herr Einenkel, er hat es aus bester Quelle, seine Abteilung hat noch mit am besten abgeschnitten. Und wenn nun erst die grauen Ulster kommen! Das ist der große Schlag, das Glück, das ihm gefehlt hat, er wird abschneiden –! O je, o je, o je, wenn nun der Fabrikant nur genau wie Muster liefert!

Er steht hinter seinem Pult, er lächelt, er träumt Kassenrapporte, daß Herr Krebs auf den Rücken fällt. Herr Haarklein, der große Haarklein, wird zu ihm sagen: „Sie haben Ihre Abteilung in Schuß, Einenkel, Ihre Abteilung ist erstklassig!“

Und während er dies träumt, kommt die übliche Morgenerwartung über ihn, ein leichtes, nicht unangenehmes Prickeln im Rücken. Neun Uhr dreizehn, um diese Zeit kaufte gestern schon der erste Kunde. Und die leise Angst: wenn heute bis zehn, bis elf, bis halb zwölf kein Käufer kommt?

„Das ist ja gar nicht wieder aufzuholen", murmelt er, murmelt er noch, da schon der erste Käufer da ist. Hesse hat ihn. Gut. Hesse wird keine Pleite schieben, Hesse macht es. Und der nächste Kunde. Und der nächste Kunde. Es wird voll, alle sind in Gang, verkaufen, noch keine Pleite, kein Käufer ist weggegangen bisher: „Komme noch mal wieder. Will es mir überlegen."

Herr Einenkel ist überall, schwierige Fälle bedient er selbst, greift auch einmal ein, vorwurfsvoll: „Aber Herr Heller, zeigen Sie dem Herrn doch mal unsere Sportanzüge! Wir haben doch so modische Muster!"

Und: „Nein, wie Ihnen der Mantel steht! Aber glänzend, finde ich: Finden Sie nicht auch, Herr Mamlock? Einfach glänzend!"

Und schon ist er auf einen Sprung an der Kasse, bisher sechshundertzehn, das ist für elf Uhr dreißig einfach vorzüglich. Oh, welch Glück! Menschen kommen, man verkauft ihnen, manche sind schwierig. Warum der dicke Herr wohl durchaus schräg geschnittene Taschen in seinem Sakko haben will –? „Aber selbstverständlich machen wir Ihnen das. Ich verstehe sehr gut" (total meschugge) – und ist schon wieder bei Mamlock, sagt so ganz nebenher: „Also Sorgen müssen Sie sich nicht machen, Mamlock, man sagt manchmal ein Wort, nur die Pünktlichkeit! Die rechte Pünktlichkeit, ich bitte Sie sehr, Mamlock!"

„Herr Einenkel möchten doch mal zu Herrn Krebs kommen!"

O Gott, die Mäntel sind da, die grauen Mäntel. Dieser Krebs soll etwas erleben, wenn er sie über fünfundzwanzig ansetzt, er schlägt ja solchen Krach, bis zu Haarklein geht er damit . . .

Aber natürlich schlägt er nicht eine Spur von Krach. Sehen Sie, also Frau Krebs geht es doch noch immer gar nicht gut, zu traurig ist das, Herrn Einenkel tut es ja so leid, ob sie nicht einmal zu ihnen zur Erholung rauskommen möchte, seine Frau würde sich so freuen, sie haben da ein richtiges Landhaus, und die Luft ist so gesund ...

„Also, mein lieber Herr Krebs, Sie sehen es ja ein, ich verstehe Sie ja, aber grade ein Kalkulator wie Sie, der seinen Kram aus dem Tezett versteht ... Sie sind durch die Geschäftsleitung gebunden? Aber, Herr Krebs, Sie doch nicht! Ein Mann wie Sie doch nicht! Ihnen ist doch alles möglich ..."

Herr Einenkel schmust eine Stunde lang, dann geht er. Morgen früh sind die Mäntel in der Abteilung, herrlich, ganz nach Muster ausgefallen, und: vierundzwanzig neunzig! Man wird groß inserieren, er sieht die Leute, alle seine Kunden, ihre Stuben, die ganze Stadt – sie lesen, sie kommen, sie kaufen. Wenn er singen könnte und wenn er im Dienst singen dürfte, jetzt würde er singen. Seine Frau Lotte hat das, wenn plötzlich, nach einem Frühlingsregen, die Wicken aufgegangen sind, schnurgrade, Reihe um Reihe, hellgrün, wenn ihr was zuwächst, gedeihlich: Dann singt sie plötzlich. Einenkel weiß das Wort nicht, er bemüht sich auch nicht darum, aber es lautet: Glück. Dreihundert graue Ulster, vierundzwanzig neunzig: Glück! Kummer ist die Katz, Sorgen sind die Raten, dies aber ist das Glück!

Aber natürlich kann man nicht eine Stunde fort sein, und auf der Abteilung ist es nicht so, wie es sein sollte. Zwischen den Garderobenständern entdeckt Herr Einenkel einen blassen, pickligen Jüngling –: „Eine Stunde laufe ich hier herum! Hier soll man wohl nicht bedient werden! Nein, danke, danke, jetzt nicht mehr. Sie denken wohl, wie es Ihnen paßt ..."

Der Jüngling hat einen Wutanfall, höchstselbst bemüht sich Herr Einenkel, aber es wird doch eine Pleite: Pickelhering läßt sich nicht beruhigen. Nachher, wie er unbekauft weggegangen ist, bekommt Herr Einenkel seinen Wutanfall, es ist die stille Stunde in der Tischzeit, kein Kunde in Sicht, er kann es sich leisten, zu brüllen. Mamlock, Hesse,

Heller, Ziebarth, Zeddies und die Lehrlinge, wie sie gebakken sind, alle kriegen sie eins aufs Dach, und wie! Herr Einenkel rennt schweißtriefend auf und ab, er ist rot, er brüllt, nicht mal auf den Schränken ist ordentlich Staub gewischt, dann geht er zum Essen.

Sie haben da ihren Tisch für sich in der Kantine, die Herren Abteilungsvorsteher, es hat sich so rausgebildet. Einenkel findet, es sind gräßliche Kerls dabei, aber natürlich würde es jede Autorität untergraben, wenn sie sich mit Verkäufern zusammensetzten.

Gottlob bekommt Einenkel trotz des eben genossenen Ärgers, der ja, wenn der Himmel und der Tag es so wollen, immer weitergehen kann, den netten Platz mit dem Ausblick auf einen Verkäuferinnentisch. Da sitzt also wieder diese reizende, zierliche Bachstelze aus der Damenhutabteilung, schüchtern schaut Herr Einenkel sie drei- oder viermal an. Dies Anschauen *muß* einfach sein, je nachdem, ob es gelingt oder ob er mit dem Rücken zu ihr sitzt, ist ein Tag gut oder schlecht. Es ist nicht sicher, ob Fräulein Bild von den Damenhüten etwas von der Existenz von Herrn Einenkel weiß, jedenfalls hat sie aber nicht die geringste Ahnung, was für eine Rolle sie in seinen Träumen spielt.

Ja, wenn er diese zierliche Bräunliche vor netto fünfzehn Jahren getroffen hätte! Lotte ist gar nicht schlecht, aber Lotte ist der Alltag. Wenn man ihre Adresse unauffällig erfahren könnte, er würde ihr morgen einen herrlichen Strauß schicken, Rosen oder Flieder, natürlich anonym, bloß, daß sie sich einmal richtig freut.

Und dabei sagt er: „Ja, ich habe ein bißchen Krach geschlagen – Sie haben es gehört? Man muß diese Verkäufer mal zusammenstauchen, eingebildet sind diese Menschen –! Sagen Sie selbst, meine Herren, was haben *wir* arbeiten müssen, als wir so jung waren?“

Und nun kommen all die alten Geschichten von dunnemals, als die Verkäufer noch keinen freien Sonntag kannten: immer die Jalousien rauf und runter ziehen, die Sonnensegel stellen, die Schaufensterbeleuchtung an- und ausknipsen am Sonntag.

„Ich hatte mal in Rogasen einen Chef . . .“

Und: „Haben Sie noch den Lehmann gekannt? Er hieß nur der ‚dolle Lehmann‘, reiste 'ne Zeitlang für Hübsch & Niedlich –?“

Es wird Viertel nach vier, bis Herr Einenkel wieder auf die Abteilung kommt. Aber er hat nichts versäumt, der Glanz ist vom Tag runter, es wird ein langer, zäher, schwieriger Nachmittag mit vier Pleiten und einer minimalen Kasse. Herr Einenkel steht hinter seinem Pult. Erst hat er noch eingegriffen und angefeuert, nun steht er blaß und traurig da, auf den dreiundsiebzig Trenchcoats wird er sitzenbleiben, und was soll dann werden? Er ist ein schlechter Abteilungsleiter, hundsgemein ist es von ihm, die Verkäufer anzugrobsen, kein bißchen besser ist er als die . . .

Er seufzt tief auf, er geht langsam zwischen den Garderobenständern hin und her, um Viertel neun kann er erst zu Haus sein, Ruthchen wird schon schlafen, Gerda wahrscheinlich auch. Lotte sagt, die Vögel singen jetzt so nett im Garten; wenn er kommt, ist alles schon still, und rasch wird es dämmerig.

An einem Kleiderständer steht der Lehrling Krieblich, ein ängstlicher, verschüchterter Bengel. („Aus dem Jungen wird nie ein Verkäufer, keinen Mumm!“) Jetzt ist er wachsweiß, hält sich an ein paar Mänteln, taumelnd.

„Um Gottes willen, Krieblich, Junge, was ist mit dir?!“

Der Junge kann nicht antworten, oder er hat schon wieder Angst. Aber jetzt würde er gefallen sein, mit dem ganzen Ständer vielleicht über sich, wenn ihn Einenkel nicht umgefaßt hätte. „Sachte, sachte, mein Junge, krank bist du . . . Mamlock, Sie übernehmen die Abteilung, ich gehe mit Krieblich mal aufs Lazarett . . .“

Oh, was ist der strenge, erregbare Herr Einenkel plötzlich für ein guter Papa! „Komm, mein Junge, halt dich ordentlich fest an mir. Nur noch ein paar Schritte. Komm, komm, es wird schon besser, gleich legst du dich lang hin.“

Es ist keine schwierige Untersuchung, es ist Unterernährung, gradeheraus gesagt, der Junge hat vor Hunger schlappgemacht. Nichts zu essen haben die, arbeitslos sind die, und der Junge verdient ja auch so gut wie nichts ...

Aufgeregt läuft Herr Einenkel auf und ab. „Nicht satt zu essen! Also, nein, nein, das geht natürlich nicht, da muß etwas getan werden. Warte nur, Krieblich, Junge ..."

Herr Einenkel fährt seinen Lehrling mit der Autotaxe nach Haus, er bezahlt selbst die Taxe, er läßt einen Schein da, es ist etwas über seine Verhältnisse, aber so ist er nun auch wieder ... „Und natürlich wird da geholfen werden. Wir haben da so einen Fonds bei Haarklein & Co. Gleich morgen nehme ich das sofort in die Hand. Nicht satt zu essen, es ist die Höhe ...!"

Nun lohnt es schon nicht mehr, jetzt noch ins Geschäft zu fahren, und so kommt Herr Einenkel zwei Züge früher als gewohnt nach Haus. Ruthchen steht grade in der Badewanne, sie kreischt und spritzt und panscht, sie wirft Pappi mit dem Gummischwamm. Welche Wonne dann, dabeizusitzen, während sie ihren Brei futtert; dann Küssing beim Schlafengehen, großes Winke-Winke, kleines Winke-Winke, wie Sonntag ist das.

Und während Lotte mit Rosa das Abendessen richtet, geht der Vater mit Gerda im Garten auf und ab und hat einen ernsthaften Plausch mit ihr. Es ist still, ein leiser Wind geht in den Bäumen. Also, das Kind hat wirklich schon ernsthafte Probleme. Da sind nun diese Sterne am Himmel; glaubt Pappi, daß sie bewohnt sind? Ja? Es ist möglich? Und hat Gott da auch Menschen gemacht, und hat er seinen Jesus auch dahin geschickt, auf alle Sterne? Auf *alle*?!

Ja, Abteilungsvorsteher Einenkel ist richtig verlegen und gerührt, er nimmt die kleine graue Mädchenhand in seine. „Ja, ich weiß es auch nicht, Gerdchen. Es wäre schrecklich, nicht wahr? Hoffentlich sind die Menschen da besser ..."

Er sitzt noch einen Augenblick neben ihrem Bett; sie gibt ihm unaufgefordert einen Kuß, ihm fällt ein, sie hat das seit vielen Monaten nicht getan. Was hat man nicht alles verpaßt, durch dieses Geschäft und diesen Betrieb und diese Sorge mit den Raten ... Nun, es ist natürlich nicht anders möglich, aber es ist doch komisch ... mit den Sternen, er hat sie eigentlich nie recht angesehen. Also welche Probleme solch ein Kind hat –! Vielleicht hätte er ihr das mit den Mänteln zu vierundzwanzig neunzig erzählen sollen, sie hätte sich gefreut, und ihr Herz wäre ein bißchen leichter gewesen.

Aber dann ist auch alles vorbei, sowie er beim Abendessen sitzt, ist er schrecklich müde. „Ich lege mich dann gleich hin", sagt er zu Lotte und überlegt, ob er ihr seinen Entschluß mitteilen soll, ihr noch einmal ganz freiwillig weitere zwanzig Mark für den Monatsrest zu geben. Aber er schiebt es dann doch lieber für morgen früh auf. Wollen mal abwarten, was ich dann für Stimmung habe!

Und im Einschlafen geht ihm alles durcheinander: das bräunliche Fräulein mit den schmalen Knien, die neuen Ulster. Fräulein Bild mit den seidenen Rehbeinen und der hungrige Krieblich. Früher wird er aufstehen müssen wegen der Katze, aber er kauft sich jetzt bestimmt ein Tesching, gleich nach dem Ersten, die Sterne und Gerda, und hoffentlich ist Mamlock morgen pünktlich, daß er sich nicht sofort ärgern muß.

Und dann, im Einschlafen, hat er noch so eine Art Nachtgebet, nicht richtig in Worten, etwas Verschwommenes, aber Sehnsüchtiges: Lieber Gott, laß mich morgen eine gute Kasse haben! Lieber Gott –!

Aus! Eingeschlafen! Schluß!

Der Bettler, der Glück bringt

Sein Aufstieg war langsam gewesen und zäh, Jahr um Jahr, Lehrling, dritter Verkäufer, zweiter Verkäufer, erster Verkäufer. Achtunddreißig Jahre alt war er, als er Abteilungsvorsteher wurde, zweiundzwanzig Jahre Weg mit Lächeln, Geschmeidigkeit, hinuntergeschluckten Anschnauzern, Getretenwerden, Bücklingen. Sein Absturz ging rasend schnell, Kündigung zum nächsten Termin. „Die schlechten Zeiten, Herr Möcke . . . Sie verstehen . . . Wir müssen den teuren Vorsteherposten einsparen, Herr Möcke . . .“

Wie er nach Hause gekommen war, er wußte es nicht. Schließlich lag das Häusel in der Sonne vor ihm, ein richtiges Siedlungshäuschen zur Miete, fünfundsechzig Mark im Monat und tausend Mark Genossenschaftsanteil. Die Rosen im Vorgarten standen wie die Puppen, er hatte sie selbst gekauft, gepflanzt, gepflegt, die Fensterscheiben schimmerten wie die Spiegel, die bunten Gardinen wehten ein bißchen. Herr Möcke wachte auf, als er das sah, er seufzte, dann ging er hinein, Linni Bescheid zu sagen.

Sie waren besser daran als zehntausend andere, die Mökkes. Sie hatten keine Kinder, und die Einrichtung war schon seit über einem Jahr abgezahlt. Außerdem würde Möcke rasch wieder Arbeit bekommen, vielleicht als erster Verkäufer, sicher als zweiter, man kannte ihn in der Branche, untüchtig war er nicht. Dann kam der Entlassungstag, das letzte Mal Gehalt, und der Personalchef Kunze sagte: „Na also, Herr Möcke, vielleicht sehen wir uns schon in aller Kürze wieder, verstehen Sie.“

Möglich, es war das nur so eine trostreiche Redensart,

möglich aber auch, daß was dahintersteckte. Nach drei Tagen, als Möcke zum ersten Male mit einem andern Herrn aus der Siedlung zum Stempeln marschierte, war er überzeugt, es steckte was dahinter. Kollege Wrede war immer ein Schwein'gewesen.

„Wissen Sie, Herr Möcke", sagt der andere Herr, „glauben Sie, ich zahle noch Miete? So blau! Ich wohne einfach den Genossenschaftsanteil ab. Für die tausend Mark kann ich noch lange wohnen."

„Bei mir ist es ja anders", sagt Herr Möcke vorsichtig. „Ich bin leider einer Intrige zum Opfer gefallen. Aber die Sache steht direkt vor der Aufklärung. Unser Personalchef hat mir da bestimmte Zusagen gemacht . . ."

„Ach, Sie denken, Sie kriegen noch Arbeit?" sagt der andere. „Das denken im Anfang alle. Sie sind doch bald vierzig, da kriegen Sie doch nie im Leben mehr Arbeit. Bedenken Sie doch, Ihr Tarifgehalt ist um Dreiviertel höher als das von einem Neunzehnjährigen."

„Mir sind Versprechungen gemacht . . .", beharrt Herr Möcke.

Dann ist er drin in der grauen Flut der Stempelbrüder, die an den Schaltern vorüberströmt, ist drin, Wochen, Monate. Es ist sehr schwer, sich aus einer solchen Flut herauszuhalten. Herr Möcke zwingt es, ihm sind Versprechungen gemacht worden. Jeden Tag kann jetzt Herr Kunze schreiben. Mittlerweile kriechen sie zusammen. Sechsundneunzig Mark Unterstützung, fünfundsechzig Mark Miete, aber es muß durchgehalten werden, er darf seinen Ruf nicht schädigen, wenn Herr Kunze Erkundigungen einzieht . . .

Linni hört seit vier Monaten von Herrn Kunze, Linni geht nicht zweimal wöchentlich in die graue Flut vom Arbeitsamt, die ihren Mann hoffen lehrt, Linni sagt kurz und böse: „Ach, dein Kunze, der schreibt doch nie . . ."

Möcke sieht seine Linni an, dann geht er aus dem Zimmer, er geht die Treppe hinunter, er geht in den Garten, da steht er und guckt; ein nasser, herbstlicher Garten ist ziemlich trostlos, ein grauer Himmel, ein jagender Wind – trostlos. Linni hat ja eigentlich recht, denkt Möcke. Kunze könnte endlich auch schreiben. Und zehn Minuten später: Werde ich Kunze schreiben!

Ein großer Entschluß, ein heroischer Entschluß, aber, alles in allem, das Ei des Kolumbus. Am Abend setzt sich Herr Möcke hin und schreibt an Herrn Kunze, bittet ihn um eine Unterredung. Als er am nächsten Morgen mit dem schicksalsschweren Brief aus der Haustür will, klingelt es grade, Möcke macht auf, ohne durch das Guckloch gesehen zu haben – ein Bettler steht vor ihm.

Nun ist die Sache so: Früher, als Möcke noch Arbeit hatte, machte er oft einem Bettler die Tür auf, und wenn der Mann dann seinen Psalm runterbetete von arbeitslos, sagte Herr Möcke kurz: „Tut mir leid, bin selber arbeitslos." Als er dann wirklich arbeitslos wurde, hat er manche Nacht wach gelegen und gegrübelt: Das hätte ich nicht sagen sollen. Ich habe es berufen. Das Schwein Wrede ist nicht allein schuld, ich habe es berufen mit meinem Geschwätz. Seitdem machen Möckes Bettlern überhaupt nicht mehr auf. Erst sehen sie durch den Spion, wer klingelt.

Diesmal aber, in seinem Eifer über den Brief, hat es Herr Möcke verpaßt. Der Bettler steht vor ihm, und der Bettler sagt: „Herr Doktor, nur 'ne Kleinigkeit."

Herr Möcke sieht den Bettler an, der Bettler ist ein großer, schwerer Mann mit starken Knochen, er hat ein blasses, glattes Gesicht mit einem blonden Schnurrbärtchen, aber vor allem hat er rasche, zupackende Augen. Herr Möcke steht da mit seinem schicksalsschweren Brief in der Hand, er hat so viele Bettler fortgeschickt . . .

„Einen Groschen, Herr Doktor", sagt der Mann. „Ich bring Ihnen Glück. Ich hab schon vielen Leuten Glück gebracht." Herr Möcke greift in die Hosentasche. „Ich spuck auch dreimal gegen Ihre Tür, daß es runterläuft."

„Das ist nun grade nicht nötig", sagt Herr Möcke, aber er gibt dem Mann einen Groschen.

Der Mann spuckt dreimal gegen die Tür, es läuft richtig runter. „Sehen Sie, Herr Doktor, Sie kriegen Glück. Ihre

Frau darf es aber nicht abwischen. Ich frag mal wieder nach", sagt der Mann und geht zur nächsten Türklingel. Auf seinem Wege zum Postamt schüttelt Möcke heftig den Kopf über diesen tollen Aberglauben von den Leuten. Aber schaden kann es jedenfalls nicht. Und dann fällt der Brief in den Kasten.

Ist solch ein Brief abgesandt, so wird es manchmal heller in dem Absender, verschiedene Schleier fallen. Was eigentlich hat Kunze gesagt? Gar nichts, Trost, Quatsch – auf dem Wege zum Arbeitsamt sieht alles anders aus, als wenn solch Brief abgesandt ist. Nun gut, Möcke wartet, aber eigentlich richtig wartet er nicht, dazwischen denkt er auch an den spuckenden Bettler und schüttelt wieder den Kopf.

Gut, fünf Tage hat Möcke gewartet, da kommt ein Brief für ihn: Kunze wird sich freuen, den alten Möcke in dem und dem Café zu der und der Stunde zu treffen. Herzlichsten Gruß. Wie steht Möcke im Garten! Wie spricht Möcke mit Linni! Wie macht Möcke dem Bettler die Tür auf am Tage des Rendezvous! Ja, seht, genau an diesem Tage klingelt der Bettler wieder.

„Na, Herr Doktor", sagt er. „Wie ist das mit uns? Hat es geholfen oder hat es nicht geholfen?"

Herr Möcke lächelt dünn, es ist Blödsinn, es ist natürlich wüstester Aberglauben, aber er sagt doch lächelnd: „Das werde ich heute nachmittag sehen."

„Wie ist es denn damit?" fragt der Mann mit den starken Knochen. „Wär's gut, wenn ich noch mal spuckte?"

Möcke sieht den Mann an, zu sehr darf man sich auch nicht kompromittieren. „Wenn Sie meinen, daß es hilft? Ich habe nichts dagegen."

„Macht 'ne Mark, Herr Doktor", sagt er. „Das vorige Mal, das war nur das erste Mal so billig. Mein Spucken hilft immer."

Nun wird Herr Möcke doch böse. „'ne Mark, wo ich stempeln gehe! Sie sind ja verrückt! Ich denke ja gar nicht daran. Machen Sie, daß Sie wegkommen von meiner Tür!"

Möcke geht wieder mal in den Garten, er hat seine Rosen

einzupacken wegen dem Frost, er hat seine Beschäftigung. Dazwischen seufzt er. Voreilig ist er doch gewesen, für einen Fünfziger hätte der Mann es getan ...

Ja, also, Fahrt in die Stadt, Café, billig ist so was nicht, und eigentlich hat Herr Kunze nur mal klatschen wollen mit dem alten Möcke, sein Herz ausschütten, Zustände sind das jetzt im Betrieb! Aber natürlich denkt er an Möcke, gleich morgen fühlt er vor, erster Verkäufer, warum sollte sich das nicht machen lassen, er schreibt, so rasch er was weiß ...

Möcke wartet. Schnell weiß Kunze nichts, das dauert lange. Manchmal, wenn er spazierengeht, begegnet er auch dem großen Bettler, Herr Möcke geht an ihm vorbei und sieht steil gradeaus. Womöglich hat der Mann durch seine übertriebene Forderung alles verkorkst, auf dieser Welt weiß man nichts.

Weg zum Arbeitsamt. Stempeln. Die immer anschwellende Flut. Ach, das Herz wehrt sich: Ich bin nicht wie die andern, ich habe noch Aussichten, Kunze wird schreiben. Kunze schreibt nicht. Und schließlich sitzt Herr Möcke doch einmal in einer Erwerbslosenversammlung, man muß sich das doch ansehen. Und gut ist das schon anzuhören, was die für Forderungen stellen. Herr Möcke lächelt, wenn er auch einsichtiger ist, so geht es wohl doch nicht, aber dem Herzen tut es gut, das anzuhören.

Neben Herrn Möcke sitzt der große Bettler, und in seiner milden Stimmung sagt Herr Möcke zu ihm: „Also, hier sitzen Sie doch, trotzdem Sie so gut Glück bringen."

„Sitz ich, sitz ich", sagt der Bettler, „das ist es doch grade: Wenn ich mir Glück brächte, könnte ich andern doch kein Glück bringen, klar, was?"

Verblüfft sitzt Herr Möcke da, eigentlich hat der Mann ja recht. Und dann fragt er nach einer Weile: „Wann kommen Sie denn einmal zu mir?"

Der Mann sagt kurz: „Das Spucken hilft nicht mehr, das haben Sie sich selbst verschlagen."

Möcke schweigt, Möcke brütet, zwischendurch hört er auch auf den Redner oben, aber er wird nicht mehr richtig froh über dessen Forderungen, ihm ist, als sei ihm die letzte Chance weggerutscht. Der Bettler schweigt stur.

Nun, nachher, nach der Versammlung, kommen sie doch wieder ins Gespräch –: Ob gar nichts mehr zu machen sei? Der Herr Doktor wartet auf einen Brief, und der Brief will nicht kommen. Nein, der Bettler kann nichts machen, das hat Möcke verprellt, aber der Bettler weiß eine Frau: Die schafft den Brief! Hin- und Hergerede, Gewisper, die Chaussee auf, die Chaussee ab, die Frau kann es, es ist eine fabelhafte Frau, dem hat sie das besorgt und dem das. Ob er ein Bild von diesem Kunze hat? Nun, es geht auch ohne Bild. Sie kann alles!

„Kostenpunkt?“

Der Bettler sieht seinen Mann an. „Sie laufen ja doch wieder weg, Herr Doktor. Glauben Sie, daß so 'ne Frau billig ist?“

Nein, Herr Möcke wird nicht fortlaufen, er wird es sich anhören, ganz ruhig. Nein kann er ja noch immer sagen. Das kann er. Also, weil es der Herr Doktor ist und weil der Herr Doktor erwerbslos ist, auf und ab fünfzig Mark, wenn das nicht billig ist . . .

Also Möcke ist doch wieder weggegangen, er hat nicht einmal nein gesagt. Und nun wartet er wieder und geht wieder zum Arbeitsamt und stempelt, und als das Frühjahr kommt, rutscht er fein sachte aus der „Arbeitslosen“ in die „Krisen“, und wenn sie nicht noch ein paar Mark hätten, müßte er es machen wie der Bekannte: einfach keine Miete mehr zahlen.

Und wie Möcke lange genug gewartet und gegrübelt und sich gewehrt hat, fährt er wieder in die Stadt. Er stellt sich an den Personalausgang seines ehemaligen Geschäfts und wartet auf Herrn Kunze. Nein, wie ist Herr Kunze erfreut, seinen alten Möcke wiederzusehen! Immerzu hat er an ihn gedacht, ein paarmal ist es schon soweit gewesen, aber dann kam grade immer was dazwischen, aber schon in den nächsten Wochen vielleicht . . .

Möcke fährt nach Hause, sein Kopf dröhnt, er weiß nur, es ist beinahe soweit gewesen, dann kam etwas dazwischen.

Er weiß, was dazwischenkam: eine Mark, dann fünfzig Mark.

Von dem Letzten, von dem Allerletzten, nimmt Möcke fünfzig Mark und geht durch die Straßen und sucht seinen Bettler. Er sucht ihn vier Tage lang. Eigentlich müßte etwas getan werden im Garten, Linni schilt, der Möcke hat nur eine Idee, sogar in seinen kurzen, unruhigen Schlaf dringt sie: die fünfzig Mark an den Bettler.

Dann, dann wird alles wieder gut! Er sieht das Geschäftslokal vor sich, den sauberen, hellen Raum, matt gebohnert, die Waren auf den Regalen, die Käufer kommen, er verbeugt sich, er verkauft – wie ist das Leben hell!

Am fünften Tag trifft Möcke seinen Bettler. Er ist verwirrt, maßlos aufgeregt, er kann nicht einmal deutlich sprechen. „Hier", sagt er. „Für die Frau", sagt er. „Sie wissen ja, was ich will", sagt er. „Arbeit . . .!"

Hinter der Gardine im Eßzimmer steht Tag um Tag Herr Möcke. Von hier aus kann er den Aufgang beobachten, es kann ja auch ein Eilbrief sein, ein Telegramm. Von morgens bis abends steht er und wartet, nachts fährt er hoch: „Hat es nicht eben geklingelt, Linni?"

Aber Linni antwortet nicht, sie weint, sie weint sich noch ihre Augen aus. Während Möcke weiter wartet, wartet, wartet . . .

Wie vor dreißig Jahren

Damals, als Gotthold sich in sie verliebte, war Tini ein junges dunkelblondes schlankes Mädchen. Sie war frisch aus Thüringen gekommen und bediente die Gäste am Mittagstisch ihrer Verwandten, irgendwo im Norden Berlins. Sie hatte „Schnecken" über den Ohren, lachte gern und war sogar zu Gotthold nett.

Gotthold war der Sohn eines ehrgeizigen Lehrers, aber trotz nachdrücklicher körperlicher und geistiger Nachhilfe hatte es nicht weiter als bis Obersekunda gereicht. So war er in ein Bankgeschäft abgeschoben worden. Bei seinem Vater in Ungnade, saß er vor dem Kontokorrent und dachte mit Bitterkeit an alle, die es weiterbrachten im Leben, die begabter waren und häufiger lachten.

Heute, da sie dreißig Jahre verheiratet sind, weiß Tini längst, daß Gotthold sie nie „richtig" geliebt hat. Er hat sie nur den andern wegnehmen, ihr Lachen, ihre Fröhlichkeit für sich haben wollen. Damals war er eine glänzende Partie für das arme Serviermädel, das nicht einmal richtig Deutsch konnte, heute ...

Heute ... Also, sie sind eigentlich, fünfzig und dreiundfünfzig, mit ihrem Leben durch. Die beiden Kinder, Sohn und Tochter, sind richtig gut verheiratet. Sein Ehrgeiz, Depositenkassenvorsteher zu werden, ist unerfüllt geblieben. Bei der letzten Rationalisierung haben sie Gotthold pensioniert. Da sitzen sie nun beide in einem kleinen Haus in der Vorstadt, mit ein wenig Gartenland ... Sie haben bis an ihr Lebensende ihre kleine sichere Pension ... Und was haben sie sonst?

Er ist gelb und knitterig geworden, der Gotthold. Mit seinem gelben kleinen armen Vogelkopf püttjert er den ganzen Tag im Hause und im Gärtchen herum. Hier wischt er was, dort nagelt er was, nun poliert er was.

„Wie kommt die Schramme ans Büfett, Tini?" quäkt er. „Gestern war noch keine Schramme da, heute ist eine da. Das hast du wieder gemacht!"

Er wischt, er holt Möbelpolitur und macht Wachs warm. Nie liest er ein Buch, aber er läuft hinter Tini hinterher. „Wo hast du die kleine rote Vase mit dem weißen Engel gelassen, die uns Hempels zur Hochzeit geschenkt haben? Heute nacht ist es mir eingefallen. Ich habe sie seit zehn Jahren nicht gesehen!"

„Längst kaputt", sagt Tini. Oder sie sagt nichts. Sie ist dick geworden, ihre Beine sind unmöglich, aber sie versucht heute noch, nach dreißig Jahren, liebenswürdig zu sein. Sie versucht es immer wieder. Sie fegt durch ihren Haushalt wie ein eiliger Wind. Eigentlich hat sie kaum noch etwas zu besorgen; die Kinder sind fort, aber was sie besorgt, muß schnell gehen. „Rasch, Gotthold, rasch! Wredes haben schon ihre Erdbeerpflanzen gesetzt. Lauf in die Gärtnerei."

„Aber wie komme ich denn dazu? Lauf du!"

„Die werden schön über uns lachen, wenn wir die letzten mit Erdbeerensetzen sind. Aber wie du willst."

Er putzt an seiner Azalee herum, er zupft ein Blatt ab, das krank aussieht. Dann betrachtet er das Blatt, ob es auch wirklich krank war. „Sicher hast du wieder an meine Azalee gestoßen." Keine Antwort. „Also sag mir wenigstens, wieviel Erdbeerpflanzen wir brauchen. Nie sagst du mir richtig Bescheid."

Nun hat die Tochter geschrieben: Sie hat einen Pelzmantel gesehen . . ., nur vierhundert Mark . . ., sie hat ihn sich so lange gewünscht . . ., ob die Mutter nicht helfen will? Es wäre sooo nett! Die Eltern haben dreihundert Mark Pension, der Schwiegersohn hat siebenhundert Mark Einkommen . . . Aber natürlich hilft die Mutter. Solche Briefe kommen an die Adresse der Nachbarin. Der Mann darf sie nicht sehen, er darf überhaupt nichts merken. Wenn man eine tüchtige Hausfrau ist, kann man schon fünfzig Mark vom Haushaltsgeld einsparen, und der Mann merkt nichts. Man muß auch wieder zum Arzt, das Bein tut so weh ... Sicher ist eine Ader gerissen. Da freut er sich, da gibt er gerne vierzig Mark, sechzig Mark.

„Siehste", sagt er. „Tut es weh? Ich hab's dir ja gesagt ... Du sollst nicht soviel rumlaufen. Tut es ganz richtig weh?"

Das ist sein Glück, wenn es ihr schlecht geht, wenn sie Kummer hat. Der Sohn hat nicht zu ihrem Geburtstag geschrieben? „Siehste! Ich hab's dir immer gesagt. Du hast den Bengel stets in Schutz genommen. Der achtet dich wie nichts. Recht hat er, wo er Amtsgerichtsrat ist, und du kannst nicht mal richtig Deutsch."

Sein kleiner gelber Kopf tanzt auf den schmalen Schultern. Er lacht. „Weißt du noch, wie ich dem Bengel eine Ohrfeige geben wollte, Weihnachten 1909, und du hast dich vorgestellt, und ich habe dir eine geklebt? Siehste!"

Er lacht, dann schusselt er ab, ins Dorf. Heimlich geht er in ein Café, frißt sich an mit Kuchen und Torte. Das ist seine Leidenschaft, aber er verträgt's nicht: Die Galle schreit. Nachts steht sie, macht Umschläge. „Heißer!" brüllt er. „Noch heißer! Weil du nie was Richtiges kochst."

„Sicher hast du wieder Kuchen gegessen, Gotthold!"

„Wie kannst du so etwas behaupten?!"

„Schrei nicht so, Gotthold, daß wenigstens nicht die Nachbarn ..."

„Grade schrei ich. Alle sollen sie wissen, was ich für 'ne Frau habe. So ein Weib, das nicht mal richtig Deutsch kann."

Fünf Jahre, zehn Jahre, zwanzig Jahre, dreißig Jahre ... Wie viele Jahre noch? Dreißig Jahre vielleicht noch? Sein Vater ist uralt geworden. Manchmal verzweifelt sie, dann schließt sie sich ein zum Weinen. So ist sie wenigstens eine Weile sicher. Dann rüttelt er an der Tür. „Was schließt du dich ein? Seit wann schließt du dich ein vor mir? Hast du wieder Geheimnisse? Wer will Geld von dir? Diese Ausbeuter!"

„Nichts, Gotthold. Mir war ein bißchen schlecht."

„War dir schlecht? Siehste, habe ich dir nicht gesagt, du

sollst den Gurkensalat nicht abends essen? Mir bekommt so was nie."

Ja, sie verzweifelt ..., aber sie verzweifelt zehn Minuten ..., wenn es hoch kommt, eine halbe Stunde. Ihr ist eben eingefallen, als sie das letztemal beisammen waren, hat die Schwiegertochter einen so häßlichen Jumper getragen, sie wird ihr einen hübschen Jumper stricken, rasch Wolle, rasch los, acht Tage acht Stunden gestrickt, die Augen tun ihr weh ...

„Tun sie dir auch richtig weh? Ich habe dir ja gesagt ..." Aber es muß rasch gehen. Sie freut sich schon auf die Freude der Schwiegertochter. Fertig, zur Post, abgesandt. Sie wartet drei Tage, eine Woche, drei Wochen, dann kommt eine Karte: „Herzlichste Grüße vom herrlichen Ostseestrand. Helga. Hans. P. S. Der Jumper ist sehr nett."

Aber sie hat längst etwas anderes. Ihr ist etwas eingefallen. Da haben sie nun das kleine halbe Zimmer für etwaige Besuche, aber nie kommt jemand zu Besuch. Sie wird Gottholds Bett da hineinstellen, sie wird ihr Schlafzimmer für sich haben. Seit dreißig Jahren hat sie keine Nacht allein geschlafen.

Natürlich wird er nie einwilligen. Nächtelang liegt sie, überlegt. Da ist ihre Schwester in Lüneburg. Sie muß Gotthold dringend auffordern, zu kommen. Eine Vermögensberatung. Er ist ja der Bankfachmann der Familie. Sie muß ihn zwei, drei Tage festhalten.

Unterdes wird sie mit einem Mann die Möbel umstellen. Sie wird sie so umstellen, daß er sie nicht allein zurückkriegt. Dazu ist er zu schwach. Er wird fluchen, schimpfen, brüllen, aber einen Mann nimmt er sich nicht zu Hilfe, dazu ist er zu geizig. Übrigens wird er gar nicht auf diese Idee kommen. Zuerst wird sie die Tür zwischen den beiden Zimmern auflassen, später anlehnen, dann einklinken, schließlich zusperren. O Gott, sie wird wieder allein schlafen, wie vor dreißig Jahren. Sie träumt, sie phantasiert. Wie vor dreißig Jahren. Lieber Gott, es kann alles noch gut werden, ziemlich gut. Sie kann wenigstens nachts allein sein, wie vor dreißig Jahren ...

Zweikampf im Weizen

Auf Rittergut Bredenau hatten wir einen Inspektor, der hieß Schönekerl, und einen Eleven namens Edmund Ranft. Manchmal stimmt es mit den Namen, manchmal stimmt es nicht, hier stimmte es. Inspektor Schönekerl war ein Kerl von einem Mann, groß und stark, mit einem roten, blühenden Gesicht, einem Nacken wie ein Stier und einer Stimme wie ein Nebelhorn. Der Edmund Ranft dagegen stellte sich dar als ein schmächtiger Jüngling, blaß, mit braunen Augen und braunem Haar, ein halbes Mädchen. Unnötig zu sagen, daß die beiden sich nicht riechen konnten.

Nun ist ein Inspektor ein großer Mann, ein hochgestellter Mann, er hat Befehlsgewalt über achtzig Leute oder hundert oder zweihundert (darunter die Eleven) – ein Eleve aber ist ein Garnichts, eine Art Renntier, er hat zu laufen, wenn der Inspektor ruft, zu springen, wenn er brüllt, das Maul zu halten, wenn er donnert. Der Inspektor konnte seinen Ranft fein merken lassen, daß er ihn nicht riechen konnte, der Eleve dagegen hatte stille zu sein und höflich zu tun und Knickschen zu machen und nichts als zu parieren.

Inspektor Schönekerl genierte sich keinen Deut, er schickte Ranft um drei Uhr morgens in den Pferdestall, dann ließ er ihn in der Mittagspause auf den Futterboden gehen und Säcke nachzählen und wartete nur ab, bis abends Ranft um neun erschlagen in seiner Klappe lag, um ihn zu einer kalbenden Kuh zu schicken. Wir sagten zu Ranft: „Mensch, such dir eine andere Lehrstelle. Hier hältst du es nicht durch.“ Aber das sanfte Mägdlein Ranft hatte

Energie. „Keine Bohne", sagte er. „Den Spaß soll ich dem machen –? So blau!" Und lief weiter und sprang und machte seine Dienerchen und dachte, er schaffte es.

Er hätte es vielleicht auch geschafft, denn innerlich war er dem dicken Schwein von Inspektor weit überlegen, wenn nicht die Sache mit Wrunka gekommen wäre. Ich weiß nicht, wie Wrunka wirklich hieß, ob Wrunka überhaupt ein Name ist, genug, sie kam aus dem Schlesischen zu uns und wurde unsere Meieristin. Die vorige Meieristin hatte Rosinen im Kopf gehabt, sie hatte Besitzer und Inspektor rum und dumm geredet, bis wir aus unserer guten Milch piekfeinen Camembert machten, den uns nachher kein Mensch abkaufte (schließlich fütterten wir den Schweinen Camembert). Wrunka hingegen machte einen schlichten Backsteinkäse, einen Magerkäse, der nach nichts aussah, aber packte man ihn eine Woche in salzwassergetränkte Tücher, so wurde da ein Käse draus – kurz, der Laden klappte.

Nun, Ranft hatte die Aufsicht beim Melken im Kuhstall, an den Kuhstall stößt die Meierei, in der Meierei wird die Milch abgegeben bei der Meieristin, Ranft hatte die Aufsicht beim Milchabgeben, und Wrunka sah ganz und gar nicht übel aus, eine dunkle Schönheit – und wie sie lachen konnte! Außerdem läßt sich der Name „Wrunka" verdammt zärtlich aussprechen, schon dieser Name ist die reine Verführung.

Warum Schönekerl sich auch mit dieser Geschichte zu befassen hatte, ist klar. Schönekerl hatte eine Frau, eine ständig verweinte, zitternde Frau, und zwei ständig geohrfeigte, brüllerische Kinder. Schönekerl war futterneidisch, und darum befaßte er sich mit der Sache: Eines frühen Morgens um fünf erfüllte er den Kuhstall mit dem Gebrüll einer Nebeltute, und Ranft wurde bei der Milch abgelöst. Kein Kuhstall, keine Meierei, keine Wrunka mehr, dafür Außendienst, auf den entferntesten Schlägen, beim Dungfahren und Getreidehacken, zwei Kilometer vom Hof, vier Kilometer vom Hof.

Man hat es ja in den Naturgeschichtsbüchern gelesen, ein Schmetterling wittert ein gefangenes Weibchen stundenweit und findet zu ihm, Tierlein gesellt sich zu Tierlein: Kaum war Inspektor Schönekerls Pferdeschwanz hinter der nächsten Waldecke verschwunden, so setzte sich Ranft in Trab und rannte zu seiner Wrunka, zweimal am Vormittag inspiziert kein Inspektor die Außenschläge. Die Leute grinsten und halfen dem Eleven noch, dazu ist ein Rittergut mit seinen Scheunen und Ställen und Schuppen eine unübersichtliche Sache, wenn der Inspektor vielleicht auch Feuer roch, Rauch und Flammen bekam er seit jenem Überfall im Kuhstall nicht mehr zu sehen.

Sicher aber roch er das Feuer. Unter des Inspektors Fenster lag ein großer Grasgarten mit vielen Obstbäumen, in andern Jahren hatten wir dort das Jungvieh getüdert. In diesem Jahr erging plötzlich die Order: „Der Schlappschwanz, der Ranft, kann noch immer nicht mähen. Ranft, Sie mähen den Grasgarten." – „Jawohl, Herr Inspektor", sagte Ranft und holte sich eine Sense.

Ranft stand im Grasgarten und befaßte sich mit der Mäherei. Es stand da ein schönes kräftiges Gras, gar nicht schwer zu mähen, aber darin hatte der Inspektor nun wirklich recht: Vom Mähen hatte Edmund Ranft keine Ahnung. Mal ging die Sense in die Erde, mal in einen Obstbaum, mal fielen auch ein paar Gräser um, und zuweilen tat sich oben das Fenster auf, und der Inspektor legte los. Ranft war am ersten Morgen grade dabei, seine Sense, die durch Erde, Stein und Baumrinde ewig stumpf war, zu wetzen, da ertönte von oben dies Gebrüll. Ranft paßte nicht auf, oder er kriegte einen Schreck, und schon lief es schön rot über seine Hand: Ranft hatte sich den Daumen durchgewetzt. Tief hinein in die Daumenkuppe, durch den halben Nagel ging der Schnitt.

Etwas blaß lehnte Ranft die Sense sacht gegen einen Baum, der Inspektor oben prustete los und warf das Fenster zu. Ranft ging auf den Hof und ließ sich den Daumen verbinden, der Inspektor aber erzählte in der Küche seiner verheulten Frau den Spaß und schickte Ranft dann von neuem an seine Mäherei. Am Abend hatte sich Ranft dann auch noch den andern Daumen durchgewetzt, aber das war kein Grund für Krankenurlaub. „Werden Sie lernen, Sie Roß, den Wetzstein richtig anzufassen. So faßt man einen Wetzstein an . . .!"

Im ganzen aber kamen weder Inspektor noch Eleve auf ihre Kosten bei dieser Mäherei. Ranft zwar lernte es mit der Zeit einigermaßen, aber sein „Jawohl, Herr Inspektor" klang gar nicht mehr so wie früher, und in unsern Kreisen führte er lästerliche Reden von „dem Schönekerl eins besorgen". Der Inspektor seinerseits entdeckte, daß auch ein unter seinen Fenstern arbeitender Ranft keine völlige Sicherheit bot, schließlich mußte er doch zweimal täglich aufs Feld reiten, und sicher fand sich immer so ein Aas, das dem Ranft einen Wink gab, die Luft sei jetzt rein.

Wie Wrunka selbst zu der ganzen Sache stand, das war schwer auszumachen, rein vom Liebesstandpunkt war Ranft sicher der bessere Partner und Schönekerl nur ein vollgesacktes Schwein, aber schließlich war der Inspektor derjenige, welcher . . . Welcher nämlich die Löhne auszahlte und die Milchtantieme berechnete und der einem armen, alleinstehenden, hilflosen Mädchen viel Schaden tun konnte. Wenn Schönekerl schon lange Feuer roch, so roch es in letzter Zeit der Ranft nicht weniger . . . „Wenn ich den Bullen mit der Wrunka erwische –!" drohte er düster.

Die Weizenernte kam uns in diesem Sommer nach einer vierzehntägigen Dürre wie ein Gewitter über den Hals, es war nicht nachzukommen, so rasch hintereinander wurde Schlag um Schlag reif. Binder und Ableger mähten vom Morgengrauen bis in die Nacht, aber es half alles nichts, schließlich mußte jeder, der nur eine Sense halten konnte, antreten zum Weizenmähen auf dem Großen Weisel.

Es war eine scheckige Mähmannschaft, die dort am frühen Morgen zusammenkam: junge Ochsenknechte und wacklige Altenteiler, der bucklige Schweinemeister, der Gutsschmied, zwei städtische Elektriker, die grade im Herrenhaus eine neue Lichtleitung legten, und natürlich auch mit uns jüngeren Beamten der Eleve Edmund Ranft.

„Na, nun ist es gut, Ranft, daß du im Grasgarten mähen gelernt hast", sagten wir.

„Ach rutsch!" antwortete Ranft wütend. Er sah nicht gut aus, das Ränftlein, er sah käseweiß aus, und seine braunen Augen wirkten schwarz, so finster sah er. Sicher war er wieder die ganze Nacht unterwegs gewesen, hatte hinter der Wrunka spioniert. Ob er nun wütend war, weil er was gesehen hatte oder weil er immer noch nichts gesehen hatte, gleichviel, er steckte so voll Wut, daß wir kein Wort weiter zu ihm sagten, sondern ihn seinem Mähen überließen.

Wir waren sie ja alle nicht mehr gewöhnt, diese Mäharbeit im schweren Winterweizen. Um sechs Uhr früh war es losgegangen, und um halb sieben schien uns die Frühstückspause um acht schon endlos fern, und als sie dann schließlich doch da war, wären die meisten von uns sicher ganz gerne wieder ins Bett gegangen, so weh taten die Knochen. Aber das Aas von Schönekerl war so schlau gewesen, uns einen richtigen Tagelöhner mitzuschicken, der das Mähen gewohnt war, und der stand Punkt halb neun wieder auf und sagte: „Na, denn man wieder los!" Und mähte uns voran, und wir mußten nach, es half alles nichts. Wir konnten es uns so leicht machen, wie wir wollten, wir konnten den Schwad so schmal nehmen, daß es eine Schande war, immer kam der Moment, wo man nicht mehr mitkam, wo der Hintermann brüllte: „Paß Achtung, Nachbar!", und seine Sense nur noch ein paar Zentimeter hinter unserer Hacke zischte. Und dabei brannte die Sonne wie ein höllisches Feuer, und unser Gaumen war trocken wie eine staubige Landstraße, und von Zeit zu Zeit wurde es schwarz in unserm Hirn, und wir dachten nichts mehr und mähten nur so hin in einem Taumel, und dann wurde plötzlich alles feuerrot, und wir dachten wieder: Ich kann nicht mehr! O Gott, wird es denn nie zwölf?

Aber erst einmal wurde es elf, und kurz nach elf kam der Inspektor Schönekerl zu uns auf den Großen Weisel geritten, Schönekerl, schön hoch zu Roß, in blütenweißem Hemd, rotbraun gebrannt . . ., und da brach er los wie ein Platzregen, als er unsere Mähleistung und unsere Mähkünste sah. Es prasselte nur so von „stinkenden Faultieren", von „Trotteln", von „Schlappschwänzen", von „Nachtmützen". Aber im Grunde hatten wir andern nicht viel auszustehen, er nahm sich gleich nach den ersten zehn Sätzen seinen Freund Ranft vor die Binde, und was der da zu hören bekam, war wirklich selbst für Schönekerl eine saftige Leistung.

Aber vielleicht hatte Ranft wirklich diese Nacht was zu sehen gekriegt, diesmal hielt er das Maul nicht, sondern sagte ganz vernehmlich: „Halt die Klappe, dämlicher Hund!"

„Wie?!" schrie der Inspektor, der vielleicht nicht ganz verstanden hatte oder sich nicht getraute zu verstehen.

„Hab gesagt, daß ich Sie noch nie habe mähen sehen", sagte Ranft brummig.

„Was?!" schrie der Inspektor, und nun ging es los: . . . in Ranfts Jahren . . ., und was so ein Schnösel sich einbildete . . ., und so ein Gewitschel und Gepritschel mit der Sense mache ihn krank . . . Und plötzlich brüllte er: „Weg, Stachu, nimm den Gaul! Mir die Sense! Dir wollen wir's zeigen, fauler Knochen! Du mähst vor und ich mäh nach . . . Und wehe dir –!"

Nun ging es los, und das mußte man schon sagen, eine feine Fahrt legte der Ranft vor, und einen Schwad nahm er wie der Stärkste, alles, was recht war. Ein Schlappschwanz war der Jüngling nicht, aber einen Rochus hatte er im Bauch, darum konnte er so mähen. Doch hinter ihm der Inspektor, der konnte auch mähen, und während der Ranft immer wortlos weiterzog wie eine Lokomotive, brüllte der Inspektor hinter ihm ununterbrochen: „Du fauler Hund, du! Dir will ich es zeigen! Nimm deine Haxen in acht, ich mäh dir deine Haxen ab! Bei den Mädels bist du ein Kerl, was, aber hier . . ."

Es war schon ein Theater, und wir gingen eigentlich nur so ein bißchen hinterher und fiddelten mit unsern Sensen, daß das Kind einen Namen hatte, und wünschten inbrünstig, daß der Ranft die Tour durchhielt bis oben an die Chaussee, wo wir anhalten mußten . . . Und er hielt durch, einen phantastischen Murr hatte der Bengel, und mit all seinem Geschrei und seinen Viechskräften war ihm der Inspektor nicht einmal näher als einen halben Meter auf die Pelle gerückt.

Da standen wir nun oben und wetzten unsere Sensen und gingen langsam wieder zurück zum Anfang des Schwads, und die ganze Zeit schimpfte der Schönekerl den Ranft und verhöhnte ihn. Der Inspektor sah blaurot angelaufen aus, der Schweiß lief nur so über sein Gesicht, und sein blütenweißes Hemd war klatschnaß. „Dir wollen wir's zeigen, du Schmachtlappen, dir will ich schon deine Haxen abmähen –!"

Dem Ranft ging die Brust auch wie ein Blasebalg, aber Farbe hatte er nicht ein Fitzelchen bekommen, und er konnte ganz ruhig sagen: „Haxen abmähen –! Mähen Sie mal vor, und ich will Ihnen die Haxen abmähen!" (Das „Herr Inspektor" sparte er sich schon.)

Er sagte das ganz leise und friedlich, aber uns blieb die Spucke weg, wir dachten, der Inspektor haute ihn mit einem Schlag zur Erde. Aber nichts davon. „Das versuch nur, du Weiberknecht", brüllte er. „Das versuch nur! Nicht auf einen Meter kommst du an mich, du Muttersöhnchen. Weg da, los, ich mäh vor!"

Und wieder ging es los, den endlosen Großen Weisel hinauf, vorne Schönekerl, hinten nach Ranft, und schließlich wir, ziemlich außen vor. Der Inspektor legte höllisch los, das hatte er nun doch gemerkt, daß es hier um seine Ehre und sein Ansehen ging, viel sagte er auch nicht mehr, nur manchmal schrie er noch: „Du Schwächling ..., Haxen ..., komm ran, wenn du eine Traute hast ..."

Und hinten nach der Ranft, nun, ich kann wieder nur sagen: wie eine Dampfmaschine, sicher hatte er überhaupt keine Ahnung, was er tat, mähte ganz mechanisch und sah nur vor sich die braunen schicken Reitstiefel von dem Schönekerl in der weißgelben Weizenstoppel. Die Sense zischte, und der Weizen seufzte leise, wenn er sich umlegte, und es war heiß zum Verrecken, und sicher war, daß Ranft aufholte, langsam und allmählich aufholte. Gegen solche Viechsmäherei kam eben auch der Schönekerl nicht an mit seinen Bärenkräften, weil er nicht die richtige innerliche Wut hatte, bei Schönekerl war es doch nur Geblubber.

Aber ebenso sicher ist es, daß Ranft den Schönekerl bis

zur Chaussee doch nicht eingeholt hätte, soviel gab auch die Wut nicht her, und oben wären sie beide ausgepumpt gewesen und hätten nichts mehr angeben können, also, das Rennen wäre sicher tot ausgegangen. Da aber reitet doch den Schönekerl der Teufel, er fühlt sich so sicher, er muß wieder mit Stänkern anfangen und dreht sich um und schreit: „Was nimmst du denn für einen Schwad, Hund, verfluchter, ist das ...

Oh ...", sagte der Inspektor plötzlich ganz sanft und leise.

Sein Mund war rund wie ein Osterei und blieb offen, die Sense rutschte ihm aus den Händen, und er sackte sanft hin auf die Erde.

Und „Oh ..." sagte auch Ranft und sah verblüfft seine Sense an, deren funkelnde Schneide einen breiten roten Streifen hatte. Und dann sah er und sahen wir nach dem Schuh des Inspektors, und der Schuh war aufgetan wie ein Mund, und es lief rot daraus ...

Wir standen alle atemlos, wie die Schafe, wenn's donnert, und nun war der Inspektor auch schneeweiß, genau wie der Ranft.

Aber dann richtete er sich auf, und eine ganz hübsche Portion von der alten Polterei lag schon wieder in seinem Ton, als er ein bißchen schwächlich sagte: „Hast du verdammter Trottel mir wahrhaftig die Haxe durchgemäht. Na, warte –!"

Aber Eleve Edmund Ranft wartete nicht mehr auf Weiteres. Er schmiß seine Sense hin, daß es klapperte, er schmiß Wetzstein und Leibriemen und das Wetzfaß dazu, auch er sagte: „Oh, ich verdammter Trottel –!" Und lief fort.

Als wir auf den Hof kamen mit dem verwundeten Inspektor, war er schon fort mit all seinen Sachen, nicht einmal der Wrunka hatte er adieu gesagt. Die hatte er sich gleich mit den Haxen, mit dem Elevenposten, mit den landwirtschaftlichen Aussichten, mit dem Durchhalten abgemäht auf alle Zeit und Ewigkeit.

Was der Inspektor Schönekerl sich über den Trottel noch amüsiert hat, trotz der durchgemähten Haxe –!

Schuller im Glück

Es ist Frühsommer, Junimond, der Wald steht im Grün, die Vögel flattern und singen, und durch diese Herrlichkeit wandert ein junger, blonder, gut gekleideter Mann so verdrossen, so mürrisch, so zerfallen mit sich und aller Welt, als sei es nebliger, nasser Herbst oder schneestürmender Winter.

Der junge Mann ist ein Schneidergesell aus der alten Stadt Halle an der Saale, aber nicht rechtliche Wanderschaft hat ihn in diese schönen pommerschen Wälder geführt, sondern es ist schon lange, daß Willi Schuller sich auf die liederliche Seite gelegt hat. Und nun sind die Greifer hinter ihm her, und abseits jeder Eisenbahn, jedes manierlichen Menschen, jeder glückbringenden Aussicht wandert er ziellos dahin, ohne Geld, mit Kohldampf.

Der Wald will nicht enden und der Magen nicht schweigen, immer dunkler wird das Gesicht des Willi Schuller – nun stolpert er auch noch über eine Wurzel, und mit einem Fluch setzt er sich in das Waldmoos.

Aber es ist, als hätte dieser Fluch eine Antwort gefunden, ein melancholisches Muh ertönt, nun knackt es in den Zweigen, der Wanderer springt auf, durch das Haselgebüsch schiebt sich ein weißstirniger Kopf, und Kuh und Wandersmann sehen einander an.

„Muhtsche", bricht zuerst der Schuller das Schweigen. „Komm, meine gute Muhtsche! Komm, meine liebe Muhtsche!"

„Muh", sagt die Kuh und kommt. Warum dieses Rindvieh hier allein wie er im großen Wald spazierengeht, sieht der Schuller nun auch, sie ist irgendwo durchgebrannt, der Strick vom Zaun hängt zerrissen. Doch er sieht noch etwas anderes: daß das Euter prallvoll ist, und wenn er auch der neuen Freundin noch nicht so weit traut, daß er sich direkt unter sie legt, auch in einen Filzhut kann man melken. Und so strippt und strullt er sich denn nach bestem Können eine kräftige Mahlzeit in den Hut. Die Kuh steht still, der Magen sagt ja zu der Mahlzeit und da capo. Das läßt sich machen, auch die zweite Mahlzeit wird verdrückt, und plötzlich sieht die Welt ganz anders aus: Der Wald ist nett, und die Vögel sind nett, und der stille Weg ist eigentlich auch nett. Besser jedenfalls, als gingen Gendarmen darauf.

Willi Schuller sieht die Kuh etwas zweifelhaft an. Dann schwenkt er den Hut, daß die letzten Milchtropfen spritzen, sagt lustig-verlegen: „Guten Tag und danke schön, Mühtsche" und nimmt seinen Weg wieder unter die Füße. Die Kuh antwortet „Muh" und hat denselben Weg. Schuller geht hastiger, die Kuh hat es auch eilig. Schuller bleibt stehen. „Gehst du weg, Muhtsche!" Die Kuh sieht ihn an. Als er weitergeht, streckt sie ihm gleich den Kopf über die Schulter, daß sie auch in Kontakt bleiben. Und weil das lästig ist, faßt er sie beim Strick und denkt bei sich: Vielleicht verdiene ich mir als Finderlohn Mittagessen und ein Nachtquartier.

Nach einer Weile Wanderschaft lichtet sich der Wald, Schuller nebst Kuh sehen Felder vor sich, Wiesen, ein Flüßchen zwischen Weiden und Pappeln und rechter Hand einen Bauernhof. Auf einer Wiese am Weg steht der Bauer und mäht.

Schuller ist es nicht ganz gemütlich, mit der Kuh am Strick beim Bauern vorbeizugehen, er läßt den Strick so lang, wie es geht, als hätte er nichts mit dem Rindvieh zu tun, murmelt hastig „Guten Tag" und will weiter.

„He", ruft der Bauer.

Schuller marschiert eilig weiter.

„Holla!" ruft der Bauer. „Sie da! Das ist doch die schwarze Bleß vom Müller?"

„Ja?“ sagt Schuller dämlich und muß stehenbleiben, denn die Kuh ist stehengeblieben.

„Will er sie nun doch verkaufen?“ fragt der Bauer. „Bringst du sie auf den Markt nach Pyritz?“

„Ja“, sagt Schuller.

„Du bist wohl der neue Müllerbursche? Was will er denn für haben?“

„Dreihundert . . .“, sagt Schuller und schwitzt.

„Der Esel! Der Dickkopf!“ schimpft der Bauer. „Und mir hat er sie dafür nicht lassen wollen!“

„Guten Tag“, sagt Schuller und zieht an dem Strick.

„He!“ ruft der Bauer wieder. „Holla! Für dreihundert nehme ich die schwarze Bleß auch, und du sparst den Weg auf Pyritz. Und ein Schwanzgeld kriegst du obendrein.“

„Wieviel?“ fragt Schuller.

„Zehn“, sagt der Bauer.

„Fünfzehn“, verlangt Schuller.

„Ist gemacht“, sagt der Bauer, und sie geben sich die Hand.

Nachher, in der Bauernstube, nachdem der Schuller die Dreihundertfünfzehn in Empfang genommen hat, steht der Bauer nachdenklich und dreht ein Fünfmarkstück in der Hand. „Du“, sagt er zögernd. Der Schuller schweigt. „Du sparst doch den Weg auf Pyritz, ja?“ fragt der Bauer.

„Ja“, sagt der Schneider.

„Du könntest mir einen Gefallen tun, und ich geb dir fünf Mark. Ich hab meinen Braunen an den Bauern Scheel in Puttgarten verkauft – möchtest du ihn dem nicht hinbringen?“

„Ja . . .“, meint Schuller zögernd.

„Es ist knapp eine Stunde Weg. Du mußt nur aufpassen, daß der Müller dich nicht sieht. Weil er doch denkt, du bist auf dem Markt . . .“

„Meinethalben“, läßt sich Schuller erweichen.

„Ja – und paß auf, daß der Müller dich nicht sieht. Der wollte auch gerne den Braunen kaufen, aber der Scheel zahlt dreihundertfünfzig.“

„Ich laß mich nicht sehen“, sagt Schuller und reitet ab.

Wie er in den Wald reitet, fängt er an zu pfeifen, dreihundertzwanzig Eier in der Tasche und von Schusters Rappen auf den Braunen gekommen. Der Magen satt, der Beutel satt – es ist eine vergnügliche Welt.

Aber dann hört Schuller wieder mit Pfeifen auf, der Braune macht behutsam Bein für Bein trapp-trapp, und Schuller denkt nach.

Eine Weile später kommt der Kreuzweg, wo es zur Wassermühle links und nach Puttgarten zum Scheel rechts geht. Schuller reitet links ab. Es kommt ein Wiesentälchen im Wald, wieder sieht der Schneider das Flüßchen mit seinen Weiden und Pappeln, und da ist auch schon das rote Dach der Mühle. Schuller steigt ab, klopft gegen ein Fenster und ruft: „Hallo!"

Die Tür tut sich auf, und der Müller kommt heraus. „Na?" fragt er und betrachtet sich Roß und Reitersmann.

„Guten Tag", sagt Schuller und läßt dem Müller alle Zeit, sich den Gaul gründlich anzusehen.

„Wie kommt denn Vossens Brauner zu dem Reiter?" fragt der Müller.

„Ich bin Schneider", sagt Schuller und lügt einmal nicht.

„So", sagt der Müller.

„Ich bin aus der Verwandtschaft von Voß", sagt Schuller und gerät dabei wieder in sein richtiges Lügen-Fahrwasser.

„So", sagt der Müller wieder. „Und was hat der Braune damit zu tun?"

„Mein Onkel muß eilig was zahlen", erzählt Schuller. „Und da läßt er fragen, ob Sie den Braunen jetzt für Dreihundert wollen?"

„Na ja", sagt der Müller und denkt nach. Er denkt lange nach, dann sagt er: „Zweihundertfünfzig."

Schuller sagt nur „Nein" und macht Anstalten, wieder auf den Gaul zu kraxeln.

„Halt!" ruft der Müller. „Wo willst du denn nun hin?"

„Zum Scheel nach Puttgarten", sagt der Schuller bloß.

„So, also zum Scheel. Na also, dreihundert, meinethalben, aber ein Schwanzgeld kriegst du nicht."

„Aber . . .", sagt Schuller.

„Kriegst du nicht", sagt der Müller. „Bind den Gaul an und komm rein, daß ich dir das Geld gebe."

Schuller hat sein Geld eingestrichen und trinkt mit dem Müller einen Schnaps, da hört er draußen vor dem Haus Weibergeschrei und Gekreisch, und eine dicke rote Frau kommt in die Stube gestürzt und weint: „Oh, Vadding, Vadding! Use Kauh is weg! Use Bleß is weg!"

Dem Schneider wird es heiß und kalt.

„O verdammt!" schreit der Müller. „Hast du doch keinen neuen Tüderstrick genommen?! Da soll doch der Henker –! Unsere beste Kuh –!"

Die Frau weint, der Müller flucht, da sagt Schuller: „Ihre Kuh ist weg? Ich weiß, wo die ist."

„Was . . .?" sagen die beiden und sperren Nase und Mund auf.

„In Onkel Vossens Klee hat sie gestanden", berichtet Schuller. „Da hat sie der Onkel gepfändet wegen dem Feldschaden . . ."

„Meine Bleß gepfändet!" schreit der Müller. „Der olle düsige Voß und meine Bleß pfänden! Da soll doch das Wetter . . .!"

Stürzt aus dem Haus, springt auf den Braunen, klappert die Straße runter, schreit zum Schuller: „Du kommst gleich nach, du! Du bist Zeuge . . ." Weg ist der Müller um die Waldecke.

Der Schuller ist lieber nicht nachgekommen. In einer Waldecke hat er die Marie gezählt, und vor Lachen hat er sich immer wieder verzählt, wenn er sich ausgemalt hat, wie Müller und Bauer sich wegen Kuh und Pferd auseinandergesetzt haben . . . Müller mit Vossens Braunem, Bauer mit Müllers Bleß, und so rechtlich beide bezahlt . . . Schuller lachte noch lange.

Später aber, vorm Richter, der auch hat lachen müssen, hat der Schuller wieder gesagt: „Es ist alles von selbst gekommen, Herr Richter, ich hab nichts dazu getan. Man muß nur das Genie haben, dann hat man auch einen glücklichen Tag. Getan hab ich nichts dazu . . ."

Der Richter ist anderer Meinung gewesen.

Fünfzig Mark
und ein fröhliches Weihnachtsfest

Wir waren frisch verheiratet, Itzenplitz und ich, und hatten eigentlich gar nichts. Wenn man sehr jung ist, dazu frisch verheiratet und sehr verliebt, macht es noch nicht viel aus, wenn man „eigentlich gar nichts" hat. Gewiß, manchmal kamen so kleine seufzerische Anwandlungen, aber dann war immer einer von uns, der lachend sagte: „Es braucht ja nicht alles auf einmal zu kommen. Wir haben doch alle Zeit, die Gott werden läßt . . ." Und die kleine Anwandlung war vorbei.

Aber dann erinnere ich mich doch an ein Gespräch, das zwischen uns im Stadtpark geführt wurde, wo Itzenplitz aufseufzend sagte: „Wenn man doch nicht immer gar so sehr mit dem Pfennig rechnen müßte –!"

Ich hatte keinen rechten Begriff von der Sache. „Na und?" fragte ich. „Was dann –?"

„Dann würde ich mir was anschaffen", sagte Itzenplitz träumerisch.

„Und was denn zum Beispiel?"

Itzenplitz suchte. Sie mußte wirklich erst suchen, ehe sie sagte: „Zum Beispiel ein Paar warme Hausschuhe."

„Ach nee!" sagte ich ganz verblüfft und war völlig außer Fassung über meines Weibes Elisabeth (wurde Ibeth, wurde Itzenplitz) Sinnen und Trachten. Denn wir führten dies Gespräch im Hochsommer, die Sonne prallte, und was mich anging, so gingen meine Wünsche in diesem Augenblick nicht weiter als zu einer kühlen Brause und einer Zigarette.

Doch müssen als Niederschlag dieses Hochsommergesprächs dann unsere Weihnachtswunschzettel entstanden sein. „Weißt du, Mumm", hatte Itzenplitz gesagt und energisch ihre lange, spitze Nase gerieben, „wir sollten jetzt schon anfangen, jeden Wunsch, der uns einfällt, aufzuschreiben. Nachher zu Weihnachten geht alles in einer Hatz, und man schenkt sich womöglich etwas ganz Dummes, was man nachher nicht braucht."

Auf einen Zettel aus meinem Abonnentenwerbeblock schrieben wir also den ersten Weihnachtswunsch: „Ein Paar warme Hausschuhe für Itzenplitz", und darunter, weil es doch streng gerecht bei uns zugehen sollte, setzte ich nach vielem Stirnrunzeln und Nachdenken: „Ein gutes Buch für Mumm!" Mumm bin ich. „Fein", sagte Itzenplitz und fixierte den Wunschzettel so begeistert, als könnten sich aus dem Papier Hausschuhe und Buch stracks loslösen.

Und dann wuchs unser Wunschzettel aus dem Hochsommer in den Spätherbst, in den ersten Schlackerschnee, in die ersten weihnachtlichen Schaufenster, wuchs, wuchs ... „Das macht gar nichts, daß so schrecklich viel darauf steht", tröstete Itzenplitz. „Dann haben wir die Auswahl. Eigentlich ist es doch mehr eine Streichliste. Kurz vor Weihnachten streichen wir alles, was nicht geht, jetzt haben wir das Wünschen doch noch frei." Sie dachte nach und sagte: „Wünschen kann ich mir doch, was ich will, nicht wahr, Mumm?"

„Ja", sagte ich leichtsinnig.

„Schön", sagte sie, und schon schrieb sie, schon stand da: „Ein bleuseidenes Abendkleid (ganz lang)." Sie sah mich herausfordernd an.

„Na, weißte, Itzenplitz", bemerkte ich.

„Wünschen ist frei, hast du gesagt."

„Richtig", stimmte ich zu und schrieb: „Ein Vierröhrenradioapparat" – dabei sah ich sie herausfordernd an. Und dann gerieten wir in einen heftigen, mit ungeheurem Scharfsinn geführten Streit, was wir nötiger brauchten, Abendkleid oder Radio – und wußten beide ganz genau, daß weder das eine noch das andere in den nächsten fünf Jahren auch nur in Frage kam.

Aber das alles war viel, viel später, vorläufig stehen wir beide noch im sommerlichen Stadtpark und haben unsere ersten beiden Wünsche aufgeschrieben. Ich habe schon ein paarmal Itzenplitz' Nase erwähnt, „Entenschnabel" sage ich manchmal auch dazu. Also mit dieser Nase wittert sie immer herum, und dazu hat sie die raschesten Augen von der Welt. Sie fand immerzu was, und so rief sie auch in diesem Augenblick: „Da ist er ja! Oh, Mumm, da ist unser erster Weihnachtsgroschen!" Und sie stieß ihn mit der Fußspitze an.

„Weihnachtsgroschen?" fragte ich und hob ihn auf. „Dafür hol ich mir jetzt im Schützenhaus drei Zigaretten."

„Gibst du ihn her! Der kommt in unsere Weihnachtssparbüchse!"

Lauter neue Dinge. „Hast du denn eine Sparbüchse?" fragte ich. „Nie so 'n Ding bei dir gesehen!"

„Ich find schon eine, du! Laß mich man suchen." Und sie sah sich unter den Parkbäumen um, als sollte das Suchen gleich losgehen.

„Wir machen es so", schlug ich vor. „Wir überschlagen uns, was wir uns zu Weihnachten spendieren wollen, sagen wir mal fünfzig Mark ... Bis Weihnachten gibt's noch sechsmal Geld, und da legen wir uns jedesmal acht Mark, nein, acht Mark fünfzig zurück. Und jetzt hole ich mir meine Zigaretten."

„Der Groschen gehört mir! Und überhaupt, so was Dummes und Ausgerechnetes wie deinen Quatsch eben, das ist eine stramme Leistung. Das machen wir ganz anders ..."

„Ach nee –? Wie denn?"

„Wenn wir sonntags vom Ausflug ganz müde sind und möchten mit der Bahn nach Haus fahren, dann nehmen wir die fünfzig Pfennig und latschen zurück, und je schwerer es uns fällt, um so schöner ist es ..."

„Wahrhaftig!" höhnte ich.

„Und wenn du 'ne Brause möchtest und ich Schokolade, und wenn wir sonntags Rouladen möchten und essen statt dessen saure Linsen – und überhaupt: ein ganz dummer Junge bist du! Und mit dir rede ich drei Tage kein Wort, und auf der Straße gehe ich nun schon überhaupt nicht mit dir . . .!“

Und damit ließ sie mich stehen und peste allein los, und ich ging langsam hinterher. Aber als wir nachher in die Stadtstraßen kamen, ging sie auf der einen und ich auf der andern Seite, als hätten wir nichts miteinander zu tun. Und nur wenn so ein richtiger dicker Haufe sonntäglicher Bürger daherkam, wurde ich furchtbar gemein und rief nach der andern Straßenseite hinüber: „Pssst! Frollein! Hören Sie doch mal, Frollein!“ Die Bürger machten Stielaugen, und sie kriegte ein rotes Gesicht und warf den Kopf wütend in den Nacken . . .

Aber einmal lief sie doch zu mir rüber, da war ihr eingefallen, daß wir ja eine leere Büchsenmilchdose hätten, nur mit den zwei Löchern drin, und da könnte ich doch mit dem Stemmeisen einen Schlitz reinhauen, und wir hätten eine knorke Sparbüchse. Wo es doch sogar Büchsenmilch „Glücksklee“ war . . .

„Großartig“, höhnte ich. „Wie das Geld wohl aussehen mag, wenn es ein halbes Jahr im Milchschlamm gelegen hat!“ Weg war sie, und: „Psst! Frollein!“ Sie war richtig auf achtzig.

Aber dann fiel *mir* was ein, und ich raste zu ihr rüber und schrie: „Hör mal, du, daran haben wir ja gar nicht gedacht, zu Weihnachten gibt’s doch fünfzig Mark Gratifikation!“ Erst wollte sie mich ja anfunkeln und fing schon an, wer mir Trottel wohl eine Gratifikation geben würde, aber dann überlegten wir den Fall doch ernsthaft und grübelten, ob es in diesem Jahr bei den schlechten Geschäften überhaupt eine Gratifikation geben würde, und vielleicht doch ja, beinahe sicher doch ja, und kamen zu dem Ergebnis: „Wir wollen so tun, als käme keine. Aber herrlich wäre es . . .!“

Nun muß ich aber noch berichten, wieso wir eigentlich so mit dem Groschen rechnen mußten und wovon wir eigentlich lebten, und was für Aussichten wir eigentlich mit der Gratifikation hatten. Es ist gar nicht so einfach, auseinanderzusetzen, was für eine Art Tätigkeit ich hatte, und ich muß heute selber den Kopf schütteln, und klar ist mir nicht mehr (so kurze Zeit das auch nur her ist), wie ich meine mancherlei Tätigkeiten miteinander vereinigte. Vormittags ab sieben jedenfalls saß ich erst mal auf der Redaktion eines Käseblättchens und machte die Hälfte des lokalen Teils voll, während mir gegenüber Herr Redakteur Preßbold saß und die ganze sonstige Zeitung mit Hilfe von Bildern, Matern, Korrespondenzen, Radio und einer sehr defekten Schreibmaschine füllte. Dafür bekam ich achtzig Mark im Monat, und das war unsere einzige feste Einnahme. War das aber überstanden, dann ging ich los auf Abonnenten- und Inseratenfang, dafür bekam ich Tantieme, eine Reichsmark fünfundzwanzig für jeden Abonnenten und zehn Prozent von jedem Inserat. Dazu hatte ich aber auch das Inkasso einer freiwilligen Krankenkasse (drei Prozent der Beiträge) und die Erhebung der Mitgliedsbeiträge eines Turnvereins (fünf Pfennig pro Mann und Monat). Und um die Sache recht zu krönen, fungierte ich auch noch als Schriftführer des Wirtschafts- und Verkehrsvereins, aber davon hatte ich nur die Ehre und die Spesen und die etwas nebulose Aussicht, daß die Herren mal was für mich tun würden, wenn sich grade mal was fände.

An Tätigkeit fehlte es also nicht, und das Betrübende an der ganzen Geschichte war nur, daß alle Tätigkeiten zusammen kaum soviel einbrachten, um Itzenplitz und mich am Leben zu erhalten – „was anschaffen" war Fremdwort. So manchesmal kam ich vergnittert und trostlos nach Haus, wenn ich den halben Tag umhergelaufen war, an fünfzig Türen geklingelt und keine fünf Groschen verdient hatte. Heut bin ich fest davon überzeugt (wenn sie's auch immer noch nicht wahrhaben will), daß Itzenplitz nur darum so voller aufreizender Einfälle war, um mich in Fahrt und damit auf andere Gedanken zu bringen.

Es muß so im Herbst gewesen sein, nasses Nebelwetter und mieseste Stimmung bei mir, und unsere Weihnachtssparbüchse hatte noch immer keine rechte feste Form angenommen, daß ich nach Haus kam und Itzenplitz mit einem Küchenmesser in der einen und einem der Länge nach durchgesägten Brikett in der andern Hand vorfand.

„Was in aller Welt machst du da?“ fragte ich erstaunt, denn sie war dabei, mit der Messerspitze dies halbe Brikett auszuhöhlen. Die andere Hälfte lag vor ihr auf dem Tisch.

„Still, Mumm!“ flüsterte sie geheimnisvoll. „Überall sind schlechte Menschen.“ Und sie zeigte mit dem Messer nach der nur mit Tapete überklebten Tür, hinter der jener Nachbar hauste, den wir unter uns nur Klaus Störtebeker nannten.

„Also, was ist los?“ Und nun erfuhr ich es denn im Verschwörerton, sie hatte das Brikett halbiert und wollte es aushöhlen und einen Schlitz reinmachen und mit Syndetikon wieder zusammenkleben, und das sollte unsere Weihnachtssparbüchse werden, und zwischen die andern Briketts wollte sie's stecken. Und ihre Augen funkelten vor List und Geheimnis, und ihre lange Nase schnüffelte mehr als je ... „Und vollkommen meschugge bist du!“ sagte ich. „Und außerdem, Weihnachten, der Heber hat gesagt, an eine Gratifikation ist dies Jahr überhaupt nicht zu denken, der Chef ist sooo, weil's Geschäft schlecht geht ...“

„Fein“, sagte sie, „erzähl mir alles schön der Reihe nach, damit ich richtig weiß, wer das Brikett am Weihnachtsabend an den Kopf kriegt.“

Ich habe schon berichtet, unser Redakteur war Herr Preßbold. Das war ein feiner Kerl, schnauzig, polterig, immer dicker werdend, aber zu sagen hatte er nichts, soviel er auch sagte. Zu sagen hatte alles Herr Heber, der die Kasse unter sich hatte und die Bücher führte und das Ohr des Großen Häuptlings besaß. Den Großen Häuptling bekamen wir kleinen Indianer nur alle halbe Jahr mal zu sehen, der karriolte ewig mit seinem Mercedes im Lande umher und hatte hier ein Sägewerk und da 'ne kleine Provinzzeitung und hier ein Zinshaus und da ein Gütchen.

Aber bei uns war seine rechte Hand Herr Heber, ein langschinkiger, dürrer, trockener Zahlenmann, und bei dem hatte ich eine Bohrung angelegt von wegen Weihnachtsgratifikation und fünfzig Mark, aber ich war nicht fündig geworden, im Gegenteil, er hatte sich bei mir erkundigt, ob ich denn schon vom ersten diesjährigen Frost was abbekommen hätte und ob ich 'ne Ahnung hätte, was das hieße, in einem Verlustbetrieb zu arbeiten, und ich sollte froh sein, wenn der Saustall nicht zu Neujahr zugemacht würde.

Und was das Schlimmste war, Preßbold, mit dessen Unterstützung ich fest gerechnet hatte, tutete auf demselben Horn und machte mir noch Vorwürfe wegen meiner Rosinen, ich sollte froh sein, wenn wir nicht abgebaut würden, und den Großen Häuptling bloß nicht reizen. Und während die beiden so auf mich einredeten, dachte ich, daß mir Verlustbetrieb und die Sorgen des Großen Häuptlings ganz piepe seien, und an meinem Auge rauschten die Wunschzettel vorbei, weggeweht wie vom Herbstwind, und es tanzten dahin die warmen Hausschuhe und das Abendkleid und das gute Buch mit der Weihnachtsente.

Ja, richtig, die Weihnachtsente, sie bietet mir Gelegenheit, eine neue Person (nur einmal flüchtig erwähnt) in meinen wahrheitsgetreuen Bericht einzuführen: unsern Nachbar hinter der Tapetentür, genannt Klaus Störtebeker. Wie Störtebeker richtig hieß, das haben wir wohl nie gewußt, er hatte jedenfalls die nördliche, wie wir die südliche Mansarde hatten. Er war ein richtiger schwarzer Mann, eigentlich kann ich ihn nur so zeichnen, daß ich berichte, daß er völlig schwarz wirkte: schwarze struppige Haare, schwarze wild funkelnde Augen und einen schwarzen strubbligen Bart. In der Stadt und namentlich bei der Polizei war er eine sehr bekannte und gefürchtete Persönlichkeit, weil er ein Säufer und ein Krakeeler war. Nebenbei war er noch Heizer im städtischen Elektrizitätswerk. Wir wohnten dicht bei dicht: Und wenn er sich im Bett umdrehte, hörten wir das, und so wird er denn von uns ja auch alles gehört haben.

Das mit der Ente jedenfalls hatte er gehört, das war auch eine Weihnachtsdiskussion zwischen uns gewesen. Bei ihr wie bei mir war im elterlichen Haus zu Weihnachten die Gans traditioneller Vogel gewesen, aber darauf gerieten wir nun doch bei der Debatte, daß eine Zwölfpfundgans („wenn sie weniger wiegt, sind's nur Haut und Knochen") für uns zwei beide etwas zuviel war. Also eine Ente, sozusagen Gans in Oktav statt Folio, grade das Richtige für zwei, aber wo kaufen und wie teuer . . .?

In diesem Augenblick erklang in Störtebekers Kammer ein Gebrüll, ein rauhes, unverständliches Gebrüll, und eine Minute darauf schlug eine Faust gegen unsere Tür. Schwankend, aber wild anzusehen wie ein Urwaldbiest, direkt aus dem Bett, so stand Störtebeker in unserer Tür, nur in Hemd und Hose, die er mit einem strammen Griff der linken Hand hochhielt. „Besorg ich euch, den Weihnachtsvogel", krächzte Störtebeker und funkelte uns an.

Wir waren ziemlich erschrocken und verlegen. Itzenplitz rieb sich die Nase und murmelte immerzu nur was von „sehr freundlich" und „sehr liebenswürdig", und ich versuchte einen Sermon, daß wir noch nicht völlig entschlossen wären, vielleicht käme doch eine Gans in Frage oder ein Truthahn . . .

„Dussels!" brüllte Störtebeker und schmiß die Tür, daß der Kalk von der Decke flog.

Er muß uns aber unsere „Dusselei" trotzdem nicht übelgenommen haben, das Entenangebot erneuerte er zwar nicht, aber als er eine Woche vor Weihnachten Itzenplitz auf dem Vorplatz traf, wie sie versuchte, aus zwei Brettern einen Tannenbaumfuß zusammenzuhämmern, nahm er ihr die Bretter fort und erklärte: „Mach ich. Hab ein gehobeltes Brett beim Kessel. Schenk ich euch zu Weihnachten. Prima Fuß."

Aber das ist schon wieder vorgegriffen, eigentlich sind wir noch bei der Gratifikation. Mein erster Angriff also war abgeschlagen, und gewissermaßen zum Troste unternahmen wir nun eine Überprüfung unserer Finanzlage, stellten fest, was wir denn nun eigentlich seit dem großen Weihnachtssparentschluß beiseitegebracht hatten. Das war gar keine so einfache Feststellung, denn Itzenplitz hatte ein ganzes System von Einzelkassen: Wirtschaftsgeld, Taschengeld, Mumms Geld, Kohlenfonds, Neuanschaffungskasse, Mietefonds und Weihnachtskasse. Und da in fast allen Schachteln und Schächtelchen entsprechend unserer Finanzlage meistens Ebbe herrschte, schliefte das bißchen Geld, das da war, wie ein Dachs aus einer Kasse in die andere, und anzusehen war dem Rest nicht, in welche Kasse er gehörte.

Itzenplitz rieb viele Male ihre immer röter werdende Nase, legte hierhin und dorthin, nahm weg, tat zu, während ich am Ofen stand und sarkastische Bemerkungen machte. Schließlich schien festzustehen, daß der Weihnachtsfonds innerhalb dreier Monate auf sieben Mark fünfundachtzig angeschwollen war, vorausgesetzt, daß die Briketts bis zum Ersten reichten. Falls nein, gehörten noch zwei Mark fünfzig in den Kohlenfonds.

Wir sahen uns an ... Aber es kommt kein Unglück allein, und so tauchten ausgerechnet in diesem Moment vollständiger Pleite in Itzenplitzens Hirn erstens Schwiegermama, zweitens Tutti und Hänschen auf, Nichte und Neffe –: „Mama und den Kindern habe ich doch immer was zu Weihnachten geschenkt. Das muß gehen, Mumm!"

„Bitte, bitte ..., aber wenn du mir verraten möchtest, wie –?"

Itzenplitz verriet es nicht, sondern tat etwas Geniales, sie holte mich mal wieder ab vom Käseblättchen und spann dabei den ollen, langweiligen Knochen von Heber in eine geradezu hinreißende Unterhaltung. Ich sehe ihn dort noch sitzen mit seinem langen, betrübten Pferdegesicht, ordentlich mit ein bißchen Rot auf den Backen, sitzen an der einen Seite der Schranke in der Expedition, Itzenplitz auf unserm einzigen Rohrstuhl auf der andern Seite der Schranke, Itzenplitz in Glacéhandschuhen und ihrer rotgetupften, weißseidenen Bluse zum Trägerrock, in ihrem billigen Sommermäntelchen. Und sie packte aus, sie plauderte, sie brabbelte, sie schwätzte, sie klönte! Sie gab ihm das Gift, das er haben wollte, sie fütterte sein olles, verstocktes Junggesellenherz mit Klatsch, sie erfand vom Fleck weg, sobald nur ein Name fiel, die schönsten Geschichten. Sie klatschte über Leute, die sie nie gesehen, verlobte, entlobte, es war ein Wirbel, setzte Kinder in die Welt, ließ Erbtanten sterben, aber die Köchin von Paradeisers –!

Und in Hebers alte, glupsche Fischaugen kam richtiges Leben, seine Knochenfaust schmetterte auf die Schranke. „Von dem habe ich mir das doch immer gedacht –! Nein, so was!!“ Und sachte, sachte pirschte sie sich von der Liebe ins Geld, von den teuren neuen Gardinen bei Spieckermanns, wie die das könnten, und wir könnten es jedenfalls nicht, und bei Leisegangs sollte es auch wackeln, aber hier sähe es ja, Gott sei Lob und Dank, glänzend aus, kein Wunder, bei der Geschäftsführung –: „Und überhaupt rechnen wir fest darauf, daß Sie beim Chef ein gutes Wort für uns einlegen wegen der Weihnachtsgratifikation. Herr Heber, Sie können's erreichen . . .“

Sie saß da, leergepumpt, aber ihre Augen hatten förmlich einen Strahlenkranz von Eifer und Entzücken und Beschwörung – und ich konnte nicht anders, ich schlich mich hinter sie und stieß sie drei-, viermal mit den Knöcheln in den Rücken, um ihr meine Begeisterung merklich zu machen. Aber das olle lange Ekel von Heber war natürlich keine Spur gerührt, er räusperte sich nur trocken und erklärte mit erhobener Stimme und einem Seitenblick auf mich, er wüßte schon Bescheid und mit Speck finge man Mäuse, ihn aber nicht, und wer sich die Pfoten verbrennen wollte, der möchte nur immer selbst zum Chef gehen, bitte schön –!

Es war eine vollkommene, schmähliche Niederlage. Mit kläglichem Gestammel flohen wir aus der Expedition, und Itzenplitz tat mir schrecklich leid. Mindestens fünf Minuten sagte sie kein Wort, sondern schnüffelte nur kummervoll vor sich hin, so zerschmettert war sie.

Aber wie dem auch sein mochte, wie tief auch die Aussichten auf Gratifikation stehen und wie düster unser Weihnachtsausblick auch sein mochte – am 13. Dezember schneite es in diesem Jahr zum ersten Mal. Es war ein richtiger trockener Kälteschnee, der auf gefrorenen Boden fiel und da liegenblieb, und wir hielten es natürlich nicht aus, sondern liefen los in Frost und Gestöber.

Gott, die kleine, olle, langweilige, geduckte Kleinstadt –! Die Gaslaternen brannten im Schneegestöber für gar nichts, und in unserer Vorstadtstraße liefen die Leute wie blasse Schemen einher. Aber dann kamen wir in die Breite Straße, und alles war strahlend hell von den vielen Schaufenstern. Und die ersten Weihnachtskerzen (olle elektrische) brannten, und wir lehnten mit den Köpfen gegen die Scheiben und diskutierten dies und zeigten uns das. „Sieh mal, das wäre grade für uns richtig!" (Siebenundneunzig Prozent der ausgestellten Sachen waren grade für uns richtig.)

Und dann war da das alte gute Feinkostgeschäft von Harland, und eine Welle von Leichtsinn hob uns, und wir gingen hinein und kauften ein halbes Pfund Haselnüsse, ein halbes Pfund Walnüsse, ein halbes Pfund Paranüsse. „Nur, damit es ein bißchen weihnachtlich wird bei uns. Nußknakker brauchen wir nicht, wir knacken zwischen der Tür." Und dann kamen wir zu der Buchhandlung von Ranft, und siehe, da war etwas Herrliches: „Buddenbrooks" für zwei Mark fünfundachtzig ... „Und, sieh mal, Itzenplitz, die haben sicher bisher zwölf Mark gekostet und jetzt zwei Mark fünfundachtzig, das sind doch bar gespart neun Mark fünfzehn ... Und es muß doch was an Inseraten zu Weihnachten einkommen!" Und wir kauften die „Buddenbrooks" und kamen zum Kaufhaus von Hänel und gingen hinein, bloß um mal zu sehen, was für Mutter und Tutti und Hänschen in Frage käme, und wir kauften für Mutter ein Paar schwarze, sehr warme Handschuhe (fünf Mark fünfzig) und für Tutti einen Ball, phantastisch groß, für eine Mark, und für Hänschen einen Roller (eine Mark fünfundneunzig). Und noch immer trug die Woge und hob uns, und noch sehe ich Itzenplitz unter dem Gewimmel von Käuferinnen vor einem Spiegel stehen und den kleinen weißen Kragen auf ihrem Mantel probieren, mit so einem ernsten, glücklichen Gesicht (welch glücklicher Ernst!) –: „Und etwas schenkst du mir ja doch zu Weihnachten, nicht wahr, Mummimännchen, und später ist vielleicht der Kragen nicht mehr da – ist er nicht süß?"

Es schneite noch immer, als wir nach Haus wanderten, wir gingen dicht eingehängt, ihre Hand in der Ulstertasche bei meiner, und richtig wie richtige Weihnachtskäufer waren wir mit Paketen behängt. Und waren unglaublich glücklich, und die Inserate würden schon kommen ...

Aber während zu Haus Itzenplitz die Bratkartoffeln zum Abendessen fertigmachte, packte ich, der ich ein ordentlicher, beinah pedantischer Mann bin, die Pakete aus und legte die Einkäufe zusammen, und dann steckte ich das ganze Einwickelpapier in unsern kleinen Kochofen, genannt Brüllerich, und er brüllte auf und prasselte. Wir waren so glücklich beschwingt über unsere Bratkartoffeln, und plötzlich sprang Itzenplitz auf und rief: „Sei nicht bös, Mumm, ich muß und muß mal schnell den kleinen süßen Kragen anprobieren!"

Ich gewährte es, aber – wo war der Kragen? Und wir suchten, nein, nein ... „O Gott, du hast ihn sicher mit dem Einwickelpapier verbrannt!" – „So blöd werd ich sein, Kragen zu verbrennen, gar nicht mitgebracht hast du ihn ..." Und sie riß den Ofen auf und starrte in die Glut, starrte, starrte („er war sooo süß"), ich aber raste los und drang in das geschlossene Kaufhaus und ängstigte müde Verkäuferinnen beim Zusammenpacken um ein verschwundenes Paket und ging langsam, langsam wieder nach Haus ... Und bedrückt und still schlichen wir umeinander herum, bis es Schlafengehzeit war ...

Aber immer wieder wird es Morgen, man wacht auf, und noch liegt der Schnee, blinkend und strahlend unter dem klaren Winterhimmel. Und ein Kragen ist nicht die Welt –: „Warte nur, wieviel Kragen wir uns noch in unserm Leben kaufen können ..." – „Wir sind die Richtigen, haben's ja dazu, mit Kragen für drei Mark zu heizen –!"

Doch es war nun der Vierzehnte, und zwei mal sieben ist zweimal meine Glückszahl, und ob ich nun besonders früh auf die Zeitung kam oder ob die olle Lenzen verschlafen hatte, jedenfalls spukte sie da noch rum bei ihrer Reinmacherei, unsere olle Lenzen, ein Reibeisen, mit einem Gesicht wie ein Reibeisen, die neun Kinder großgezogen hatte, unfaßbar wie, aber alle taten nicht gut und ließen lieber ihre olle Mutter für sich arbeiten, als daß sie einen Finger krumm machten.

Und die olle Lenzen erzählte mir krächzend und spukkend, wie sie bei Hesses im Schokoladengeschäft – da machte sie auch rein – einen großen Weihnachtsmann aus Schokolade geschenkt bekommen hatte ... „Bald 'nen halben Meter hoch, war ja man bloß hohl, aber was hätten meine Enkelkinder für 'nen Spaß gehabt! Und ich stell ihn auf das Vertiko und hab all die Tage meine Freude dran, und wie ich ihn heute beim Staubwischen anfasse, da hat doch das Aas, die Friedel, meine Jüngste, die jetzt in die Spinnerei geht, der verfressene Balg, hat sie doch von hinten den ganzen Weihnachtsmann aufgefressen, nur noch das bißchen Vorderseite ist da ... Hatte 'ne Vase hintergestellt, daß er bloß nicht umfällt ..." Sie krächzte, schnaubte, röchelte gradezu vor Wut. „Aber warte, wenn ich von Heber meine zwanzig Mark zu Weihnachten kriege, nicht einen Pfennig kriegt sie ab, und wenn sie mir das ganze Weihnachtsfest rumtückscht, daß sie nicht zu Tanz gehen kann ..."

Wozu ich bemerkte, daß es dies Jahr mit den Heberschen Gratifikationen wohl Essig sein würde. Aber die olle Lenzen ..., ein Pulverfaß, wie sie spuckte und spie! „Dem werde ich es zeigen, dem Jammerknochen, dem elenden! Der soll von mir noch was zu hören bekommen! Zu Weihnachten kein Geld? Ach, hauen Sie doch bloß ab, Herr Mumm! Glauben Sie, der Olle kippt einen Klaren weniger wegen der schlechten Geschäfte? So blau! Aber immer auf die kleinen Leute! Der soll was hören!"

Und Heber bekam zu hören. Da stand sie, die Lenzen, grauslig anzuschauen, zerschlissen, verschabt, verrunzelt, und sie gab an ... Der Lärm zog sogar Preßbold aus seiner Höhle, und seltsam, dieser selbe Preßbold, der mich schnöde im Stich gelassen hatte, jetzt, da die Lenzen loslegte, gab auch er Töne von sich, sachte Begleitmusik: „Richtig finde ich es ja auch grade nicht, Heber ..." Und: „Da hat Frau Lenz ganz recht ..."

Bis Heber, kalkweiß vor Wut, ausbrach: „Raus hier alle aus meiner Expedition! Bewillige ich die Gratifikationen –? Verrückt seid ihr alle, meschugge! Aber warten Sie,

Mumm, Sie sind der Stänker, Mumm ..." Ich wartete nicht. Wieder ein Angriff abgeschlagen. Trübe Aussichten ...

Mein Bericht aber über unser erstes Weihnachten wäre nicht vollständig, wenn nicht Kinder darin vorkämen. Sprachen Itzenplitz und ich von unsern früheren Weihnachtsfesten, so waren es die Feste unserer Kinderzeit, die lebendig wurden. Später gingen sie ineinander über, wie damals hatten nie wieder die Tannenbäume gestrahlt – und ich konnte Itzenplitz noch alles erzählen, wie es gewesen war, als ich das Puppentheater bekam und dann, zwei Weihnachten später, die Bleifiguren zum Robinson Crusoe ...

„Richtig schön ist es nur mit Kindern. Ein bißchen allein wird es ja sein bei uns ..." Und Itzenplitz sah langsam um sich, sah in die Winkel, wo die dunklen Schatten standen ...

Und dann bekamen wir doch noch ein Kind, kurz vor Weihnachten. Es war der 18. Dezember, aus dem Schnee war Schmutz geworden, grausige, alles durchdringende Nässe, trübe, zähe Nebel, Tage, die nicht hell wurden. An einem dieser Nachmittage, die nicht Tag und nicht Nacht waren, hatte es vor unserer Zimmertür geklagt und geweint, fast wie ein kleines Kind, und als Itzenplitz die Tür aufgemacht hatte, da kauerte dort etwas, halbtot vor Nässe und Kälte: eine Katze, eine junge, grauweiße Katze.

Ich bekam unsern Gast erst ein paar Stunden später zu sehen, als ich nach Haus kam von der Werbung, er sah schon ein bißchen trocken aus und glatter, aber auch da war es kein Zweifel, daß dieses kleine, grauweiße Biest mit einem schwarzen Fleck über das halbe Gesicht eine richtige hundskommune Straßenkatze war ... „Hule-Mule", sagte Itzenplitz. „Unsere Hule-Mule ..."

Ja, da war nichts dagegen zu sagen, diese Nacht würde sie noch in der Sofaecke schlafen, und morgen würde Itzenplitz sehen, daß sie beim Kaufmann eine alte Margarinekiste bekam und Flicken darein für Hule-Mule (obwohl in einem so jungen Haushalt selbst Flicken knapp sind) –

nun, und so hatten wir jedenfalls ein Kind und würden nicht ganz, ganz allein sein.

In dieser Nacht aber wachte ich auf, es mußte spät sein, aber das Elektrische brannte, und am Sofa stand eine weiße Gestalt im Nachthemd, stockstill. „Itzenplitz", rief ich. „Komm doch, du erkältest dich ja ..." Sie machte nur eine abwehrende Bewegung, und nach einer Weile stand auch ich auf und trat neben sie.

„Sieh doch", flüsterte sie. „Sieh doch!" Das Kätzchen war wach geworden. Es strich mit den Vorderpfoten den Kopf entlang, dann streckte es eine rosige Zunge aus und gähnte. Es dehnte sich. Itzenplitz sah atemlos zu. Mit zwei Fingern kraulte sie die Katze leise unterm Kopf.

„Hule-Mule", flüsterte sie. „*Unsere* Hule-Mule ..."

Sie sah mich an.

So was vergißt sich nicht. Eigentlich hatte ich mein Weihnachten schon weg und Ostern, Pfingsten und alle großen Festtage dazu. „Unsere Hule-Mule!"

Und aus dem Achtzehnten wurde der Neunzehnte, und die Tage gingen weiter, und das Geld blieb knapp, und das Annoncengeschäft hielt nicht, was es versprach, und die Aussichten waren düster. Am Zweiundzwanzigsten abends fing Itzenplitz zu bohren an, ob Heber sich denn gar nichts merken ließe und ob ich denn nicht einmal mit dem Großen Häuptling selber sprechen wollte, und es wäre doch keine Art, und es müßte einem doch Bescheid gesagt werden ...

Am Dreiundzwanzigsten strich ich um Heber herum wie ein Bräutigam um seine junge Braut, aber er ließ sich nichts merken und war so knochig und fischig wie je. Und am Dreiundzwanzigsten abends hatten Itzenplitz und ich unsern ersten richtigen Krach, weil ich nichts gesagt hatte, und außerdem hatte Hule-Mule aus einem Alpenveilchen, unserm einzigen Alpenveilchen, das uns Frau Preßbold geschenkt hatte, alle Blütenstiele rausgezogen, und außerdem hatte Störtebeker den Tannenbaumfuß noch immer nicht abgeliefert, sondern Itzenplitz wieder mal auf „morgen" vertröstet.

Morgen brach an, der 24. Dezember, Weihnachtstag, und

sah aus wie ein ganz gewöhnlicher, diesiger, grauer Wintertag, nicht warm und nicht kalt. Um zehn ging Heber zum Chef, und ich hab gesessen und auf seine Rückkehr gelauert, hab einen Kohl über den Weihnachtsfilm, der im Olympia-Kino lief, geschrieben, der war nicht von schlechten Eltern. Heber kam wieder und sah knochig und fischig aus wie eh und je und setzte sich an seinen Platz und rief brummig zu mir rüber: „Mumm, Sie müssen gleich zu Betten-Ladewig gehen. Der behauptet, er hat nur 'ne Viertelseite aufgegeben und Sie haben 'ne halbe geschrieben. Immer machen Sie so 'nen Mist . . ."

Und während ich durch die Straßen trabte, dachte ich immer nur: Arme Itzenplitz . . ., arme Itzenplitz . . . Ich war innen ganz zusammengefallen, fünf Mark hatten wir noch im Haus, aber richtig, richtig hatte ich nie an eine Gratifikation geglaubt. Wenn man was ganz nötig braucht, kriegt man es nie.

Bei Ladewig hatte natürlich ich recht, es fiel ihm wieder ein, und er war so anständig, es zuzugeben. Und ich schlich langsam zurück auf die Zeitung und sagte es Heber, und der meinte: „Na also, ich sag's ja immer . . . So was wollen Geschäftsleute sein. Übrigens da, unterschreiben Sie die Quittung, ich hab den Chef doch wieder mal rumgekriegt . . ."

Erst war es wie ein Taumel, einen Augenblick war mir richtig schwarz vor den Augen. Und dann wurde alles hell, strahlend hell, und am liebsten hätte ich den ollen Kabeljau rechts und links abgeknutscht. Und dann griff ich nach dem Fünfzigmarkschein und schrie: „Eine Sekunde, Herr Heber . . ." und raste, wie ich ging und stand, den Schein in der Pfote, die Breite Straße runter in die Neuhäuser Straße, über den Kirchplatz, über den Reepschlägergang in die Stadtrat-Hempel-Straße und stürmte die Treppe hinauf und brach wie ein Hurrikan in unsere Bude und knallte den Schein auf den Tisch und schrie: „Schreib auf, was wir kaufen, Itzenplitz! Hol mich um zwei ab!" Und küßte sie und wirbelte sie rum und war schon wieder unten und wieder auf der Zeitung, und dieser Spiegelkarpfen von einem Heber hatte sich doch wahrhaftig noch nicht von seiner Verblüffung erholt und mümmelte nur ganz kümmerlich vor sich hin: „So doof wie Sie möchte ich nur mal 'ne Stunde am Sonntag sein, Mumm!"

Aber als es zwei wurde und Heber gegangen war, kam sie. Dies aber war der Zettel, unser Weihnachtsbesorgungszettel, unser endgültiger, den sie mir zu lesen gab:

1. *Fürs Essen:*		
1 Ente	5.00	
Rotkohl	0.50	
Äpfel	0.60	
Nüsse	2.00	
Feigen, Datteln, Rosinen	3.00	
Sonstiges	5.00	16.10
2. *Für den Baum:*		
Unser Baum	1.00	
12 Kerzen	0.60	
Kerzenhalter	0.75	
Lametta	0.50	
Wunderkerzen	0.25	3.10
3. *Für Hule-Mule:*		
1 Eimer frischer Sand	0.25	
1 Bückling	0.15	0.40
4. *Für Mumm:*		
Handschuhe	4.00	
Zigaretten	2.00	
1 Oberhemd	4.00	
1 Schlips	2.00	
Noch was	2.00	14.00
5. *Für Itzenplitz:*		
1 Lotterielos	1.00	
1 Schere	2.50	
1 Kragen	3.00	

1 Schal	6.00	
Haarschneiden und Frisieren	2.00	14.50
Unser Weihnachten:		48.10

„Hör mal zu", begann Itzenplitz im Eilzugstempo, denn um vier war Hebers Mittagspause vorbei, und bis dahin mußte alles besorgt sein. „Hör mal zu. Es ist ja schrecklich viel Geld für die Fresserei, aber die Ente langt mindestens vier Tage, und es ist ja nur einmal Weihnachten. Für meine Näherei muß ich jetzt endlich 'ne richtige Schere haben, mit der Nagelschere, das geht nicht länger. Und die Preise werden alle so ziemlich stimmen, und bis zum Ersten behalten wir grade sieben Mark übrig, für jeden Tag eine Mark, und damit kommen wir gut aus. Wunderkerzen muß ich am Baum haben, weißt du, die so zischen und prasseln, und ich kann wirklich nichts dafür, daß ich fünfzig Pfennig besser weggekommen bin als du, ich könnte ja auf das Los verzichten, aber man muß doch auch nach Weihnachten auf was hoffen, wenn wir auch sicher nichts gewinnen . . ."

„Was ist ‚noch was' –?" unterbrach ich ihren Redestrom.

„Oh, Mummimännchen, daß ich noch 'ne ganze kleine, klitzekleine Überraschung für dich habe!"

„Ich will auch zwei Mark für ‚noch was' haben", erklärte ich drohend.

„O Gott, da bleiben uns nur fünf Mark übrig, und wenn der Gasmann kommt, und ich schneide zwei Mark fünfzig besser ab als du! Und es ist wirklich nicht nötig, ich bin ja soo glücklich über unser Weihnachten!"

„Ich will aber", beharrte ich.

Und dann ging Itzenplitz und holte die olle Lenzen, und die versprach, bis vier mich stellzuvertreten – und eine einladende Stellvertreterin war sie. Aber wer sollte schon am Vierundzwanzigsten nachmittags auf die Zeitung kommen?

Wir aber rasten los, und natürlich stimmten alle Preise nicht, sondern mein Oberhemd kostete sieben, und dafür ließen wir den Schlips fallen und drückten die Handschuhe um eine Mark. Itzenplitz aber fand einen herrlichen Schal, rot und weiß und blau, aus so 'nem gefältelten Seidenstoff für vier Mark fünfzig. Und den gleichen Kragen wie den verbrannten bekamen wir auch! Die Ente aber aus dem alten guten Feinkostgeschäft von Harland wog vierzweizehntel Pfund und kostete fünf Mark fünfundvierzig, was war das aber auch für eine Ente!

Natürlich reichte die Zeit nicht bis vier, aber wir verabredeten, daß ich jetzt rasch, rasch auf die Zeitung sollte, damit der Heber nichts merkte, und um halb fünf sollte ich mir Feierabend erbitten. Bis dahin aber wollte Itzenplitz sich Haare schneiden und frisieren lassen, und dann wollten wir gemeinsam den Rest unserer Einkäufe besorgen.

Fünf Minuten vor vier war ich auf der Zeitung, und siehe, die olle Lenzen hatte einem Brautpaar eine Verlobungsanzeige für neun Mark achtzig abgenommen (alles konnte die Frau), und als Heber kam, ruhte ich nicht, bis er mir meine achtundneunzig Pfennig Tantieme ausbezahlt hatte. Und er war ganz fassungslos, daß ich schon wieder Geld brauchte, wo ich doch grade meine Gratifikation bekommen hatte, aber ich muß sagen, schließlich war er richtig weihnachtlich großzügig und gab mir eine ganze Mark.

Gleich nach halb fünf hatte ich wirklich Feierabend und raste in die Steinmetzstraße, und richtig war der gute Unger wirklich zu Haus, der vor drei Wochen seine Verlobung aufgelöst und sich seine Brautgeschenke hatte zurückgeben lassen. Und wir wurden handelseins, und ich kaufte von ihm die süße dünne Goldkette mit dem Aquamarinanhänger: drei Mark Anzahlung (zwei Mark „noch was" plus eine Mark Verlobungstantieme) und fünfzehn Wochenraten zu einer Mark ab 1. Januar.

Aber wenn ich gedacht hatte, daß Itzenplitz schon wartend vor der Friseurtür stehen würde, so war das nicht so. Alle Mädchen und Frauen schienen sich ausgerechnet heute frisieren zu lassen. Aber dann war ich, trotz meiner kalten Füße, nicht böse, als sie da vor mir mit ihren Locken und Löckchen und Ringelchen auftauchte, und wir stürzten uns wieder in den Strudel der Weihnachtseinkäufe, an meiner Brust aber lag der Aquamarin.

Dann waren wir zu Haus, es war schon lange dunkel, und ich kriegte den Eimer zu fassen und raste los ins Baugeschäft nach Sand, und schön knurrig war der Platzverwalter, daß ich da noch mit so 'nem dicken Auftrag auf Katzensand um drei Viertel sieben angetrudelt kam. Zu Haus aber fand ich Itzenplitz in heller Verzweiflung. Störtebeker hatte sich noch immer nicht mit seinem Tannenbaumfuß gemeldet, aber zu Haus war er, wir hörten ihn rascheln.

Hand in Hand schlichen wir über den dunklen Vorplatz und klopften an seine Tür, hörten, wie er sich im Bett hin und her schmiß, hörten schnarchen, machten leise die Tür auf: In einer Pulle steckte eine Flackerkerze, und mit einer andern, halb geleerten Pulle war der Klaus Störtebeker eingepennt. Wir hatten ja schreckliche Angst vor ihm, aber wir schlichen doch wie die Indianer in die Kammer und suchten nach dem Fuß. Es war nicht viel zu suchen, und der Fuß war eben noch immer nicht da. Grade aber war Itzenplitz dabei, mit echt weiblicher Hartnäckigkeit eine Schublade aufzuziehen, da krächzte es vom Bett her: „Na, ihr jungen Lauser ... Tannenbaumfuß? Morgen bestimmt!" Und schlief schon wieder.

Fünf Minuten vor sieben raste ich stadtwärts, und im Eisengeschäft von Günther waren Tannenbaumfüße ausverkauft, und bei Mamlock rasselte vor meiner Nase die eiserne Rolljalousie runter.

Zehn Minuten nach sieben trat ich wieder daheim an, ohne Tannenbaumfuß, und da stand unser Bäumchen in einem Sandeimer, in einem Hule-Mule-Katzensandeimer, herrlich drapiert mit einem weißen Tischtuch – stand unser Weihnachtsbaum, strahlte und funkelte.

Schönes, herrliches Weihnachtsfest – und die olle Itzenplitz fing doch wahrhaftig an zu heulen über den Aquamarinanhänger. „So was Schönes hab ich nun freilich nicht für dich." Und das Feuerzeug war doch wirklich gut. Dann aber standen wir und sahen uns an, wie „unsere Hule-Mule" mit Knacken und Zerren ihren Bückling verdrückte, und leise sagte Itzenplitz: „Im nächsten Jahr brauchen wir keine Hule-Mule."

Gute Krüseliner Wiese rechts

Am Donnerstag bekam Vater den Einschreibebrief. Er brauchte ziemlich viel Zeit, ihn aufzumachen und zu lesen, ich sah gut, wie er sich aufregte. Eine ganze Weile saß er da, mit den Fingern in den Haaren, und starrte auf den Brief, als könnte er ihn nicht verstehen.

„Was ist denn das für ein Brief, Vater?“ fragte Mutter.

Vater antwortete nicht. Wir gingen wie sonst aufs Feld. Wir mußten noch ein Stück Dung zu Kartoffeln unterpflügen, aber auch da sagte er mir den ganzen Tag kein Wort. Den Brief hatte er in der Joppentasche, doch soviel ich sah, nahm er ihn nicht wieder heraus: Jetzt hatte er wohl schon verstanden, was darin war.

Wir aßen wie sonst zu Mittag, und wir aßen auch wie sonst zu Abend, nur daß Vater vielleicht noch weniger redete als sonst. Ich beobachtete ihn ziemlich genau, aber sonst war ihm wirklich nichts anzumerken. Nach dem Abendessen ging ich noch in den Stall, um dem Vieh etwas Wasser anzubieten, da kam Vater mir nach. Er sah mir stillschweigend zu, die große Blesse, unsere beste Kuh, trank wirklich noch fast drei Eimer Wasser. Als er das sah, seufzte er zum ersten Male und sagte: „Wie wir all das Vieh über den Winter satt kriegen sollen?“

„Aber auf der Krüseliner Wiese steht ja Futter genug“, sagte ich.

„Ja, ja“, sagte Vater. „Kommst du jetzt mit?“

Ich kam mit. Wir gingen durch das Dorf hindurch. Bei Fingers sah ich den Bauern und die Bäuerin vor der Tür stehen und etwas mit dem Stellmacher Stark bereden, aber als wir näher kamen, waren sie weg. Es konnte ein Zufall sein, aber es kam mir nicht so vor. Irgend etwas war nicht im Lote, das merkte ich immer deutlicher.

Bei Kleinschmidts sah ich mich nach der Martha um, aber sie ließ sich nicht sehen. Man sieht Martha fast nie auf der Dorfstraße, immer ist sie im Haus und tut etwas, auch nach Feierabend. Sie sind bloße Häusler, Kleinschmidts, keine Bauern wie wir oder Fingers, aber ich gehe darum doch sehr oft hinein zu ihnen, ich mag die Martha sehr gerne.

Als wir aus dem Dorf heraus und an den Wald heran kamen, ging Vater hinein, und nun wußte ich, daß wir zu der Krüseliner Wiese gingen. Und wenn ich bedachte, daß wir heute früh den Einschreibebrief bekommen hatten und daß Fingers unsertwegen von der Dorfstraße gegangen waren, so wußte ich schon eine ganze Menge, wenn Vater auch nichts gesagt hatte. Ich hätte nie gedacht, daß Fingers so gemein sein könnten. Die Krüseliner Wiese gehört ihnen, aber wir haben sie seit eh und je von ihnen gepachtet. Nicht mit Vertrag und Geld, sondern wir halten die Wiese in Ordnung, eggen und düngen sie, sorgen dafür, daß die Gräben offen sind, und ernten sie ab. Und von dem, was wir ernten, bekommen wir die Hälfte für unsere Arbeit und Fingers die andere Hälfte, weil ihnen die Wiese gehört. Wir haben auch einen Zaun um die Wiese gemacht wegen des Wildschadens. Wir brauchen die Wiese für unsere Wirtschaft, wir bekämen unser Vieh nie durch den Winter, wenn wir nicht das Heu von der Krüseliner Wiese rechts hätten. Fingers brauchen die Wiese nicht, sie haben noch die Krüseliner Wiese links und ernten so viel Heu, daß sie sogar verkaufen können. Darum ist es so gemein von Fingers, und nun noch mit Einschreibebrief, wo wir nur fünf Häuser weiter wohnen. Aber ich weiß schon, wie es zusammenhängt, und Vater wußte es auch.

Wir standen am Waldrand und sahen auf die Wiese. Es war schon halb dunkel und ein bißchen bodenneblig, doch wir kannten ja die Wiese und wußten, was für ein gutes Futter darauf stand. Wir brauchten sie gar nicht näher anzusehen, aber es war natürlich gut, daß man sie jetzt unter Augen hatte. Darum war ja auch der Vater mit mir hierher gegangen.

„Ja, ja", sagte der Vater. „Die soll nun also weg sein."

„Nein", antwortete ich.

„Wie wir es mit dem Futter machen sollen, verstehe ich nicht", sagte der Vater. „Wir müßten mindestens die Hälfte vom Vieh abschaffen. – Aber das dürfen wir nicht, weil wir dann nicht genug Mist haben."

„Soll es gleich sein, Vater?" fragte ich.

„Ja, noch vor dem ersten Schnitt. – Es ist, weil wir nichts Schriftliches abgemacht haben, darum brauchen sie sich um keinen Termin zu kümmern. Ich hätte es schriftlich machen sollen, aber an so etwas hat man natürlich nie gedacht."

„Ich auch nicht", bestätigte ich.

Wir gingen nun doch noch vom Waldrand weg und auf die Wiese. Sie roch frisch, sie ist eine richtige gute Wiese, mit schönen Untergräsern, das Vieh frißt das Heu von ihr gerne. Es war ein Jammer, daß man solche Wiese verlieren sollte. Wir würden mit der Wirtschaft nie wieder zurechtkommen, sie würde nie mehr das sein, was sie jetzt war.

„Ich rede dir nicht rein, Jochen", sagte der Vater.

„Nein, nein", bestätigte ich.

„Es fragt sich eben, ob du es kannst."

„Ich glaube es nicht", sagte ich.

„Ist es wegen der Martha?"

„Auch", gab ich zu. Ich hatte mit Vater noch nie darüber gesprochen, weil sie bloß eine Häuslertochter ist. Man schämt sich eben doch. „Aber ich glaube, auch ohne Martha ginge es mit Ella nicht."

„Es ist deine Sache", sagte Vater wieder. „Aber du mußt bedenken, ihr habt den ganzen Tag Arbeit genug, und abends werdet ihr immer müde sein. Du brauchst nicht so viel mit ihr zusammen zu sein."

„Das mag angehen", antwortete ich.

Dann gingen wir wieder nach Haus. Es war nun ganz

dunkel, Vater ging vor mir her, er seufzte ein paarmal. Er tat mir leid, er ist schon ein alter Mann und hat sich furchtbar um den Hof geplagt. Er hat ihn richtig in die Höhe gebracht, aber wenn nun die gute Krüseliner Wiese rechts wegging, dann war alles umsonst gewesen. Man kann keine Wiesen kaufen in unserer Gegend. Wir helfen uns mit Serradella, aber wenn wir ein trockenes Jahr haben, versagt die Serradella, und wir sind ohne Futter. Nein, es war sicher, das war nicht wiedergutzumachen, aber darum konnte ich ihm doch nicht helfen, so leid er mir tat.

Beim Krug blieb Vater stehen. „Gehst du noch ein bißchen rein, Jochen?“ fragte er.

„Ich?“ fragte ich. „Kommst du mit?“

„Nein. Aber du solltest vielleicht einmal gehen. Hier hast du zwei Mark.“

„Es hilft zu nichts, Vater“, sagte ich. Aber ich wollte ihm nicht auch darin zuwider sein und ging hinein. Es saßen nur Fischer Strasen da und der Krüger selbst. Sie sprachen davon, daß sich dies Frühjahr zu trocken anließe. Es war das nicht die richtige Unterhaltung für mich, ich mußte immerfort an die Wiese denken und an die Seradella auf den trockenen Sandkuppen ohne Regen, aber ich redete mein Wort mit. Dazu trank ich ziemlich schnell. Als es gegen zehn ging, stand ich auf und bezahlte. Die zwei Mark gingen grade glatt auf, es waren acht Korn geworden, ein Bier, eine Zigarre. Ich war ziemlich betrunken, aber es machte mir nichts; ich würde doch nicht tun, was Vater wollte.

Ich ging nicht nach Haus, ich ging hintenrum zu Kleinschmidts und stieg da über den Gartenzaun. Es war längst alles dunkel bei denen, aber ich klopfte doch gegen Marthas Fenster.

Sie war gleich am Fenster. Ich sagte zu ihr: „Komm mal raus!“, und sie kam auch gleich raus.

Martha ist einen Kopf kleiner als ich, aber ich mag sie doch sehr gerne. Sie hat so schönes aschblondes Haar, keinen Bubikopf, sondern lange Zöpfe. Und dann hat sie dunkle Augenbrauen und braune Augen und die Backen immer rot; soviel sie auch arbeitet, sie wird nie blaß. Sie ist die schnellste Arbeiterin im ganzen Dorf und nie Pfusch, nein, nie.

Ich erzählte es ihr, und sie hörte mich ganz ruhig an; es war, als wüßte sie schon alles. Natürlich wußte sie schon alles – in einem Dorf bleibt nichts geheim. Daher wußte sie alles.

Wir gingen ein Stück, und dann blieben wir wieder stehen, sie hörte mich ganz ruhig an. Dann gingen wir wieder ein Stück, und nun standen wir unten am See, und die Wellen kamen leise durchs Schilf, und ich war sehr verzweifelt, daß sie nichts sagte. Ich machte es ihr recht klar, daß ich es nicht tun würde und daß ich die Ella nie anfassen könnte, aber sie antwortete nichts. Sie machte mir gar keinen Mut.

Ich redete wieder eine Weile, aber ich sah, es hatte keinen Zweck, und da wurde ich auch still. Wir hatten uns auf einen Stein gesetzt, ganz dicht beieinander, und plötzlich merkte ich, daß sie weinte. Ich hatte sie noch niemals so weinen sehen. Erst redete ich wieder, aber dann nahm ich sie in meine Arme. Sie konnte einen so wundervoll fest anfassen, als wäre man aller Anhalt der Welt für sie, nicht nur ein dummer Bauernjunge, sondern alles auf der Welt in einem. Wir hatten uns noch nie so angefaßt, aber so kam es ...

Am nächsten Sonntag sind wir dann zu Fingers gegangen, Vater, Mutter und ich. Die erwarteten uns schon, vielleicht hatte Mutter uns angesagt, es war alles wie selbstverständlich, und ich brauchte kein Wort zu sprechen. Von der Pachtkündigung der Krüseliner Wiese war überhaupt nicht mehr die Rede. Nachher gingen wir alle sechs in die Ställe, Ella auch mit, und bei den Schweineboxen richteten die Eltern es so ein, daß wir allein blieben.

Wir standen beide auf dem Rand des Futtertroges und sahen über die Boxenwand in den Stand. Die Muttersau hatte grade in der Nacht geferkelt, es war ein Wurf zu zehnen, und Ella meinte, daß sie nicht alle durchkriegen würden. Darüber gingen die Eltern weg, und ich merkte, wir waren allein. Es war mir nicht gut, daß ich allein mit ihr war, aber das half mir nichts, ich würde noch oft mit ihr allein sein müssen, dreißig, vierzig Jahre lang. An sich ist die Ella gar kein übles Frauenzimmer, groß und stark gebaut, mit einer kräftigen Brust. Sie ist auch tüchtig, aber ich weiß doch von der Schule her, wie kalt und gierig sie ist, mit einem bösen Maulwerk; keinem gönnt sie ein gutes Wort, nicht einmal den eigenen alten Eltern.

Als wir gemerkt hatten, daß wir allein waren, standen wir eine ganze Zeit still auf dem Rand vom Futtertrog und sahen auf das Mutterschwein, an dem die Ferkel sogen. Nach einer Weile merkte ich, daß Ella ihren Arm an meinen heranschob, und nach wieder einer Zeit hatte sie ihren Arm um meine Schulter gelegt. Dann küßte ich sie. Es war gar nicht einmal so übel, sie zu küssen, sie hatte schöne volle Lippen und küßte gerne, sie lehnte sich immer fester gegen mich. Aber plötzlich begriff ich an ihrem raschen Atem, daß sie mich wirklich liebhatte und daß sie sich danach gesehnt hatte, mich zu kriegen – und da war erst alles ganz schlimm für mich, und ich mußte sie gleich loslassen.

Sie merkte auch sofort, wie es mit mir war, und eine lange Zeit stand sie vor mir und sah mich nur an. Aber ich tat ihr den Gefallen nicht und sah sie nicht wieder an, bis sie fragte: „Jetzt denkst du wohl an Martha?“

Da mußte ich sie ansehen, und sie sah mich gar nicht böse und gierig an, sondern ganz unglücklich, daß sie einem hätte leid tun müssen. Darum sagte ich auch: „Nein, nein.“ Aber sie tat mir doch nicht richtig leid.

„Wirst du mich denn wirklich nie gerne haben?“ fragte sie nach einer Zeit.

Ich hätte ruhig tun können, als hätte ich das nicht gehört, so leise hatte sie gefragt, aber ich antwortete doch: „Ja, ja“, und dann gingen wir zusammen aus dem Stall und waren an dem Tag nicht wieder allein zusammen.

Fingers hatten es sehr eilig mit dem Aufgebot, schon nach einer Woche hingen wir im Kasten. Die Leute mögen sich schön die Mäuler zerrissen haben, aber ich habe nicht darauf hingehört. Ich habe mich auch nicht um Ella gekümmert: Wenn ich mit dem Gespann bei ihnen vorbei mußte, habe ich stets nach der andern Seite geschaut. Aber auch bei Martha habe ich mich nicht wieder sehen lassen, viele Wochen lang habe ich nichts von ihr gesehen. Ich blieb jetzt ganz gerne für mich allein.

Es war eine sehr schwere Zeit, und ich wußte überhaupt nicht, was ich mit mir anfangen sollte. Am wohlsten war mir noch, wenn ich im Krug saß. Ich ließ Vater die Arbeit tun und setzte mich schon am Vormittag hin, trinken. Dann war niemand in der Gaststube, die Krügersche stellte mir Bier und Korn hin, der Krüger war auch auf dem Felde. Die Fliegen summten und burrten so schön, und es waren immer Flecken von Schnaps und Bier auf den Holztischen. Ich fand, das paßte nun zu mir; früher war ich fast nie in den Krug gegangen, früher hätte es nicht gepaßt. Ob ich in den langen Stunden, die ich dasaß, viel nachgedacht habe, das weiß ich nicht mehr. Ich glaube es aber nicht, ich habe da nur so gesessen und getrunken, ich war innen ganz leer und verbrannt.

Die ersten Male haben mich Vater oder Mutter noch aus dem Krug weggeholt, wenn ich zu lange fortblieb. Vater war sehr weich zu mir, er hat mir nie ein böses Wort gesagt, obwohl er sich bestimmt schämte, daß sein Sohn nun ein öffentlicher Trinker geworden war. Mutter schalt eher einmal. Vater hat mich auch nicht gezwungen, auf der Krüseliner Wiese mit zu heuen. Er verstand schon, daß ich die jetzt nicht sehen mochte. Er hat extra einen Mann statt meiner angenommen. Aber als ich einmal Vater gefragt habe, ob es nicht ginge, daß ich direkt nach der Hochzeit fortreiste, für immer, wir hätten dann doch die Wiese, da hat er nein gesagt. Nein, es ginge nicht.

Als eine ganze Reihe Wochen vergangen war – es war nun nicht mehr weitab von der Hochzeit –, merkte ich, daß es nicht anders mehr zu machen war: Ich mußte die Martha einmal wiedersehen. Aber ich bekam sie nirgends zu sehen, und schließlich erfuhr ich vom Krüger, daß sie gar nicht mehr im Dorf war, sondern in der Stadt als Mädchen in einem Hotel. Da nahm ich mir Geld und fuhr auch in die Stadt. Ich kam erst ziemlich spät an, und deswegen bekam ich sie an dem Abend nicht mehr zu sehen. Aber am Morgen machte sie meine Tür auf, weil ich nach dem Stubenmädchen dreimal geklingelt hatte, wie auf dem Zettel stand – und da war sie vor mir, und diesmal wurde sie so weiß wie der Kalk an der Decke.

Sie lehnte sich gegen die Tür, und nach einer Weile sagte sie: „Ach, lieber Jochen", und die Tränen liefen ihr übers Gesicht.

Ich sagte ihr „Guten Tag" und gab ihr die Hand, und so standen wir eine lange Zeit Hand in Hand, und ich merkte, wie es mich in Brust und Kehle stieß, und wenn ich gekonnt hätte, hätte ich auch geweint. Aber das konnte ich nun doch nicht.

Wir standen lange so, und dazwischen hörten wir die Hotelglocke viele Male gehen, aber sie rührte sich auch nicht. Uns war schon alles egal. Schließlich flüsterte sie: „Ach Gott, Jochen, das hättest du nun doch nicht tun sollen, mir nachzukommen", und ich zog sie näher und näher.

Und dann vergaß ich alles und hatte die dunkelbraunen Augen und die dunklen Augenbrauen und das seidige Haar ganz nahe vor mir, und ich liebte sie so sehr, weil ich sie so gerne mochte, und ich war so wütend auf sie, weil sie es auch gesagt hatte, es müßte mit der Krüseliner Wiese so sein, wie Vater wollte. Ich zog sie immer näher, aber sie machte sich mit einem Ruck frei.

„In zwei Wochen heiratest du", sagte sie. „Und denkst du, ich bin so, daß du zu mir kommen kannst, wenn es dir paßt, nachher wie vorher?"

„Nur jetzt noch –", begann ich zu betteln, aber sie hörte mich gar nicht. Und als ich nicht nachließ, sie zu bedrängen, und sie fangen wollte, und die Hotelglocke ging immerzu auf dem Flure, da wurde sie böse. Ich sah, wie ihre Augen anders wurden, sie funkelten, und ihre Lippen wurden ganz eng, und dann nahm sie die Faust und schlug mich mitten ins Gesicht. „Du trinkst ja", sagte sie. „Es ist ja bloß das Getränk, das mich will, gar nicht du."

„Ich will auch nie mehr trinken, Marthel", sagte ich, aber da hatte ich die Faust schon im Gesicht. Es ist sehr lange her, daß mich einer geschlagen hat, seit der Schulzeit her nicht mehr, und nun noch mit der Faust mitten ins Gesicht. Ich hätte sie beinahe wiedergeschlagen, weil ich rot sah, aber sie kam frei und rasch aus dem Zimmer.

Sie kam nicht wieder, und ich saß lange am Fenster und fühlte, es war alles kaputt und nie wieder heilzumachen, in mir und wegen meinem Gesicht und überhaupt wegen allem, und wenn wir jetzt auf die Krüseliner Wiese verzichtet hätten, es wäre dann doch nichts wieder heil geworden. Auch mit Martha nicht.

Schließlich habe ich nach dem Ober geklingelt und habe mir eine ganze Flasche Kognak bringen lassen, und dann habe ich ihn gefragt, ob mein Zimmer nicht saubergemacht werden könnte. Da hat er die Martha geschickt, und sie hat unter meinen Augen das Zimmer saubermachen müssen, und ich habe still an meinem Fenster gesessen, habe den Kognak getrunken und habe ihr immer zugesehen. Sie hat nicht einmal aufgeschaut, und als sie fertig war, habe ich „Danke schön" gesagt und habe ihr eine Mark hingelegt. Sie hat die Mark liegengelassen.

Ich wollte noch ein paar Tage bleiben und ihr immer stumm zusehen, aber in der Nacht bekam ich plötzlich einen andern Gedanken und bin wieder nach Hause gefahren, und da habe ich dann in vierzehn Tagen geheiratet. Mit meiner Ehe ist es gar nicht so schlimm geworden, weil nämlich Ella Angst vor mir hat. Und trinken tue ich auch nicht mehr.

Aber manchmal überkommt es mich, und dann fahre ich ihr nach, und sooft sie auch wechselt, ich finde sie immer wieder. Dann stelle ich mich in ihre Nähe und sehe ihr zu. Wir haben nie wieder ein Wort miteinander geredet, aber böse ist sie mir nicht mehr. Denn manchmal, wenn es mit ihrer Herrschaft schlecht paßt in der Küche, richtet sie es ein und macht sich einen Weg durch die Stadt, in der sie arbeitet. Dann setzt sie sich auf eine Bank, und ich setze mich auf eine andere Bank, und manchmal sehen wir uns auch an. Es ist nicht viel, aber es macht es leichter. Ich werde nie wieder ein Mädel so gerne haben können wie sie. Nach ein oder zwei Stunden steht sie dann auf und geht nach Haus. Sie geht in ein Steinhaus, und im Torgang dreht sie sich noch einmal um und winkt durch die Glasscheibe. Aber sie tut es nie eher, ehe nicht die Tür zwischen uns ist. Sie versteht schon, wie schwer es für mich ist.

Wenn sie dann weg ist, gehe ich auf die Bahn und fahre nach Haus. Ja, nach Haus.

Die Krüseliner Wiese rechts ist eine gute Wiese, und ohne sie wäre der Hof nicht zu halten. Aber darum verstehe ich es doch nicht, und nun, wo ich es aufgeschrieben habe, verstehe ich es immer noch nicht. Ich habe stets gedacht, ich hätte etwas vergessen, darum verstünde ich es nicht, aber ich habe nichts vergessen. Es ist einfach nicht zu verstehen. Und Müller Schmidtke soll gesagt haben, daß ich ein Feigling erster Klasse bin, und dann wird es wohl auch so sein, aber darum verstehe ich doch nicht, wie ich es hätte anders machen sollen. Wir haben jetzt vier Kinder, und ich habe immer gehofft, eines würde sein wie die Martha. Aber sie sind alle wie die Ella, und so bleibe ich denn wohl allein. Vater ist auch nur noch hinfällig.

Das Schreiben hat auch nichts geholfen, und so werde ich denn morgen losfahren und sie wieder einmal suchen. Ich habe mir vorgenommen, wenn ich fünfzig bin, will ich sie einmal ansprechen. Das ist schon ein Trost, aber es ist noch sehr lange hin, ich bin erst zweiunddreißig. Gute Nacht!

Essen und Fraß

Es war einmal ein junger Mann, nämlich ich, der Schreiber dieser Zeilen, den verurteilten in seiner Jugend Ärzte und Eltern, Landwirt zu werden, weil meinen Nerven nämlich das Großstadtleben „nicht bekömmlich" sei. So ist es gekommen, daß ich ein gutes Dutzend meiner Lebensjahre die Füße unter den Tisch der Rittergutsbesitzer habe stekken müssen – und daß die immer großzügige Gastgeber waren, das kann ich nicht behaupten.

Du lieber Himmel, das waren doch damals, besonders vor 1914, noch reiche Jahre, und auf ein bißchen Essen kam es eigentlich wirklich nicht an. Aber viele, die meisten wollten einfach nicht, und namentlich ihre Ehefrauen sahen es als Ehrensache an, uns nicht einmal die eigenen, auf dem Hofe erzeugten Lebensmittel zu geben, sondern schmierten uns auf unsere Stullen statt guter Butter die billigste Margarine und mästeten uns damals schon mit Mehlsuppen, die statt mit Zucker mit Saccharin gesüßt waren.

Ich denke an ein Weihnachtsfest in der Neumark, am ersten Feiertag waren auch wir Beamte an die „Tafel" des Chefs geladen. Es war alles sehr feierlich und ungewohnt herzlich, eitel Güte und Menschenliebe, wie es das Fest verlangt. Als ich aber von der herumgereichten Platte mir ein Stück Fleisch nahm, erreichten mich doch die scharfen, durch keinerlei Feststimmung gemilderten Worte meiner Kommandeuse: „Sie hätten auch gerne das Knochenstück nehmen können! Ich habe es extra für Sie vornean gelegt, Herr Fallada!"

Einmal war ich auch Feldinspektor auf der Begüterung

des Grafen Bibber in Hinterpommern. Es war ein herrlicher Besitz, sieben Rittergüter und drei Vorwerke, achtzehn Kilometer fuhr der Chef über eigenes Land, ein kleiner Fürst! Ich wohnte im Beamtenhaus des Hauptgutes und wurde wie die andern Beamten von Fräulein Kannebier beköstigt. Eines Morgens kam ich durchgefroren vom Acker heim – es war später Herbst, und ich hatte die Aufsicht über die pflügenden Gespanne. Mein Frühstück steht auf dem Tisch, wie üblich zwei Brote mit Wurst und eine Flasche Bier.

Ehe ich noch abgebissen habe, warnt mich meine Nase: Diese Leberwurst stinkt zum Himmel! Betrübt stelle ich meinen Teller wieder zurück – ich war damals noch sehr jung und hatte ewig Hunger –, aber ich denke: So was kann schon mal passieren. Ich trinke meine Flasche Bier und gehe wieder auf den Acker.

Am nächsten Morgen das gleiche: Ich habe die stinkende Leberwurst vom Vortage längst verschmerzt, aber meine Frühstücksbrote erinnern mich, sie stinken wieder.

Zornentbrannt ergreife ich den Teller und eile in die Küchenregionen. Du Aas! denke ich. Das ist kein Versehen mehr! denke ich. Ich bin kein sanftes Schaf, du! denke ich. Ich kann auch anders –!

Und: „Fräulein Kannebier!“ sage ich drohend. „Das ist heut das zweite Mal, daß Sie mir verdorbene Wurst zum Frühstück geben. Ich tue anständige Arbeit, ich verlange auch anständiges Essen!“

„Die Wurst ist gut!“ behauptet sie und sieht mich mit ihren dunklen Augen abweisend an. Sie hat ein fettes, bleiches Gesicht, ich kann sie nicht ausstehen. Sie frißt bestimmt alles, was sie mir entzieht, und sie entzieht mir, was sie nur irgend kann!

„Die Wurst stinkt!“ rufe ich wieder und schiebe ihr den Teller unter die Nase. „Da, riechen Sie doch mal –!“

Sie zieht sich einen Schritt zurück. „Tadellos ist die Wurst!“ sagt sie. „Nicht einmal einen Stich hat sie!“ sagt sie. „Selbst eingeschlachtete Wurst ist das“, sagt sie auch noch.

Zwischen uns ist eine Einigung nur schlecht möglich,

keines will auch nur ein bißchen nachgeben. Ich schlage ihr vor, diese selbst eingeschlachtete köstliche Leberwurst einem andern und mir einfache Margarinestullen zu geben, aber sie will nicht einmal das. Allmählich erhitzt sie sich auch, sie möchte mich aus ihrer Küche loswerden, und ich weiche und wanke nicht. Ich verdiene brutto ganze sechzig Mark im Monat, davon kann ich mir kein Frühstück im Gasthof leisten. Ich will mein reelles Deputat-Frühstück.

Schließlich entschlüpft ihr im Eifer des Disputes der Satz: „Frau Gräfin selbst hat angeordnet, daß ich diese Leberwurst für das Beamtenfrühstück nehme!"

„Fräulein Kannebier!" rufe ich. „Was Sie da sagen, das kann nicht wahr sein! Das ist unmöglich! Frau Gräfin selbst soll –? Ausgeschlossen! Nein, das ist allein Ihr Werk, Fräulein Kannebier!"

„Und doch hat Frau Gräfin es angeordnet!" wiederholt die Kannebier und wendet mir den Rücken. Sie bedauert sichtlich, was sie gesagt, natürlich lügt dieses Weib.

„Ich frage Frau Gräfin selbst!" sage ich drohend.

„Tun Sie doch, was Sie wollen!" ruft die Mamsell ärgerlich. „Bloß: gehen Sie endlich aus meiner Küche!"

Eine Minute später wandert der kleine Feldinspektor Fallada über den Rittergutshof dem Schlosse zu. Er sieht weder nach rechts noch nach links, vor sich trägt er den Teller mit den übelriechenden Frühstücksbroten. Der will ich es zeigen! denke ich.

Ich wandere die Lindenallee durch den Schloßpark hinauf, betrete die Auffahrt, komme in die Vorhalle. Der alte Kastellan Elias, mit dem ich am Sonntagnachmittag manchmal Skat spiele, beschaut mich verwundert. „Was wollen Sie denn hier bei uns?" fragt er.

„Elias!" flüstere ich, wie ein Verschwörer. „Wo ist Frau Gräfin?"

Sein Blick wandert zwischen dem Frühstücksteller und meinem Gesicht hin und her. „Was wollen Sie denn von der Gräfin –?" fragt er argwöhnisch.

„Egal!" winke ich ab. „Sagen Sie mir nur, wo Frau Gräfin ist, alles andere geht Sie nichts an!"

Elias hat sich entschlossen. „Im Frühstückszimmer nach der Terrasse zu", flüstert er nun auch. „Geradeaus, dann den Gang rechts, bis zur blauen Tür. – Ich habe Ihnen aber nichts gesagt!"

„Nichts!" bestätige ich. „Wir haben uns gar nicht gesehen. Wiedersehen!"

Ich stehe vor der blauen Tür. Mein Herz klopft jetzt doch ziemlich. Aber das macht nichts, jetzt gibt es kein Zurück mehr. Ich klopfe an und trete ein. Ich bleibe unter der Tür stehen.

Es ist kein Frühstückszimmer, es ist ein ganzer Saal, in dem hier gegessen wird. Die eine Wand des Saales besteht ganz aus Spiegelglastüren, die bunten Tuffs der Blumenrabatten auf der Terrasse leuchten herein, helle und dunklere Baumgruppen der alten Parkbäume – in der Sonne blinkt der See.

Sie sitzen da am Frühstückstisch, vielleicht zwanzig, vielleicht dreißig Personen – das Schloß ist immer gestopft voll von Gästen. Die bunten Friedensuniformen der Offiziere, die hellen Kleider der Damen. Es blitzt von Silber und Kristall, es riecht wunderbar nach Bohnenkaffee, nach hundert guten Dingen – und ich stehe hier unter der Tür mit meinen stinkrigen Leberwurststullen. Eine ganz andere Welt, nichts für kleine Feldinspektoren mit sechzig Mark Monatsgehalt!

Aber ich kann nicht mehr zurück. Frau Gräfin, so jung sie noch ist, hat sofort gemerkt, daß etwas nicht stimmt, schon steht sie vor mir. „Nun, mein lieber Herr Fallada", fragt sie, „wollen Sie den Grafen sprechen? Der Graf ist jetzt nicht hier."

Ich habe nie gedacht, daß Frau Gräfin überhaupt von meiner Existenz schon Kenntnis hat, und nun weiß sie sogar meinen Namen! Ich bin fast überwältigt. Trotzdem trage ich mein Sprüchlein leidlich vor: „Frau Gräfin, ich bekomme heute zum zweiten Male Frühstück mit verdorbener Leberwurst." Ich hebe den Teller leicht an. Frau Gräfin richtet ihre Augen auf die Wurst und tritt einen Schritt zurück. Ich habe eigentlich nicht den Eindruck, daß Wurst und Frau Gräfin sich zum ersten Male sehen. „Die Mamsell behauptet nun, Frau Gräfin selbst hätte die verdorbene Wurst für uns Beamte bestimmt!“

„O diese Kannebier!“ ruft Frau Gräfin und hebt den Blick zur schön mit Stuck gezierten und gemalten Decke. „Diese Kannebier ist doch zu dumm! Ausdrücklich habe ich ihr gesagt, sie soll die verdorbene Wurst für die Leute nehmen, nun nimmt sie sie für die Beamten –!“

Einen Augenblick stehe ich überwältigt. Dann sage ich: „Ich danke vielmals, Frau Gräfin!“ Geschlagen ziehe ich über den Hof heim: Es sind eben doch zwei Welten!

Am Abend aber besucht der Graf mich auf meiner Bude und setzt mich fristlos an die Luft. Er läßt es sich sogar etwas kosten, diesen roten Revolutionär, der eine Gräfin wegen seines Frühstücks belästigt, loszuwerden: Er zahlt mir ein ganzes Vierteljahresgehalt!

Viele Stellungen habe ich während meiner landwirtschaftlichen Periode gehabt, sehr lange habe ich es nirgends ausgehalten. Doch die kürzeste Dienstzeit absolvierte ich auf einer großen Domäne in Mittelschlesien: Sieben Stunden stand ich dort in Diensten – sieben Stunden nur, und auch wieder wegen des lieben Essens.

Das war im Jahre 1917, ich war in Berlin bei irgendeiner Kartoffelgesellschaft tätig und hungerte und fror mich durch den verdammten Kohlrübenwinter. Da hatte es der Ökonomierat Reinlich leicht, mich zu überreden, auf seiner Domäne die Bücher für eine von ihm gezüchtete Kartoffel zu führen. Schon längst hatte ich bedauert, in die Großstadt gegangen zu sein, das flache Land verlassen zu haben, wo es doch wenigstens immer noch Brot gab und Obst und Milch und Kartoffeln – nicht nur Kohlrüben!

Eines Abends kletterte ich von einem Jagdwagen, der mich von der Bahn geholt hatte, ich war auf meinem neuen Tätigkeitsfeld angelangt. Mein Chef, der Ökonomierat Reinlich, war ein guter alter Mann, übrigens Junggeselle, fett, ein bißchen schwerhörig und ein bißchen schmuddlig – für seine Körperpflege machte er von seinem Namen entschieden nur wenig Gebrauch. Er zeigte mir selbst mein zu ebener Erde gelegenes Zimmer, ganz nett. „Vielleicht richten Sie sich gleich ein bißchen ein. Wir essen in einer halben Stunde zu Abend."

Ich hatte mich kaum gewaschen, da gongte es schon. Alles ging hier recht patriarchalisch zu: An einem Ende der Tafel saß der angeschmuddelte Ökonomierat, am andern seine kleine verhutzelte Schwester, die ihm den Hausstand führte. Dazwischen die mancherlei Beamten: der Feldinspektor, der Hofverwalter, der Milchkontrolleur, der Rechnungsführer, die Mamsell. Und ganz patriarchalisch-ländlich begann auch das Abendessen mit einer Mehlsuppe, einer Mehlsuppe, die durch irgendwelche bräunlich-schwärzlichen Klöße einen ungewohnten Reiz bekam. Dann gab es richtiges Butterbrot mit Wurst und Käse – jaja, es war gut, daß ich hierher gegangen war, hier würde ich lange bleiben. Keine Kohlrüben mehr . . .

Die Tafel wurde aufgehoben, und der Ökonomierat sagte zu seiner Schwester: „Ich setze mich mit Herrn Fallada noch ein bißchen aufs Büro und bespreche die Zuchtbücher. Bring uns doch eine Flasche von dem mittleren Mosel!"

Mittlerer Mosel und gleich etwas zu rauchen, gut, sehr gut. Dies halte fest, Fallada!

Herein kommt die Schwester mit dem Mosel. Der Chef schielt unter seiner Brille fort böse nach ihr hin. „Hundertmal habe ich dir gesagt", knurrt er, „daß du den Deckel von der Mehlkiste geschlossen halten sollst. Aber nein! Heute schwamm wieder die ganze Mehlsuppe voll Mäusedreck!"

Da wußte ich es, was ich da für ungewöhnlich reizvolle bräunlich-schwärzliche Klößchen gegessen hatte. Und dachte: Nein, was gleich mit Schiet anfängt, kann nur schietig weitergehen. Schüttele den Staub von deinen Füßen, Fallada, und trolle dich von hinnen!

Ich habe mir dann noch friedlich angehört, was alles mir der Ökonomierat von seiner schönen Kartoffel zu erzählen hatte, habe von seinen Zigarren geraucht und seinen Mosel getrunken – an den Dingen konnte ja bestimmt nichts „dran" sein. Als ich dann wieder in meinem Zimmer war, habe ich still gewartet, bis alles im Hause friedlich schlief. Ich stellte meine beiden Koffer auf die Fensterbank, kletterte hinaus und bin den Weg wieder friedlich zurückgewandert, den ich sieben Stunden vorher mit dem Jagdwagen gefahren war. Und als sie sich auf der Domäne zum ersten Frühstück hinsetzten – vermutlich mit Mehlsuppe mit, mit ... –, da trug mich schon der Eilzug wieder nach Berlin – mit seiner Kälte, mit seinen Kohlrüben.

Der Ökonomierat aber hat sich nie wieder bei mir gemeldet, hat nie wieder nach mir gefragt. Vielleicht hat er es sogar verstanden, daß es Menschen gibt, die nicht einmal über einen Mäusedreck wegkommen – ich hoffe es jedenfalls.

Der Ententeich

Es regnete, oh, wie es regnete!

Der Vater sagte am Frühstückstisch: „Einerseits ist dieser Regen für unsern Garten Gold wert, andererseits muß ich heute mindestens den halben Tag auf den Ämtern rumlaufen, ich werde naß wie eine Katze werden!"

Der vorlaute sechzehnjährige Uli meinte: „Aber, Papa, auf den Ämtern regnet es doch nicht durch! Die haben doch heile Dächer!"

Mißmutig antwortete der Vater: „Aber die Straßen zwischen den Ämtern haben keine Dächer, mein kluger Sohn! Da habe ich die schönste Gelegenheit, naß zu werden!"

Die Mutter unterbrach ein drohendes Wortgefecht und fragte besorgt: „Und was wirst du auf den Kopf setzen, Rudi? Du hast doch deine Mütze verloren . . ."

„Nicht verloren!" widersprach der Vater heftig. „Sie ist mir gestohlen worden." Die Mutter lächelte sanft. „Jedenfalls nehme ich das an; denn die Mütze ist weg", fuhr der Vater fort. „Und was setze ich bei diesem Regen auf den Kopf?"

Er schwieg gedankenvoll. Alle schwiegen. Dann sagte die Tochter, die Mücke: „Du hast doch noch deinen Ententeich, Papa!"

Die Mutter rief erschrocken: „Du wirst doch das alte abscheuliche Ding nicht aufsetzen, Rudi!"

Aber es war schon zu spät. Der Vater hing wie die meisten Männer an den ältesten Sachen am meisten. „Natürlich habe ich noch den Ententeich! Klar, daß ich den aufsetze! Danke schön, Mückchen!"

Alle schauten sie zu, wie der Vater den Ententeich aufsetzte. Er stand im Regenmantel vor dem Spiegel und zog sich das Ding vorsichtig ziemlich bis auf die Ohren. Der Ententeich war ursprünglich ein durchaus normaler, ja fast vornehmer Hut gewesen. Aber vom ersten Anfang an hatte der Vater darauf bestanden, statt wie andere gesittete Männer einen Längskniff in den Hutkopf zu machen, diesen kreisförmig zu vertiefen, so daß eine Art rundes Becken entstand, das sich bei Regen mit Wasser füllte, irgendwann von irgendwem „Der Ententeich" benannt. Die Krempe hing nach allen Seiten herab, aber oben war das Bassin. Der Vater betrachtete sich zufrieden. „Was du nur immer gegen den Hut hast, Alma!" sagte er. „Viele wären froh, wenn sie so einen hätten!"

„Den stiehlt dir keiner!" stellte die Mutter fest. „Einfach abscheulich siehst du darin aus, Rudi!"

„Wie ein Handwerker!" sagte Uli, aber wohlwollend.

„Richtig!" stimmte der Vater erfreut zu. „Wie ein Tischlermeister. Aus Jever oder Oldenburg. Ich bin sehr zufrieden, sehr!" Damit warf er noch einen letzten Blick auf sein Spiegelbild und nahm Abschied von den Seinen. Er trat in den Regen hinaus, mit dem Ententeich.

Von den guten Wünschen seiner gesamten Familie geleitet, hatte der Vater Abschied genommen, ganz still und leise war er heimgekehrt. Er hatte sich das warmgestellte Essen aus der Küche geholt, die Mutter fand ihn hungrig löffelnd im Wohnzimmer. „Hier sitzt du!" rief sie erstaunt. „Warum meldest du dich denn nicht? War das Essen denn noch wirklich warm? Sicher hast du Ärger auf den Ämtern gehabt!"

„Och!" antwortete der Vater und löffelte weiter. Dann aber hob er doch den Blick. „Weißt du, Alma", gestand er schuldbewußt, „ich habe da, glaube ich, einen ekelhaften Schwupper gemacht. Dieser Ententeich hat mich elend reingerissen!"

„Ich sage es ja!" rief die Mutter. „Nun gibst du mir aber auch die Erlaubnis, daß ich ihn mit einem von meinen Hüten gegen einen neuen eintausche!"

Aber ehe noch die Erlaubnis gegeben war, brachen die Kinder in das Zimmer ein. „Nun, Meister!“ rief Uli. „Was macht das edle Tischlerhandwerk? Immer fleißig den Hobel ausgeblasen?“, und er griente den Vater an.

„Schweig mir stille von der Tischlerei“, rief der Vater ärgerlich, besann sich aber gleich und sagte ruhiger: „Setzt euch mal hin, Kinder. Ich wollte grade eurer Mutter von einem Fehler erzählen, den ich heute begangen habe. Hört mir zu! Das kann mir gar nicht schaden – und euch auch nicht!“

Sie setzten sich hin, gespannt horchend. Sicher hatte der Vater wieder was erlebt, meist erlebte er was, wenn er in die Stadt fuhr, und konnte dann herrlich davon erzählen.

„Also“, fing er an, „ihr erinnert euch doch, wie mich der Uli heute früh zum Tischlermeister gemacht hat. Natürlich habe ich den ganzen Tag nicht wieder daran gedacht, auch nicht, als ich wartend an der Haltestelle der 47 stand und einen Zettel las: ‚Säge und Beil zu verkaufen‘. Ich dachte: Die Säge könnten wir gut gebrauchen. Ich will doch mal nachfragen. Sie wird ja schon weg sein, aber zum Essen komme ich doch nicht mehr rechtzeitig.

Ich ging hin, vier Treppen, das heißt eigentlich fünf, wenn man das Hochparterre mitrechnet; ein kleiner alter Mann, der mir aufmacht, wißt ihr, so ein Männchen wie aus zerknittertem Papier, zum Umpusten – man versteht nicht, wie solche den Krieg mit Bomben und Hungern überstanden haben. ‚Ist die Säge noch da?‘ frage ich. Ja, die Säge ist da, sie steht hinter dem Schrank. Es ist keine Bügelsäge, wie ich sie gerne für unser Brennholz gehabt hätte, aber eine schöne große Tischlersäge, der Griff ganz poliert von den vielen Händen, die sie angefaßt haben. Ein gutes, breites Sägeblatt ...

Ich sehe mir also die Säge genau an, peile das Sägeblatt lang, ob auch kein Zahn fehlt, da sagt das Männlein zu mir: ‚Sie sind wohl Tischlermeister?‘ In demselben Augenblick fällt mir ein, was der Uli am Morgen gesagt hat, und ich lüge munter: ‚Jawohl, bin ich. Was soll denn die Säge kosten?‘ – ‚Fünfundzwanzig Mark‘, antwortet das Männchen und bekommt gleich einen Schreck vor seinem eigenen Mut. ‚Aber wenn es Ihnen zuviel ist?' – ‚Wissen Sie was', sage ich nun, ‚ich werde Ihnen zwanzig Mark geben, das ist die Säge mir heute wert . . .'

Er sieht mich an. Ich sehe ihn an, wir grinsen beide, und dann sagt er: ‚Kommen Sie mal in meine Küche, da ist nämlich eine Granate reingegangen.' Na, in der Küche sah es nicht schön aus, sie hatten wohl ein Notdach gemacht, aber es regnete durch, und die Möbel waren auch ziemlich ramponiert. Die Küchenstühle saßen mit dem Sitz auf der Erde und hatten ihre Beine fein säuberlich hinter sich an die Wand gelehnt, und in dem Küchenbüfett waren von den Granatsplittern Löcher.

‚Da müßte man Sperrholz drüber machen", sagte ich. – ‚Ja', antwortete das Männlein ganz eifrig, ‚das müßte man. Aber wer gibt mir ollem Mann Sperrholz? Haben Sie was?' – Du weißt, Uli, wir haben noch ein paar Sperrholzplatten in der Garage stehen, ich sagte also: ‚Och, etwas habe ich noch. Was Sie hier brauchen, will ich Ihnen geben.' – ‚Schön!' ruft er schnell. ‚Das ist ein Wort, Meister! Und wann kommen Sie und machen mir meine Möbel?'

Daran hatte ich nun nicht im Traume gedacht, und ich sagte verlegen, ich hätte soviel Arbeit, vorläufig könnte ich nichts versprechen . . . ‚Ach!' sagte das Männlein. ‚So reden sie alle. Nun seien Sie mal nicht so, Meister, ich bin auch nicht so. Ich gebe Ihnen die Säge für zwanzig Emm, und Ihre Arbeit bezahle ich wie alle, nun machen Sie meiner Frau und mir auch die Küche heil!' – Na, Kinder, ihr könnt euch denken, ich habe ihm natürlich nichts versprochen. Konnte ich ja gar nicht, ich verstehe ja nichts von Tischlerarbeit, aber er denkt natürlich . . ."

Der Vater brach ab und runzelte unmutig die Stirn. Dann sagte er in die erwartungsvolle Stille hinein: „Aber denkt doch, was für ein Zufall! Morgens sagt Uli Tischlermeister, nachmittags kaufe ich 'ne Tischlersäge und werde für 'nen Tischler gehalten und kriege einen Tischlerauftrag! Wenn das nicht ein komischer Zufall ist! Und alles wegen des Ententeiches . . ."

Wieder schwieg der Vater, und auch die andern schwiegen und sahen ihn nur erwartungsvoll an, als müsse durchaus noch was kommen. Aber es kam nichts mehr.

Dann sagte die Mutter eilig, abschließend: „Gott sei Dank, daß du den Auftrag nicht angenommen hast, Rudi! Er weiß doch nicht unsere Adresse?"

„Nein, natürlich nicht!" rief der Vater, ganz erschrocken bei dem Gedanken.

Nach einer Weile sagte in die Stille hinein der Uli: „Aber die Säge hast du gekauft, Papa?"

„Ja, selbstverständlich. Sie hängt in der Feuerung. Kannst sie dir gleich ansehen. Ist 'ne gute Tischlersäge, Uli!"

„Und was hast du dafür bezahlt, Papa?" fragte der Sohn weiter. „Zwanzig oder fünfundzwanzig Mark?"

„Zwanzig Mark", antwortete der Vater grämlich. „Er wollte doch nicht mehr nehmen, der Opa!"

„Ach, laß doch diese Fragerei, Uli!" sagte die Mutter vermittelnd. „Du siehst doch, du ärgerst bloß den Papa!"

„Wenn du nur zwanzig Mark gezahlt hast, Papa", verkündete der Sohn unerschüttert, „dann mußt du auch dem Opa die Möbel flicken. Das geht einfach nicht anders."

Der Vater wollte zornig werden, aber dann sagte er doch lächelnd: „Darum habe ich ja gesagt, ich habe einen Schwupper gemacht. Ich habe ein schlechtes Gewissen, ich gebe es zu, Söhner. Dieser verdammte Ententeich hat mich reingerissen . . ."

„Gleich morgen tausche ich ihn um!" rief die Mutter eifrig.

„Aber", fuhr der Vater, noch heiterer lächelnd, fort, „aber ich habe doch, fällt mir eben ein, einen recht geschickten Sohn, der ein bißchen mit Hammer und Stechbeitel und Hobel umzugehen weiß." Der Vater wurde über den endlich entdeckten Ausweg immer vergnügter. „Überhaupt", fuhr er fort, „macht der Meister solche Läpperreparaturen nie selbst, da schickt er seinen Gesellen oder auch nur den Lehrling. Wie ist das, Lehrling? Binzstraße 76, vier Treppen, eigentlich fünf, Lorenz heißt der Opa."

„Das möchtest du, Papa!" rief der Sohn und war rot vor Ärger. „Jetzt soll ich deine Dummheiten ausbaden!"

„Nun", sagte der Vater bedachtsam, „ich glaube, ich habe schon manchmal deine Dummheiten ausbaden müssen, Uli. Denke zum Beispiel an meinen letzten Besuch bei deinem Direktor. Vielleicht überlegst du dir die Sache noch bis zum Abend und gibst mir dann Bescheid."

Damit wurde von der Sache erst einmal nicht geredet, aber es gab im Verlaufe des Nachmittags doch einige Heimlichkeiten: Der Sohn verschwand still in den Regen, und die Mutter suchte erfolglos nach dem Ententeich, den der Vater versteckt hatte – eigentlich war er doch noch ein sehr brauchbarer Hut!

Beim Abendessen sprach der Sohn heiter zum Vater: „Also, Papa, ich bin bei deinem komischen Opa gewesen, habe alles ausgemessen und mir notiert, was wir brauchen. Ich glaube, wir müssen dem Daddy helfen, und ich werde den Kram schon einigermaßen hinkriegen. Aber du mußt mitkommen, Papa, erstens einmal, weil der Opa gar kein Vertrauen zu Lehrlingen hat, sondern durchaus den Meister dabeihaben will, und zweitens brauche ich dich, daß du mir die Sperrholzplatten hältst beim Zuschneiden und Anmachen."

„Das kann auch der Opa!" rief der Vater eilig. „Ich habe einen Haufen dringende Schreiberei für die Zeitung!"

„Der Opa kann das nicht, Papa!" widersprach der Sohn unerbittlich. „Hast du nicht gesehen, was für zitterige Hände er hat? Nein, du mußt unbedingt mitkommen, Papa, du wirst doch so 'nen ollen Mann nicht enttäuschen!"

„Na also, schön!" entschloß sich der Vater. „Schließlich ist's nur recht und billig, wenn ich für meine Dummheit büße. Aber das sage ich dir, Uli, helfen kann ich dir nichts, ich stehe da bloß rum. Der Opa wird mich für 'nen komischen Meister ansehen."

„Ich werde dich schon anstellen, Papa!" verkündete der Sohn verheißungsvoll, und das tat er denn auch am nächsten Vormittag. „Meesta!" sagte er im schönsten Berlinerisch. „Wie soll ick det denn nu mit de Beene von die Stühle halten? Soll ick die valeimen oder schraub ick die feste?"

„Schraube sie an, Uli!“ sagte der Meister, und der Opa nickte Beifall.

„Na ja, wie Se meenen, Meesta“, sagte der „Lehrling“ mit einem tiefen Seufzer. „Ick meene man bloß: Leim, det is reelle Tischlerarbeet, aba Schrauben, det is eegentlich doch bloß Pfuscherei! Bloß, det ick een Wort sare, Meesta, ick tu allens, ick spucke die Beene ooch an!“

„Es ist ein Kreuz heute mit den Lehrlingen, Herr Lorenz“, sagte der Meister vernehmlich, „alle sind sie neunmalklug und ewig nichts wie Widerreden!“

Der Opa nickte, aber der Lehrling sagte: „Mit den Meestan is det heute manchmal ooch een Kreuz – nich bei uns natürlich, Meesta, nich bei uns! Sie packen an, Meesta! Sie arbeeten! – Würden Se mir mal den Hobel reichen, Meesta? Ich will hier noch mal 'ne Kante abstoßen!“

„Uli!“ flüsterte der Vater zornig, als er dem Sohne den Hobel reichte. „Uli, wenn du weiter hier so angibst, klebe ich dir eine, richtig, wie ein Meister seinem Lehrling!“

„Aber jewiß doch, Meesta!“ antwortete der Lehrling unerschüttert. „Jewiß kleben Se mir noch eene für mein Maulwerk. Det sagt schon meene Mutta imma, mit dem Maul schlage ick janz uff meenen Vata! Der ist nämlich ooch imma mit de Schnauze vornwech, Meesta, wissen Se, und nachher sitzt er ewig in de Tinte, vastehn Se, Meesta! – Mit det Sperrholz, wie ha'm Se sich det nu jedacht, Meesta?“

Und so ging es weiter, zwei Stunden Reparatur hindurch.

„Schurke!“ sagte der Vater zu seinem Sohn auf dem Heimweg. „Du hast mich ganz schön für meine dummen Lügen braten lassen! Aber warte, das nächste Mal, wo du in der Klemme sitzt, werde ich mich rächen!“

„Bringst du ja gar nicht fertig, Papa!“ antwortete munter der Sohn. „Bist du schon viel zu abgeklärt und edel dafür! Solche gemeinen Sachen fressen immer nur wir jungen Leute aus. – Wie ist es übrigens mit den fünf Mark, die du beim Opa kassiert hast? Die kriege doch ich für meine Arbeit!“

„Die sind für mein Sperrholz!“ sagte der Vater rasch. „Und im übrigen kriegt sie die Mutter. Ich habe es mir noch einmal überlegt, ich werde den Ententeich doch umtauschen lassen, er bringt mich ständig in faule Situationen und in die Hände von Erpressern. Und bei dem Tausch muß die Mutter zuzahlen."

„Ach, Papa!" sagte der Sohn, „umtauschen hilft doch auch nicht. Du kommst auch ohne Ententeich wieder in die Tinte. Du hast einmal zuviel Phantasie. Wenn dir einer sagt, du siehst aus wie ein Tischlermeister, dann spielst du auch gleich einen. Zuviel Phantasie, Meesta!"

„Gottlob!" rief der Vater. „Gottlob habe ich zuviel Phantasie – wovon lebten wir sonst?! – Im übrigen habe ich mich endgültig entschlossen: Ich behalte den Ententeich. Hier hast du die fünf Mark!"

„Wankelmütiges Alter!" sagte der Sohn und steckte das Geld ein. „Unentschlossener Greiser – außerdem: danke schön!"

Und friedlich marschierten die beiden nach Hause, Uli mit bloßem Kopf und dem Werkzeugrucksack auf dem Buckel, der Vater die Tischlersäge (rechtens nur mit zwanzig Mark bezahlt) über der Schulter und auf dem Kopf den Ententeich.

Alte Feuerstätten

Sie fragen mich, warum ich als alter Junggeselle hier sitze, einsam und vergrämt –? Sicher hätte ich auch wie andere Männer heiraten können! Und warum es denn gar keine Frauengeschichten über mich gebe –?

Natürlich hätte ich heiraten können, und eine Frauengeschichte hat es bei mir auch einmal gegeben. Das ist so lange her, daß es bald nicht mehr wahr ist; nur ich weiß davon und vielleicht Ria. Aber das glaube ich nicht, sie wird längst nicht mehr daran denken.

Ich nannte sie – bei mir – Ria, ihr richtiger Name war Erika von Schütz, und ihr Vater war der Besitzer einer großen Begüterung im Osten. Sie waren beide sehr hochfahrende Leute, oft sah ich Vater und Tochter an mir vorüberreiten, aber sie erwiderten nie den Gruß ihres armen Inspektors, der im Beamtenhaus Grütze mit Magermilch essen mußte, während sie eine Tafel mit ich weiß nicht wieviel Gängen absolvierten. Ich nahm es ihnen nicht übel, daß sie so hochmütig waren und über mich fortsahen, damals empfand man es noch als selbstverständlich, daß es Reiche und Arme gab, und Armsein war eigentlich eine Schande.

Nein, ich verehrte Erika von Schütz vielleicht sogar doppelt wegen ihres Hochmuts, sie, die ich innerlich bei mir Ria nannte und die mein Herz erheben machte, wenn ich sie nur von weitem sah. Übrigens erschien sie mir ganz unerreichbar. Später, als ich schon länger auf der Begüterung arbeitete, verwendete sie mich zu mancherlei Botengängen: Ich mußte ihr Reitpferd auf und ab führen, ein Briefchen über Land einem gewissen Herrn zustellen, und einmal hatte ich sogar Wache zu stehen vor dem Gartenhaus, als sie mit diesem gewissen Herrn darin war, damit der Vater sie nicht überraschte.

Wenn sie bei solchen Gelegenheiten mit mir sprechen mußte, nahm ihr Gesicht einen gelangweilten, ja fast geekelten Ausdruck an, als sähe sie eine Spinne oder sonst ein ihr widerliches Tier. Und doch liebte ich sie – ich liebte sie mit der ganzen Kraft meines heißen jungen Herzens, und jedes ihrer so verächtlich hervorgestoßenen Worte war holdeste Musik in meinen Ohren. Einmal sagte sie bei solcher Gelegenheit ganz überraschend zu mir: „Wissen Sie eigentlich, daß Sie in Ihrer Art eigentlich ein ganz hübscher Bursche sind, Wrede?" Und gleich darauf wie angewidert: „Aber das werden Ihnen die Hofmädchen oft genug gesagt haben! Gehen Sie, gehen Sie bloß, Mensch, wagen Sie nicht, mich derart anzustarren! Und Punkt vier liefern Sie mir den Antwortbrief ab, verstanden –?!"

Damit ließ sie den Gaul so kurz kehrtmachen, daß er mich mit seiner Hinterhand fast umgestoßen hätte, und ritt ab, einen schmalen Fußweg durch die Büsche des Parks, daß die Ruten ihr um die Ohren pfiffen, aber darum beugte sie ihren Nacken noch lange nicht! Dies war übrigens die einzige Gelegenheit, bei der sie mit mir ein persönliches Wort sprach, mir zeigte, daß sie mein Gesicht je angesehen hatte. Sonst tat sie immer so, als könne sie sich nicht genau auf mich und meinen Namen besinnen. Bei jeder andern hätte ich das albern gefunden, aber sie kleidete es – freilich, ich war auf Gedeih und Verderb verliebt in sie! Oft ging ich spät abends noch in den Stall und brachte ihrem Pferd meine Stullen oder Zucker, um wenigstens jeden Tag etwas für sie zu tun.

Eines Tages bekam ich Krach mit ihrem Vater, dem Herrn Woldemar von Schütz, oder vielmehr, er machte Krach mit mir. Ich sollte einem Arbeiter zu viel Lohn ausgezahlt haben. Er entließ mich fristlos, kaum, daß er mir erlaubte, die Nacht noch auf dem Gut zu schlafen. Ich konnte ihn zwar einen Augenblick später von seinem Irrtum überzeugen, aber er fand, es sei besser, wir ließen es bei der sofortigen Entlassung.

„Was ich einmal gesagt habe, bleibt. Ich mag es überhaupt nicht, daß Leute bei mir lange in Arbeit sind: Sie gewöhnen sich, das taugt nicht. Nur neue Besen kehren gut. Sie dürfen übrigens den Rest ihres Monatsgehaltes aus der Gutskasse entnehmen." Damit ließ er mich stehen.

Ich war sehr verstimmt; ich hatte mir kein Geld erspart, und Stellungen auf dem Lande waren zu der Zeit nur schwer zu kriegen. Als mich kurz darauf das gnädige Fräulein anrief und zu einem Botengang in den Park bestellte, antwortete ich ihr patzig, ich hätte dafür keine Zeit mehr. Ich müßte meine Bücher abschließen und meine Sachen packen, ich ginge! Damit hängte ich den Hörer an und war zum ersten Male froh, ihr auch einmal meinen eigenen Willen gezeigt zu haben, nicht immer ihr demütiger Sklave gewesen zu sein!

Sie ließ mich aber nicht lange in meinen Triumphgefühlen; eine Viertelstunde später war sie bei mir auf dem Zimmer, sah verächtlich auf meine Packerei und setzte sich dann auf die Fensterbank. Sie warf mir eine Zigarette zu, brannte sich auch eine an und sagte grenzenlos hochmütig: „Was ist eigentlich in Sie gefahren, Wrede –?! Wenn ich sage, Sie gehen, so gehen Sie, und wenn ich verlange, Sie bleiben, so bleiben Sie eben hier! Also bleiben Sie hier und machen Sie weiter meinen Postillon d'amour!" Dazu lächelte sie verächtlich.

Auge in Auge mit ihr war mir mein Mut fast ganz entschwunden; ich sagte ihr aber doch, daß es für mich schwierig sei, ihrem Vater und ihr zugleich zu gehorchen. Er habe mich auf die Straße gesetzt, und sie befehle mir zu bleiben!

„Soso!" sagte sie. „Herr von Schütz hat Sie also entlassen? Warum denn –? Sicher wieder eine Mädelgeschichte –!"

Ich sagte ihr den Grund.

„So –?" antwortete sie und betrachtete mich nachdenklich. „Für Sie ist es natürlich schwierig, da einen Ausweg zu finden, zu bleiben und zu gehen. Für mich nicht. Seien Sie heute abend um zehn im Park, an der üblichen Stelle, und bringen Sie Ihren Koffer mit. Vielleicht weiß ich eine Stellung für Sie!"

Ich stammelte ein paar Worte des Dankes. Aber sie unterbrach mich sofort. „Ach was!" rief sie. „Können Sie denn nicht hören? Ich habe ‚vielleicht' gesagt. Es ist sehr gut möglich, daß ich Sie die ganze Nacht im Park stehenlasse und daß Sie mich nie wiedersehen. Aber nehmen Sie jedenfalls von allen hier Abschied – auch von Ihren Mädels!"

Bei diesen Worten trug ihr Gesicht wieder diesen angewiderten Ausdruck. Ich versicherte ihr, daß es bei mir keine Mädelgeschichten gäbe, und das war wirklich die Wahrheit. Ich hatte, seit ich Ria kennengelernt, nur in ihr die Frau gesehen, alle andern lebten nicht für mich. Aber sie hörte nicht auf meine Worte. Sie ging aus dem Zimmer, als sei ich Luft, ja, sie ging so nahe an mir vorbei, als sähe sie mich nicht – ich mußte rasch zurücktreten. Dann war ich wieder allein mit meiner Packerei. Ich legte die angerauchte Zigarette, die sie mir geschenkt hatte, vorsichtig in meine Brieftasche.

Natürlich hütete ich mich, von irgend jemandem Abschied zu nehmen – es hätte doch wohl einige Fragerei gegeben, wohin ich so spät noch in der Nacht wollte. Um zehn Uhr war ich pünktlich auf meinem Platz im Park, vorbereitet darauf, die halbe oder die ganze Nacht zu warten. Aber so schlimm wurde es nicht, ich sah sie zwar nicht selbst, aber ihr Mädchen, eine ältliche, wegen ihrer scharfen Zunge gefürchtete Person, kam bald und führte mich ins Herrenhaus. Im Erdgeschoß schien eine Gesellschaft zu sein, alle Fenster waren strahlend erleuchtet. Ich hörte Musik, Gelächter, den hellen Klang von Gläsern. Ich wurde über die kaum beleuchtete Dienertreppe in den Seitenflügel des ersten Stockwerks geführt, in eine Art kleines Abstellzimmer, in dem ausrangierte, verstaubte und defekte Möbel ohne Ordnung zusammengestellt waren. Aber ich war nicht enttäuscht dadurch, wußte ich doch, sie wohnte in demselben Flügel. Ich war auf ein langes Warten gefaßt, aber ich war jetzt doch sicher, ich würde sie diese Nacht noch sehen. Und überhaupt: ich war mit ihr unter dem gleichen Dach, schon das machte mich glücklich.

Lange Stunden saß ich in dieser Rumpelkammer und träumte von dem Glück, sie gleich durch die Tür hereinkommen zu sehen. Ab und an trat ich ans Fenster und sah auf den nächtlichen Park. Die nächsten Bäume waren angestrahlt von dem Licht aus den Parterreräumen: Sie feierten unten immer noch. Aber oben am Himmel die Sterne hatten einen andern festlichen Glanz, ein Ewigkeitslicht über uns kleinen Menschen. In diesen Wartestunden habe ich am besten begriffen, was das heißt: lieben. Ich hatte keine Vergangenheit mehr und keine Zukunft. Ich lebte nur in diesem Warten, das mich selig machte. Ich erwartete nichts als ein paar hochfahrende Worte und einen Botenauftrag, vielleicht allenfalls auch eine Adresse, wohin ich mich wegen einer neuen Stellung zu wenden habe.

Aber das alles interessierte mich nicht. Ich war mit ihr in einem Hause, in diesem Zimmer würde sie zu mir kommen! Oh, wie schön ist es, jung zu sein und noch ohne den peinigenden Stachel des Besitzenwollens lieben zu können! Heute bin ich ein alter Mann, der einiges erreicht hat in seinem Leben, aber wenn Sie mich fragen, wann ich je glücklich war in meinem Leben, so sage ich Ihnen: Es waren jene Wartestunden im Herrenhaus, da ich auf meiner Liebe schwerelos schwebte wie die Seerose auf den Wassern des Teiches!

Ich bin über meinem Warten dann schließlich eingeschlafen, die Jugend verlangte ihr Recht. Ich erwachte davon, daß mir jemand spielend, streichelnd durchs Haar fuhr. Ein unsagbarer Glücksschauer durchrieselte mich. Ich setzte mich auf dem alten Liegesofa hoch und starrte Ria bewundernd an. Sie trug ein tief ausgeschnittenes Abendkleid, der weiße Glanz ihrer Schultern und Brust blendete mich, als hätte ich zu stark in die Sonne gesehen.

„Ach, Werner, Werner!“ sagte Ria und hatte ihre liebkosenden Finger noch immer in meinem Haar. „Es geht auf den Morgen, und statt mich zu erwarten, schläfst du! Ich dachte, wenigstens du liebst mich wirklich –!“

Ich war so verwirrt, daß ich kein Wort zu antworten wußte. Sie aber umfaßte mich mit beiden Armen und küßte mich auf den Mund. Sie zog mich ganz nahe an ihre atmende Brust, ich roch ihren süßen Duft, unter ihrem Kuß schwanden mir fast die Sinne ... Wir hielten uns aneinander wie zwei Ertrinkende, die doch nur ihr Versinken beschleunigten. Die Wasser unserer Liebe schlugen über uns zusammen!

Nach einer Weile sagte sie: „Komm, wir wollen essen!"

Sie führte mich in ihr Schlafzimmer. Dort war ein Tisch für uns beide gedeckt, Wein stand in einem Kühler. Plötzlich war ich aus einem armen Feldinspektor mit Magermilchgrütze ein großer Mann geworden. Aber ich fand das ganz selbstverständlich, nichts konnte mich noch überraschen, seit das größte Wunder geschehen war, daß sie mich liebte!

„Laß es dir schmecken, Werner!" sagte sie. „Nein, stoße vorher auf die Braut an! Du siehst mich so an – wußtest du nicht, daß ich heute nacht Verlobung gefeiert habe?"

„Ist es –", fragte ich und nannte den Namen des Mannes, zu dem ich so viele Briefe getragen.

„Nein!" Sie schüttelte den Kopf. „Es ist ganz jemand anders. Du kennst ihn nicht. Aber es ist auch gleichgültig, wer es ist – zur Hölle mit ihm!" Und sie warf ihr Glas gegen den Spiegel, daß die Scherben klirrend zu Boden fielen. „Hier sind wir beide – und nach uns die Sintflut!"

So begannen jene verzauberten Tage und Nächte, in denen ich meinte, in einem Traum oder Märchen zu leben. Ria war vollkommen verändert, sie schien nur für mich zu leben. Kein hochfahrendes Wort mehr, keine Bemerkung, die mich hätte kränken können. Am Tage war sie viel draußen, sie kam oft nur für einen Augenblick, weckte mich mit einem Kuß aus meinem Schlummer oder meinen Träumereien und ging wieder. Oder wir plauderten auch eine Viertelstunde miteinander, nie über Dinge unseres Alltags, sondern wir erzählten uns von glücklichen Südseeinseln, von einer Robinsonade zu zweien, von einem Weltuntergang, der uns beide allein übrigließ.

Wir waren die beiden einzigen auf der Welt geworden, und ich sah außer ihr höchstens manchmal ihr ältliches, scharfzüngiges Mädchen, das aber nie ein Wort zu mir sprach, das im Zimmer aufräumte und mich nie sah. Wie lange dieses Glück gedauert haben mag –? Ich weiß es nicht mehr, mein Freund, ich habe die Tage und Nächte nicht gezählt, alles ging mir ineinander über, bis ich sie wieder in meinen Armen hielt. Es kann eine Woche gedauert haben oder zwei – seit wann zählt der Sommer seine Rosen –?! Oh, ich bin glücklich gewesen, übermenschlich glücklich! Es hat für ein ganzes Leben gereicht, wie Sie sehen; ich schwärme noch heute davon wie ein Gymnasiast – trotz des bitteren Endes!

Eines Tages, als ich über den Flur zum Badezimmer ging, stand plötzlich der Herr Woldemar von Schütz vor mir. Ich hatte nie mehr an ihn gedacht, wie auch er wohl meine Existenz völlig vergessen hatte. Einen Augenblick stand er wie eine Gans, wenn's donnert, dann fing er seiner Gewohnheit gemäß zu schreien an – er hatte mich wohl aus dem Zimmer seiner Tochter kommen sehen. Er fuchtelte mir mit der Reitpeitsche gefährlich unter der Nase.

Aber sofort war auch das ältliche Dienstmädchen da. Sie bat schnell und eindringlich, er möge mir doch nichts tun. Sie gestehe frei und offen, sie habe mich als ihren Liebhaber ins Schloß geschmuggelt. Auch sie sei nur ein Mensch, es werde aber auch bestimmt nicht wieder vorkommen. Er möge mir bloß nichts tun, ich würde auch auf der Stelle gehen ...

Ich muß gestehen, sie war ein bewundernswürdiges altes Biest, wie sie sich ohne Zögern vor ihre Herrin stellte. Sie mußte ihre einzelnen Sätzchen in die kurzen Pausen, die ihr seine Brüllerei ließ, einschieben, aber sie tat das äußerst geschickt. Äußerst geschickt war auch ihre immer wiederholte Bitte, er möge mir doch nichts tun! Sie wies ihn dadurch deutlich darauf hin, wie er seiner Wut ein Ventil verschaffen könnte. Ein teuflisch geschicktes Weib! Schließlich begriff der Herr von Schütz. Er zog mir mit der Reitpeitsche eins über das Gesicht, daß sofort die Haut platzte. Und dem ersten Schlage folgten viele: Der Appetit kommt beim Essen. Ich wurde in aller Form aus dem Herrenhaus geprügelt. Ich fing an zu laufen. Er lief hinter mir drein, und die geschwungene Reitgerte pfiff auf meinen Rücken.

Schließlich gelangte ich aus dem Haus. Auf der Terrasse lungerten die Hunde. Er schlug mich weiter und hetzte die Hunde auf mich mit einem scharfen Zischlaut. Schließlich sah er zu, wie ich mich mit Fußtritten und Schimpfen der Köter zu erwehren suchte, immer dem Parkausgang zustrebend. Es muß für einen Zuschauer sehr komisch ausgesehen haben, wie ich mich da mit sechs, acht Hunden herumschlug. Vor allem ein kleiner bissiger Dackel machte mir zu schaffen, der mir immer wieder in die Hacksen fuhr.

Der Herr von Schütz geruhte auch, das komisch zu finden, er fing schallend zu lachen an. Und plötzlich stand Ria neben ihm, meine geliebte Ria, die vor ein paar Stunden noch in meinen Armen gelegen hatte, und auch sie lachte. Sie lachte herzlich und unbekümmert über ihren Liebhaber in Nöten, ja, sie ermunterte die Hunde noch: „Faß, Waldmann! Gib's ihm tüchtig, Harras! Oh, das war ein gemeiner Tritt, armer Rex!"

Und dann lachte sie wieder. Ich hatte dies Lachen noch in meinen Ohren, als ich in der Küche eines unserer Arbeiter stand und mein blutig brennendes Gesicht mit einem nassen Lappen kühlte. Ich hatte dieses Lachen noch Wochen und Monate in den Ohren; ich höre es noch jetzt, da wir beide alte Leute geworden sind, Ria und ich.

Ja, sie lebt noch, ich weiß es zufällig. Aber sie denkt wahrscheinlich nie mehr an das kurze Zwischenspiel mit dem kleinen Inspektor Wrede. Vielleicht besteht ihr ganzes Leben aus solchen kleinen Zwischenspielen. Es gibt viele Frauen, die nie zu einem großen Erlebnis kommen, weil sie sich zu sehr den immer wechselnden Kleinigkeiten hingeben.

Ich hätte sie später wiedersehen können, die Ria. Es hätte nur einer kleinen Nachhilfe von meiner Seite bedurft, der und der Bekannte hätte mich einladen müssen, und wir hätten einmal wieder einander gegenübergestanden: die Herrin und ihr Sklave. Aber was sollte das? Ich bin nicht dafür, in den alten Feuerstätten herumzustochern, die von Asche bedeckte Glut zu neuer Flamme zu entfachen. Das Feuer brennt nie wieder wie in unserer Jugend. Und dann: ich habe einmal ein großes Glück genossen, alles danach konnte nur geringer sein. So das eigene Ich opfernd, so wunschlos liebt man nur einmal im Leben!

Und weiter: Sie werden zugeben müssen, lieber Freund, es war etwas beunruhigend, dieses Erlebnis. Trotz allen genossenen Glückes empfand ich von da an ein tiefes Mißtrauen gegen die Frauen mit ihren unberechenbaren Launen, ihrer Sprunghaftigkeit. Ich konnte mich nie wieder überwinden, mein Herz in die Hand eines solchen Wesens zu geben. So bin ich denn allein geblieben, ein alter, einsam gewordener Junggeselle mit nur einem einzigen Liebeserlebnis in einem langen Leben. Vielleicht werden Sie mich nicht verstehen – aber was wollen Sie: So bin ich nun einmal! Keiner kann aus seiner Haut – und niemand will das auch.

Der Erzähler sah nachdenklich in sein Weinglas, erhob es, er sprach: „Du warst herrlich, Ria! Wie eine Göttin entstiegst du den Wolken und beglücktest einen armen Sterblichen! Dann kehrtest du auf den Olymp zurück!“ Er trank das Glas leer und warf es gegen den Spiegel: Klirrend fielen die Scherben zu Boden. „Zur Hölle mit allen Weibern!“ sprach er.

AtV

Band 5302 **Hans Fallada**

Kleiner Mann – was nun?

Roman

358 Seiten
12,90 DM
ISBN 3-7466-5302-9

Als Lämmchen und der Verkäufer Johannes Pinneberg heiraten, zeichnen sich böse Zeiten ab: die Weltwirtschaftskrise. Dennoch glauben die beiden an ihr Glück und an ihre Liebe. Als Pinneberg sich schließlich in das Millionenheer der Stempelbrüder einreihen muß, ist es Lämmchen, diese liebenswerte, sanfte und tapfere junge Frau, die das Leben ihres verzweifelten kleinen Mannes in ihre Hände nimmt.

AtV

Band 5304 **Hans Fallada**
Geschichten aus der Murkelei

147 Seiten
9,90 DM
ISBN 3-7466-5304-5

Generationen sind schon mit Falladas Geschichten aus der Murkelei großgeworden, und neue entdecken sie für sich. Ihr Charme ist zeitlos und ohne Alter. Dabei sind es Geschichten – oder besser Märchen –, die Fallada für seine eigenen Kinder erfand, durchaus mit pädagogischen Absichten. Den Ängstlichen machen sie Mut, die Angeber werden verspottet und die Gedankenlosen zum Nachdenken gebracht. Auf vergnügliche Weise lehren sie, alles Lebende zu achten und die Welt mit Phantasie zu sehen. Und das ist die Botschaft, für die niemand zu jung und keiner zu alt sein kann: »Es gibt nicht bloß, was man mit den Augen sieht und mit den Ohren hört«.

AtV

Band 5306

Hans Fallada
Altes Herz geht auf die Reise

Roman

Exklusiv bei AtV

288 Seiten
12,90 DM
ISBN 3-7466-5306-1

Professor Gotthold Kittguß ist am Ziel seiner Wünsche: Nach 25 Lehrjahren wird er sich jetzt dem Studium der Heiligen Schrift widmen. Nichts und niemand soll ihn stören. Aber plötzlich steht ein fremder Junge in seinem Studierzimmer und bringt eine Botschaft: Rosemarie, das längst vergessene Patenkind, braucht Hilfe. Also macht sich Professor Kittguß auf die beschwerliche Reise. In Unsadel, tief im Mecklenburgischen, findet er nur Zwietracht und Mißtrauen unter den Dorfleuten. Alles läuft schief, und um des Professors Rettungsmission stünde es schlecht, gäbe es nicht die Kinderbande und ihren Schwur, das Dorf zu bessern und Rosemarie, ihre Königin, aus der Tyrannei der Pflegeeltern zu befreien.

AtV

Band 5307

Hans Fallada
Der Jungherr von Strammin

Roman

Erste Ausgabe nach der Handschrift

Exklusiv bei AtV

300 Seiten
DM 14,90
ISBN 3-7466-5307-X

Am Anfang gab es 20 schwere Ackerwagen, 80 prächtige Stramminer Füchse, 400 Zentner Weizen und einen tatendurstigen Jungherrn. Nach Stralsund, zum Hafen, soll die Fuhre gehen, aber unvorhergesehene Ereignisse bringen alle Pläne durcheinander. Bevor Pferde, Weizen und Jungherr wieder zusammenkommen, gerät Lutz als Beschützer der hilflosen Catriona selbst in vielfache Bedrängnis. Er bekommt es mit dem berüchtigsten pommerschen Rauhbold zu tun, segelt mit einem listenreichen Professor nach Hiddensee und verliert bei allen ritterlichen Torheiten dennoch nicht die Liebe seiner Bessy.
Dieser charmante, heitere Roman aus dem alten Pommern erscheint zum ersten Mal in seiner Originalfassung.